CRONICA DE
MUSICOS Y DIABLOS

Gregorio Martínez

CRONICA DE MUSICOS Y DIABLOS

Portada: Marina Schreiber

©Ediciones del Norte, 1991
  P.O. Box A130
  Hanover, NH 03755

ISBN: 0-910061-47-5

Para Tillie, condesa de Coyungo, estrella
errante por los cielos del mundo, fuerza
y talento, vidrio delicado, tijera y cascabel
danzantes, pozo de angustias, rencor vivo,
dulzura ardiente, cardo, avispa, hiel, paloma
cuculí, dulce de guayaba.

En memoria de Iván Pérez Vallejo.
En homenaje a doña Manuela Escate, mujer
brava que siempre estuvo al frente de los suyos
en las luchas populares de Ica.

Prólogo

Se gratificará con creces, en efectivo o en especie, a escoger en este último caso entre panllevar y aguardiente, a la persona que entregue un negro congo duango que se ha huido de la Hda. Cahuachi, en la jurisdicción de Nazca. Dicho negro tiene la figura bien formada y es alto, con la cara señalada de ambos lados, las orejas aujereadas y el habla algo gangosa. Se ha huido de su ama robándose dos machos criollos de ara y de monta, uno castaño de mediana estatura y el otro zebrano, de gran alzada, con el lomo lagarteado, ambos marcados "C" en el pescuezo. Dicho negro se hallaba últimamente en las cercanías de Hoja Redonda, camino a Cañete. La persona que pudiera dar razón, sírvase ocurrir a esta imprenta o a la calle del Sauce, casa siguiente a la panadería.

(Aviso publicado en *El Mercurio Peruano*, órgano de Los Amantes del País, n. 244, Lima, siglo XIX)

En ejercicio del albedrío que me concierne, yo propia, doña Margarita Quinteros en plena dominio de mis facultades y en la cabalidad de mis cinco sentidos, declaro ante los testigos Juan Uchuya y Benedicto Cabrera que en la fecha de hoy día 18 de diciembre de 1823, vendo al capitán don Juan Tarquino de Luque, residente en esta villa de Ica y avecindado en el barrio de abajo conocido como Santiago de Luren, una esclava de nobles atributos físicos, llamada por buen nombre Josefa Encarnación y por mal nombre La Serpentina, sujeta de 20 años, de color pardo pero de buena presencia, cara ovalada y rasgos finos, ojos acaramelados y limpios de nubes y de legañas, dientes sin picaduras ni sarro, semblante saludable, no está hipotecada ni pendiente de ninguna obligación deudora; por lo demás garantizo con mi honra inmaculada que no ha cometido hasta el día corriente delito alguno, que su cuerpo de breva no esconde bajo el pellejo enfermedad ni pública ni secreta, sea mal de corazón, gota, bubas, caracha ni sarna; que no es de por sí de índole fugitiva, ni ladrona, ni borracha, ni tiene tacha o reparo que le impida servir con ingenio y maravilla a la sola insinuación que se le haga, pues la vendo por dócil, no por chúcara, al precio convenido y en dinero contante.

(minuta de compra-venta, archivo del autor)

EN LA CALLE MATAVILELA 350 SERAN
VENDIDOS A GRITO HERIDO Y EN PUBLICA
SUBASTA:

Damajuanas de vino abocado quitacalzón.
Congrio de Chile, anchoas de Portugal, sardinas de
Ponteverde y bacalao de Noruega en un solo bulto.
Velas de esperma de cachalote.
Tabaco de Virginia trabajado a mano virgen.
Almidón y chuño inglés para endurecer pecheras.
Yeso La Limeña.
Talco impalpable Perfecto Amor.
Pañuelos de tizú.
Pañuelones de seda china.
Mantones de Manila.
Bullarengues y enaguas de La Pájara Pinta.
Broches machimbrados Abrete Sésamo.
Frazadas El Tigre.
Sábanas de bramante liriolirio.

*

Puerto del Callao. ENTRADA. 3 de julio. Barca inglesa Manchester, su capitán D. Diego Thompson, procedente de Liverpool y Arica, con 6 días de navegación desde este último puerto. Su carga: efectos ingleses. Comunica la noticia de que el General D. José Antonio de Sucre sólo aguardaba la reunión del Congreso de Bolivia para dejar el mando y dirigirse a la Gran Colombia.

Puerto del Callao. SALIDA. 4 de julio. Bergantín nacional Flor sin Retoño, su capitán de corveta D. José Manuel Pardo del Arco y su adjunto náutico D. Alfredo Portal Eyzaguirre, con destino a Pisco, Puerto Caballa, Lomas. Su carga: cerveza encostalada, licores de menta y anís, kerosene Luz Brillante, yeso La Limeña y cemento Portland. Conduce de pasaje a la ilustre dama D. Sofía de Rizo Patrón Condesa de Pujartiago, que viaja a la ciudad de Ica, vía Pisco, para inaugurar su nueva casagrande ubicada en Los Papayos s/n., saliendo hacia el sur por el Puente Viejo, a la izquierda.

(*El Mercurio Peruano,* órgano de Los Amantes del País, n. 244, Lima, siglo XIX)

En el reino del Perú, a vos mi súbdito, el corregidor pertinente en cuya jurisdicción está comprendida la villa de Nazca yo, don Carlos por la gracia de Dios uno y trino, rey de Castilla, de León, de Aragón, de las dos Sicilias, de Jerusalem, de Navarra, de Granada, de Toledo, de Valencia, de Galicia, de Mallorca, de Sevilla, de Serdeña, de Córdova, de Córcega, de Murcia, de Jaén, de los Algarves, de Algecira, de Gibraltar, de las Islas Canarias, de las Indias Orientales y Occidentales, de Tierra Firme, del Mar Océano, archiduque de Austria, duque de Borgoña, de Brabante y Milán, conde de Aspurg, de Flandes, de Tirol, de Barcelona, señor de Vizcaya, de Molina, etc., os concedo poder y autoridad para ajusticiar al decimista José María Legario que aparte de escribir con motivo de Navidad unas décimas de vituperio contra el rey su señor para que los indios la cantasen en tono de yaraví, en el día de la Bajada de Reyes puso en la plaza de armas de la villa de Nazca un pasquín infamante dirigido contra la corona española. Declaro inválido para el efecto de la sentencia, el testimonio de la mujer llamada La Coquerita que ha querido atribuirse la autoría del yaraví ofensivo. Yo, el rey.

(Ordenanza real, Archivo de la Nación)

Cualquier parecido o semejanza entre lo que aparece transcripto aquí y lo correspondiente al renglón de los hechos y de las personas de carne y hueso es pura y casual coincidencia algo similar a la historia de esa canción que dice que en el bosque de la China una china se perdió.

La quimera del oro

Muchos años atrás, en el oscurecido tiempo de las antiguas leyes, cuando se hacían torres de vidrio y los conquistadores oficiaban esmeradamente como los empinados señorones de la existencia terrenal; en tal época de frailes y de conventos, en la que florecían sin mengua los templos de calicanto, erigidos a punta del sudor gratuito de los indios de servidumbre y de la pujazón obligatoria de los negros esclavos; en tales tiempos de inflamados incordios fue que apareció en Cahuachi, arrastrado por los ventarrones del desierto, alguien premunido de cuerpo y de alma que decía y aseguraba, con juramentos de diversa índole, que se llamaba Pedro de Guzmán, por la gracia divina de Dios nuestro Señor, y que le sobraban de yapa otros nombres de cumplimento para que lo supieran mientras.

El susodicho aparecido aseñaló, para de aquel modo conceder mayor fianza y despejar las turbias murmuraciones, que era un hijodalgo español tangible y de legítima estirpe, y si quedaban dudas estaba dispuesto, de buen talante, para que cualquier entendido en genealogías le sopesara los compañones con ambas manos. Recién estaba resucitando de la moribundez del naufragio, pero ya se mostraba ligerito de labia. Luego, sin pararse en mientes, muy olímpico y fediendo cañifos rejuró, convicto y confeso, que su afirmación era verídica y que si mucho apuraba, para mayor garantía, podían someterlo, si así lo deseaban, a la prueba infalible del elixir vomitivo de la sinceridad. Para darle más peso a sus palabras de oropel, puso como testigos al cielo y a la luz divina. En seguida pidió, sin asco, que lo partiera un rayo en el acto si aquello que decía fuera un falso testimonio.

Lo único digno de merecimiento que llevaba encima suyo el mentado fulano Pedro de Guzmán, hijodalgo español según su decir, era un titularato regio escrito en papel vergueteado, un documento hechura de cálamo fino y mano de pendolista, muy entimbrado y con requeteques de lacre que, letra a letra, le otorgaba a su poseedor privilegios universales para explotar oro nativo en un lugar ignoto, en una tierra casi incógnita, en apariencia sin derrotero conocido, denominada Huanuhuanu, según lo afirmaba el papel. El nombre nomás de dicho lugarejo, ese apelativo que parecía quechua, daba que pensar y enlagunaba el entendimiento. La gente de Cahuachi se rompía los sesos, se enredaba el meollo, rastreando de memoria las quebradas de Saramarca, Ocaña, Laramate; las cabezadas de Otoca, Putaccasa, Chivillo; las serranías de Uchumarca, Santa Lucía, Sondondo. Sólo después de sostenida y pacenciosa averiguación entre los arrieros de largo trecho que trajinaban por la azarosa ruta de Huayurí, recién se pudo entresacar y dejar en limpio que el consignado punto denominado Huanuhuanu existía verdaderamente. Estaba ubicado, eso sí, muy lejos de Cahuachi, en otros confines, en la quebrada que subía por Chala hacia Coracora; en el mismo desfiladero natural por donde los quechuas habían bajado alguna vez, todavía en la antigüedad de la historia, para dominar con ofrecimientos y dulzaínas de pico de oro a los gentiles bravos que en aquella época poblaban la región de Arequipa apegada al océano. Ahí, en dicha geografía poco transitada, se hallaba el dichoso yacimiento de oro bautizado con el nombre de Huanuhuanu. En Cahuachi nadie recordaba que en anterior ocasión alguien hubiese hablado de tal paraje.

Entonces, por fin, el tal fulano Pedro de Guzmán, restablecido de los estragos de la travesía y de la fiebre tabardillo que le produjo la propia convalecencia, cayó en el pleno convencimiento de que se había cojudeado redondamente. Todo por haber confiado por entero en la certidumbre estrellada y perfecta de la rosa náutica. Aferrado a dicho veredicto magnético, había desembarcado en Puerto Caballa, en la dirección de Cahuachi, en lugar de proseguir la boga de largo para abajo, hacia el mediodía, hasta alcanzar la ensenada de Chalaviejo, ese remanso oceánico con el fondo empedrado de erizos de apetitosas lenguas bajacalzón. Sólo años más tarde se descubriría el cerro imán de Tunga que enloquecía a las brújulas y hacía crujir las clavaduras de los navíos. Pero lo que nunca se pudo imaginar el fantasmasgórico Pedro de Guzmán era que con el correr de los siglos, y con las vueltas y revueltas que iba dando el mundo redondo, un descendiente suyo, Gumersindo Guzmán, convertido en negro retinto en el remolino de tres generaciones, volvería a desandar, acompañado de la mujer y de una rabiata de veinticinco hijos, los rastros que él en persona, Pedro de Guzmán, había dejado marcados en el desierto al atravesar, perdido y desvariando, esos medanales sin término que, frente a Cahuachi, separaban al mar océano de los primeros contrafuertes de la cordillera. Eso sí que nunca, ni en sueños, ni cuando la fiebre perniciosa lo hundió en el pozo del delirio, le pasó por el pensamiento. No, Pedro de Guzmán ni siquiera volteó a mirar sus rastros, pues lo llevaba apurado el mal viento de la desesperación y el relumbre de la quimera que esperaba encontrar en Huanuhuanu. Pedro de Guzmán no tuvo ninguna intención de testimoniar para la historia su extravío, pero ahí en el rescoldo del desierto, entre el mar y Cahuachi, quedó para gloria o escarnio de la posteridad, la escritura imborrable de sus pasos.

Entropado a la buena de Dios con unos arrieros que hablaban maravillas del vino que ya para entonces se elaboraba en Cháparra, arrejuntado de oficio al paso de aquellos muleros correcaminos que no le hacían caso ni al sol ni al sereno, apegado como lapa al tropel de los antedichos trota candongas que ya tenían curtidas las sentaderas y atenuada la raya del culo; así, de aquel peregrino modo, fue que Pedro de Guzmán arribó, por fin, al lugar exacto de su quimera. Llegó descangallado, mejor dicho hasta su ojete, pero inducido por el instinto de su ambicia mantenía los ojos bien abiertos y la palabra a flor de labios. Todo se le había entumecido, debido al zongoloteo impenitente de la cabalgata, incluso el ardor y la arrechura, sin embargo Pedro de Guzmán conservaba vivo el campaneo de la labia y encendida la luz lutrina cerebral.

Al ver el brillo parco del oro amalgamado con mercurio, esa apariencia bochornosa que hacía que, más que metal precioso, el oro de Huanuhuanu pareciera cacana de gente, Pedro de Guzmán tomó distancia, se ajustó las clavijas de la perseverancia, mas no se desilusionó del todo, tal como les había ocurrido a otros recién llegados. Metido ya en su menester de hombre premunido de privilegios, rápidamente Pedro de Guzmán recuperó el ánimo y la desenvoltura de hijodalgo español y, dueño de sí, con el dominio entero de sus facultades, exhibió muy orondo el titularato regio que había llevado consigo. De aquel modo expeditivo consiguió el reconocimiento de las prebendas que le había otorgado la corona española allá en ultramar, al otro lado del mundo. Así fue cómo Pedro de Guzmán sentó sus reales en Huanuhuanu y al poco tiempo, con la licencia y ventaja que le concedieron, acumuló fortuna junto a los Leiva, próximo a los Márquez, cercano a los Rospigliosi, al lado de los Góngora, gentes de la península ibérica que habían llegado a la tierra remota de Huanuhuanu, igual que Pedro de Guzmán, atraídas por la tentación del mineral precioso y la servidumbre gratuita de los indios.

Huanuhuanu que había sido desde siempre un lugar ignorado, ausente incluso en los mapas que hicieron los dibujantes imaginistas y calenturientos que inventaron el país de Jauja, y tan humilde como su propio nombre, huanu, que en lengua nativa quería decir estiércol, conoció entonces la peste del esplendor repentino y todos los horrores apegados a la opulencia, tanto que muchos lo comparaban con Potosí, a pesar de que Huanuhuanu no era un yacimiento caudaloso, pero estaba visto que un mogote de oro podía despertar iguales codicias que una montaña de plata. Por eso fue que dicho asentamiento minero se convirtió muy pronto en un allegadero de gente de toda laya y, debido a esa circunstancia, el camino que subía culebreando desde la costa se hizo hondo, porque no sólo era subida sino también bajada que iba descolgándose desde las alturas de Coracora hasta Chala, en la orilla del mar, de donde un ramal salía al sur, para Arequipa, y el otro al norte, con dirección a Lima. Ese apogeo repentino de Huanuhuanu trastornó la rutina del arrieraje y el rumbo del postillón que, antes del encumbramiento de dicho centro minero, viajaban de largo por el camino grande de los Andes, de Tucumán al Cusco, del Cusco a Huamanga. Ya con el encandilamiento del oro no había arriero ni postillón que no subiera o bajara por Huanuhuanu. Entonces el azúcar, la sal, la manteca, la harina, las especerías, el hilo, las agujas, el jabón, las velas, el género, el cordellate, la bayeta, el paño, alcanzaron precios de lujo. Y como el esplendor siempre iba acompañado del disfuerzo y la palanganada de la gente, de un derrepente y sin anuncio apareció la moda que despertaba las más altas ilusiones y las angustias más graves. Se trataba sólo de unas cartas, pero eran las cartas de la cadena universal de la suerte que ya había dado varias vueltas al mundo entero y que ahora llegaba puntualmente a Huanuhuanu, pues dicho poblado ya tenía un lugar marcado en los atlas que configuraban la geografía terrestre después del diluvio. Las tales cartas que tenían un ribete azul añil y que para llegar a Huanuhuanu daban la vuelta por Constantinopla y luego por el Estrecho de Magallanes, valían más que su peso en diamantes, aunque fueran solamente la lotería de la ilusión.

Pero ya estaba escrito en las criadillas del carnero y en los troncos carcomidos por la carcoma que las torres más altas también el día menos pensado se veían por los suelos. Y así fue. Las tan codiciadas vetas auríferas del famoso Huanuhuanu, las culebrinas de precioso metal cuyo relumbrón había hecho brotar ambiciones y rencores, comenzaron a languidecer, a pasmarse sin remedio en la profundidad de los socavones y fueron diluyéndose en la roca como los hilos de la quimera. Entonces en Huanuhuanu sólo quedó el rastro de la escoria, la horrura envenenada de los relaves, el cacanal de una cuchipanda arrasadora.

Ahí fue cuando el eclipse del esplendor sembró el pánico y la desbandada de cuanto rico y aventurero había recalado, con sus propias reglas del juego, en dicho soñado emporio donde el diablo había olvidado el poncho.

Los descendientes de Pedro de Guzmán que ya se habían multiplicado por angas y por mangas, arriaron con todas sus chivas y sus cacharpas de oropel hacia diferentes rumbos. Unos fueron a dar a Pampacolca, en las alturas de Arequipa, y se establecieron ahí como terratenientes y ganaderos, en esa localidad sin pena ni gloria, donde años más tarde vería la luz, dentro del linaje de ellos, el prócer patriota Juan Pablo Vizcardo y Guzmán. A otros, abatidos por el macurque del éxodo, no les quedó más recurso que asentar a medio camino sus menguadas haciendas y se establecieron en Coracora, Puquio, Chalhuanca, Abancay. Los que no soportaban el soroche ni la altura se abajaron hacia los valles cálidos de Caravelí y, siempre a costillas de los indios de servidumbre y de los negros esclavos, se hicieron aceituneros en Yauca, cañeros en Acarí, fruticultores en Jaquí.

De tal manera fue cómo se dispersaron los descendientes de Pedro de Guzmán hacia todos los puntos de la rosa de los vientos y empezaron a apellidarse solamente Guzmán para no hacer tanto gasto de saliva al referir sus generales de ley.

Con el ir y venir del tiempo, cuando ya los propios Guzmán se enredaban en las telarañas de sus ancestros para dar cuenta cabal del tronco que les había dado origen en el Perú, cuando ya no podían dar una definición satisfactoria sin perderse a cada rato en diversos meandros, un descendiente lejano pero en línea directa del primerizo Pedro de Guzmán que pasó por Cahuachi, un cristiano nacido y avecindado en Chalhuanca, comenzó a criar fama de propietario tan desmesurado en la suerte para la ganadería que hoy anochecía con once reses y al día siguiente amanecía muy orondo con una punta de animales que ya casi reventaba los corrales. Y todo en un abrir y cerrar de ojos, pues él decía que precisamente en ese birlibirloque estaba la gracia del asunto. Se llamaba Felipe Guzmán, así a secas, pero tenía todas sus aseñaladuras completas si alguien quería buscárselas.

Una vez que acumuló un mar de reses, sin necesidad de discusión se convirtió en el señor de Chalhuanca de hecho y de derecho, porque no sólo tenía la horca y el cuchillo, como perfecto gamonal, sino también la ley escrita y rubricada por los padres de la patria. El mar que formaban las reses rebasó los corrales y se extendió sin medida ni clemencia sobre los echaderos comunales que rodeaban el pueblo. Nada ocurría por azar del destino ni era un capricho de la naturaleza, adetrás de todo estaba el ánimo venal de Felipe Guzmán. El ojo del amo engorda al ganado, era su dicho corriente. Por eso rondaba la comarca como el gavilán, buscando que levantarse cualquier presa descuidada. Y tenía el hierro con su marca que era muy particular: un monograma garrapateado igual que una rúbrica antigua y él, Felipe Guzmán, podía chantarlo sin asco encima de otra seña y, entonces, para el perjudicado ya no existía ninguna forma valedera de reclamo, pues toda aseñaladura que no se podía leer, por enredada y abstrusa, se consideraba que pertenecía a Felipe Guzmán. Sobre tal cuestión que al principio fue motivo de interminables alegatos, ya los jueces y las consiguientes autoridades de Chalhuanca habían sentado jurisprudencia para evitar, precavidamente, inútiles discusiones entre personas decentes. Que su marca era como el nido del chaucato, decía Felipe Guzmán y sin que nadie le hubiera pedido explicación se soltaba a puntualizar en qué consistía la semejanza como si la cosa fuera latín o griego.

El monograma se le ocurrió cuando vio la primorosa bordadura que su mujer, educada en un convento de Arequipa, le había hecho en el bolsillo de una camisa de popelina inglesa. Era un monograma de trazos frondosos, donde la F y la G de múltiples colas se enredaban con pasmoso alarde, pero el conjunto estaba gobernado por una invencible armonía que sin embargo Felipe Guzmán no lograba percibir. Para él todo el prodigio del bordado residía en la maraña de virutas sofocantes que las dos letras de su nombre podían contener. Las cosas no debían ser como eran sino como uno quería que parecieran, decía desde entonces Felipe Guzmán, y en ese instante vio, también, claramente la razón íntima por la cual se había enamorado de su mujer a pesar de que al principio le pareció artificiosa e insoportable en su modosidad de pulirse para hablar. Como aquella vez que estaban cerca de unos tunales y ella, Virginia Madueño, que recién había regresado del convento de las monjas canonesas de Arequipa, señaló los frutos maduros y preguntó igual que si nunca los hubiera visto, qué eran aquellos picachitos coloridos. En ese instante Felipe Guzmán hubiera querido putearla, pero luego pensó para sus adentros, contento de su sagacidad, que dicho retorcimiento para hablar era producto de la buena educación y del don de gentes que las monjas del convento le habían inculcado a Virginia Madueño para conservar de esta manera la distinción y categoría de las familias decentes. El le había contestado que se llamaban tunas y ella dijo ah, tunes, tunes, moviendo los labios de un modo delicadamente adefesiero. Sin embargo Felipe Guzmán no tuvo el atrevimiento de corregirle, más bien sintió vergüenza de su propia pronunciación, y le parecía que tuna sonaba a indio, en cambio tunes parecía el nombre de un fruto extranjero.

Ya con la idea del monograma bien metida en la cabeza y el papel con el dibujo original que su mujer había utilizado para el bordado, Felipe Guzmán fue donde el herrero del pueblo.

—Florinducha, Floro, quiero un hierro para marcar mis reses, así, pero más enredado todavía, no importa que parezca un nido de chaucato.

—Más enredado ya será como champa de ichu.

—Así quiero, carajo, champa de ichu, pero ahí adentro están las iniciales de mi nombre y mi apellido.

—Ponemos doble entonces, doble monograma entrampado.

—Eres inteligente, Florinducha.

—Artesano nomás, don Felipe —dijo el herrero y se quedó contemplando absorto el despliegue de las letras sobre la hoja de papel— Bonito trabajo, señor, ¿dónde mandaste hacer, Lima seguro, Arequipa?

—Es obra de mi mujer. Las monjas canonesas del convento de Arequipa le enseñaron esas finuras.

—Como para escribir carta a Dios será su mano de doña Virginia cuando agarra pluma.

Cuando Felipe Guzmán subía a los echaderos comunales, a los pastizales de altura, llevaba el hierro de la marca con su monograma imposible. Luego de ardua faena bajaba al pueblo silbando huainos, "Linda gaviotita", y sin transición soltando carajos de soberbia mientras los peones indios arreaban una interminable recua de reses, un tropel que ya parecía el coletazo de la abundancia. Ya después, en los corrales, él mismo, señalando con el cabo del látigo tronador, hacía separar los animales finos de los chuscos, los gordos de los flacos, los estropeados y mancos de aquellos ardidos por las matangas de la gusanera, y con medido criterio formaba una manada bien acombinada, un lote de ganado cabeceado con lo bueno y lo regular que al primer vistazo le llenaba el ojo a cualquiera, aun a los entendidos más sutiles. El ganado fino era otro negocio. Los descalabrados por alguna mancadura, esos iban derecho al camal del poblado. Los arrebosados por la cochambre de la gusanera y que ya no se podían curar ni con los rezos de conjuro ni con el aceite quemado que salía como desperdicio del motor de las máquinas, esos que ya estaban medio aderezados por la reventazón, esos servían para charqui y chalona que después Felipe Guzmán los trocaba por lana de alpaca en las comunidades de altura. Pero de todo ese ajetreo su negocio mayor estaba en el lote cabeceado que hacía arrear en punta hacia la costa, al puerto de Lomas, para embarcarlo por ahí con destino a Lima. Tanto le interesaba dicha empresa que él mismo se daba licencia para participar en ese trajín y entonces se le veía, adetrás de los indios arreadores, aguijoneándolos a carajazos.

Iba con poncho, sombrero y una chalina de vicuña que le cubría la cara hasta los ojos. Con el pretexto del frío y la fatiga tenía siempre en la boca una bola de hojas de coca y de trecho en trecho bebía un trago largo de caña compuesta con huamanripa y ajomacho. En eso se igualaba con los indios y en el gusto sufrido por los huainos melancólicos.

La punta de reses descendía haciendo temblar la tierra, pero no por el camino de Huanuhuanu sino por el desfiladero que había más al norte, a la altura de Santa Lucía. El camino bajaba hacia la costa siguiendo el curso de un río de aguas de remanente que en la época de lluvia se volvía torrentoso y amenazador. Por esa ruta se llegaba al valle de Acarí para desembocar finalmente, sin apartarse del cauce del río, justo en el puerto de

Lomas que era más bien un embarcadero sin muelle, pero con un mar tan empozado y tranquilo que las chalanas de carga podían maniobrar sin zozobra aun cuando se trataba del embarque de ganado en pie.

Durante todo el trayecto Felipe Guzmán permanecía con los ojos aluzados y bien abiertos, oteando hacia ambos lados del camino, buscando cualquier res mal parada para estamparle el hierro con su marca que siempre lo llevaba consigo para aumentar la manada durante la travesía, no por ambición, decía, sino para compensar la pérdida de peso que sufrían los animales debido a los rigores de la caminata. A veces ya no se daba el trabajo de abajarse de la mula ni de encender candela para calentar el hierro del estropicio, así nomás, a rajatabla, arreaba a los animales a ronzalazos para entroparlos a la fuerza con el bolondrón de la abundancia que él iba empujando. Y si por algún caso aparecía el propietario de la res motivo de la rapiña y reclamaba lo suyo con evidente derecho y entera razón, señalando para mejor prueba las letras visibles de la marca, entonces Felipe Guzmán se hacía el ofendido con la acusación, se llenaba de aspavientos y escupía la bola de coca, se echaba un trago de caña en el guargüero y lanzaba carajazos de rabia para luego gritarles a los indios arreadores, con la más pura de sus inocencias, que qué hacía ahí ese animal chusco de fulano de tal, carajo, amadrinándose con su manada de ganado fino, que lo echaran a un lado y que se lo llevara el demonio. Luego muy campante seguía su camino, sin amoscarse y sin darle ningún pábulo a la vergüenza, pues él decía que a la hora de los negocios y de la confesión ante el cura no existía el bochorno.

Después de vencer en varias jornadas las duras inclemencias de los Andes, el tropel descendía como vuelto a nacer sobre el pueblo de Acarí. El estampido que producían las pezuñas de la manada, más redoblado y ensordecedor que los tablazones de octubre, despertaban la furia soterrada del toro negro de encanto que aparecía dibujado por la mano de natura en la cumbre de Cerro Blanco, la montaña de arena que dominaba todo el valle. Los bramidos del toro encima del cerro hacían chorrear oleadas de arena que caían por el falderío hacia la hondonada del río tronando como una tracalada de monedas de oro, otras veces como el redoble de un tambor. Pero además el propio cerro bramaba por dentro, pues también era volcán de arena, de una arena muy particular, con voz y canto, porque no se trataba del natural sedimento de piedra molido por las aguas diluvianas y acumulado por los vientos de los siglos, sino de vastos cardúmenes de caracoles marinos triturados sin compasión por su propia arrastradera de milenios.

Entonces la gente pedía misericordia, Señor, antes que se arruinara el mundo. Y aun los animales se quedaban quietos, entelerídos por la tembladera del pánico. Porque una vez que al Cerro Blanco se le removía el humor, como si se le entreverara la malasangre, ya no tenía sujetadero ni calma. Pero no todo era únicamente el clamor de la ruina. De repente del bramido hórrido pasaba después al redoble festivo de una tambarria descomunal que por lo extraña también daba miedo, aunque por adebajo del susto brotaba cierto ánimo risueño. Y era que toda la gente sabía que el origen de aquel redoble festivo estaba en la catunga de los músicos cautivos que vivían adentro, como criaturas de encanto, en las entrañas de Cerro Blanco.

Esos músicos de extraña existencia, permanecían ahí, en dicho cautiverio, desde aquella noche lejana del mes de abril, cuando salieron borrachos de Acarí, montados en sus burros de andaje, con el decidido propósito de llegar a tiempo a la fiesta de Jaquí, luego de trasmontar la montaña de arena para cortar camino. Tenían ese compromiso, así habían quedado con don Hermenegildo Garayar, personero de la celebración, y no querían quedar mal. Iban faldeando el cerro, a pie y jalando los burros, y en eso vieron una gran puerta iluminada, como si fuera que la fiesta había venido a darles el alcance y a cruzárseles en el camino. Con el arrebato del trago todo les pareció natural y entraron muy campantes por la puerta iluminada y ahí se quedaron, en ese caserón de encanto, dedicados a la tambarria hasta el día de hoy, pero únicamente se les podía escuchar cuando los temblores del apocalipsis remecían la tierra o cuando los vientos de la ruina desplegaban sus azotes sobre el pueblo.

Esa noche que el encanto de Cerro Blanco se los tragó enteros, con instrumentos y acémilas, ellos habían llegado desde Ica. Se trataba nada menos que de la banda de músicos de Ocucaje que dirigía don Melanio Carbajo, antiguo tronco de musiqueros iqueños. Se habían detenido en Acarí sólo para estirar las piernas y dejar que descansara el lomo de los burros y se orearan los sudaderos y las caronas, pero qué iban a poder resistir la porfiadera de los acarinos cañaceros, la insistencia chupacaña de Perico Tresgüevos y las risas de cascabel de las mujeres que bebían el cañazo en pocillo de peltre y bailaban como unas perfectas culebronas del oficio el zarambeque licencioso del malató. Después de un par de tragantadas de un cañazo compuesto, más conocido con el mal nombre de saltapatrás, los músicos de Ocucaje ya estaban medio turumbas y calamocanos. Entonces hicieron sonar, con maestría inigualable, los instrumentos inquietadores de la tambarria. Se armó el jolgorio con su chancadito de yapa, sin embargo los músicos no se dejaron arrastrar por el vendaval del trago ni por el remolino de la concupiscencia. A la hora de la hora, ¡tate!, se plantaron en seco para cumplir con lo prometido, lo que le habían asegurado a don Hermenegildo Garayar, que iban a estar puntuales en Jaquí, con todo el instrumental de la trocatinta, para iniciar la celebración de la fiesta patronal. El propio Perico Tresgüevos que había sido el más carbonero para continuar con la chupacaña so pretexto de que faltaba el otro ojo y la del estribo y la de encima del caballo, él mismo fue quien transó, como buen compadre espiritual que era de don Hermenegildo Garayar, en aras de que los músicos continuaran el viaje y llegaran a tiempo al destino que los esperaba. Que lo hacía por su compadre Hermenegildo, había dicho, porque si no llegaban a tiempo seguro que se iba a morir de colerina. Y los músicos de Ocucaje emprendieron el rumbo por Cerro Blanco para cortar camino, pero nunca llegaron a Jaquí. Se quedaron encerrados para siempre en el enigma de Cerro Blanco y efectivamente don Hermenegildo Garayar, terrateniente de Jaquí, inocente de lo que había ocurrido con los músicos de Ocucaje, se murió de colerina. Se le reventó la hiel de rabia, a las doce del día en punto, cuando debía empezar la misa de fiesta y los músicos no aparecían por ningún lado. Ya no pudieron salvarlo aunque le dieron las tres pepitas de naranja agria, machacadas y disueltas en agua del olvido que era el único recurso milagroso contra la colerina.

Acarí siempre tuvo sus misterios, desde la época de los gentiles, y sus locos de atar, y sus mujeres de lustre y hermosura aun cuando vivían matando sol en las duras jornadas del campo, y sus camarones de río, y sus sesenta y nueve variedades de camote, y sus lomas con clavelinas y pitajallas, y sus venados con fragancia a hierbabuena, y su Cerro Blanco con toro y pavorreal.

Pero no había sido toda aquella florescencia, sin duda, lo que llamó la atención de Felipe Guzmán, sino la ventaja de que por Acarí bajaba directo al puerto de Lomas y porque ahí tenía, en los predios de los terratenientes de su conocencia, abundante forraje y rastrojo para que sus reses se recuperaran antes de llegar al pesaje del embarcadero. Se alojaba en las haciendas de los Casalino o de los Denegri, con la promesa firme de hacer una estancia más larga y disipada a su retorno del puerto de Lomas. A los dos días continuaba el trecho hacia el mar ya con el entusiasmo de la ganancia que lo esperaba dibujado en la cara, aligerado del poncho y la chalina, sin la bola de coca en la boca, afeitado y con otra ropa, pero siempre empolainado y con pantalones de caqui de tres costuras en lugar de los oscuros de diablofuerte que había vestido durante la bajada. Era un serrano colorado, de pelambre amarilla y ojos azules, suelto de lengua y quechuahablista y huainero por contagio, que le gustaba además que le cantaran: ojos azules no llores, no llores ni te enamores.

Y efectivamente, cuando regresaba del embarcadero de Lomas, con los alforjones repletos de licores finos y dinero contante, se quedaba en Acarí aquerenciado donde los Denegri y los Casalino. Entonces, sin pararse en mientes, organizaban jolgorios a puerta cerrada, motivo para el cual los hacendados ya tenían amadrinadas a ciertas mujeres interesadas y de baticola floja que siempre andaban dispuestas al relajo cuando se trataba de gente pudiente. A la hora de las encerronas Felipe Guzmán se sentía como en el paraíso terrenal ahí en Acarí. Le había tomado vicio al baile ardoroso de las mujeres, mas cuando en ese desbarajuste podía estirar el brazo y agarrar con las manos, tocar con los dedos, aquello que le apetecía. Para mayor soltura, o porque las mañas se aprendían más rápido. Felipe Guzmán se volvió diestro en el desbarajuste del malató, esa danza que era buena para el meneo rompeojo, ese baile que se acompañaba con guitarra y una canción de dale que dale que el artificioso guitarrero cantaba sin término con una voz como ladrido de perro de chacra, y frente al cual el baile del alcatraz era apenas una danza inocente. Rijoso y con el pujarete tieso, Felipe Guzmán entraba al ruedo sin esperar turno, se quitaba la camisa y empezaba a remolinear la barriga como si tuviera adentro un criadero de gusanos, eso y sus guapeos de cacharpari eran su número insuperable. Enrique Denegri tenía otra especialidad: volaba por los aires con una espada de fuego en la mano, a imagen y semejanza de un ángel guardián porque hasta le salían del lomo unas alas blancas de papel crepé. José Casalino, en cambio, no tenía ni gracia ni imaginación, se contentaba con ser el niñolindo de la reunión. Pero todos juntos no cejaban en la ventolera de azuzarles la quemazón a las negras quimbosas que se prestaban para la virtud del desenfreno, unas perendengas que parecían hechas adrede por la mano de Dios para que se desempeñaran en ese pleito de la salacidad, pues parecía que no tenían sujetadero en el culo, porque ante cada arresto de los hombres, ellas sacudían con artificio la baticola y los dejaban cintureando en pindinga, aunque eso sí dichosos y contentos, empedernidos en esa diversión en la que el zorongo del guitarrista que acompañaba la danza no tenía final.

Pero el día que Felipe Guzmán conoció en Acarí a Teodolinda Arenaza, desde ese momento dulce como la melcocha, ya no le encontró ningún sabor a la danza de titundia y zarambeque que urdían los hacendados con el ánimo de divertirlo. Se deshacía rápidamente de las reses en el embarcadero de Lomas, embolsicaba el dinero de la venta, y como si lo estuvieran corriendo los galgos del ajusticiamiento retornaba a revienta-cincha al pueblo de Acarí. Ya ni siquiera se detenía en la pampa de Vijoto, como otras veces, para ver los nuevos fósiles antediluvianos que cada día descubría con paciencia don Martín Roque del Buey en los méda-nos muertos que se extendían más allá de su fundo de polvorientos olivos. Pasaba derecho, olisqueando el aire que le llegaba a las narices, con ese mismo arran-que que arrebataba a los burros hechores cuando esta-ban en celo. Se disculpaba de los hacendados para cabrearse de las invitaciones y se iba al trote a buscar la golosina que había encontrado ahí, en esa casa que olía a mastuerzo, donde Teodolinda Arenaza se la pasaba cosiendo y bordando para la gente del caserío. Ella ejercía el ministerio de sus labores con una perfección que no necesitaba diploma, pues el mejor título era su propia apariencia que le daba un aire filustre de reina de almanaque, pulida y acicalada con prolija naturalidad, de modo que la filigrana de las bordaduras y la vapo-rosidad de la organza parecían nada más que los tan-gibles encantos de su hermosura terrestre. Pero lo más cautivante que había en ella eran sus piernas babilóni-cas, torneadas con maestría sensual y dotadas genero-samente de un lustre glorioso que con tan sólo mirar-las producían desasosiego y bochorno.

Desde la primera vez que la vio, un 12 de marzo de día, claro y con sol, Felipe Guzmán perdió los es-tribos de la ponderación y se quedó con el corazón en la boca, colgado de las milflores de Teodolinda Arenaza. Ella por su parte no se explicaba de dónde y por qué le había brotado ese antojo repentino de comer con su mano. Lo único que recordaba velada-mente era el atisbo de una mirada azul y melancólica que la dejó con la aguja suspendida en el sopor de después del almuerzo. Entonces había sentido como nunca el cominillo del comején, pero en lugar de aflojar las cuadernas de la templanza para desahogarse ella sola por su cuenta y riesgo, Teodolinda Arenaza prefirió abordar de manera directa la contingencia de una realidad palpable. Clavó la aguja en el bastidor del bordado, se quitó el dedal y con una sonrisa de dientes impecables le abrió el camino a Felipe Guzmán.

Ahí fue, por lo consiguiente, cuando el mentado gamonal de Chalhuanca conoció en cuerpo y en alma todo el desbarajuste de su orgullo. Teodolinda Arenaza lo agarró con ganas, sin ninguna reticencia, pues ella odiaba aquel disfuerzo de hacerse la del culo angosto, y lo estrujó sin misericordia, tal como lo mandaba la ley del legítimo goce de la concupiscencia. Lo soltó sólo un instante fugaz para darle un respiro y luego volvió a tortolearlo de izquierda a derecha hasta que escuchó que Felipe Guzmán rechinaba los dientes con la desesperación del placer. Entonces lo desenredó en el otro sentido, con un meneo turbulento que a ella misma la hizo perder la brújula del hasta dónde se podía llegar por ese camino. Teodolinda Arenaza pensó que todavía quedaba pan por rebanar y lo volteó al revés y al derecho, lo arrastró a trompicones por los rincones más oscuros del descalabro humano. Felipe Guzmán había perdido el habla, sólo le quedaba un acecido de perro alunado y una mirada vidriosa de niño enfermo del espasmo de la lujuria. Ni aun así Teodolinda Arenaza le dio tregua. Lo tendió sin compasión sobre el camal del éxtasis y lo machacó como a un cangrejo sustancioso, a conciencia y sin remordimiento. Cuando sintió que de las ínfulas de Felipe Guzmán apenas quedaba un estropajo de cocinero chino, generosa lo dejó todavía en remojo, para que se le diluyera el olor a garbancillo, después lo enjuagó sin apuro en sus propias aguas, luego, sin soltar prenda, lo exprimió convencida de sus afanes, no con rencor sino más bien con una hacendosa dulzura. Ya oleado y sacramentado, limpio de polvo y de paja, lo tendió para que se despercudiera en el sol.

En todos los revoltijos de ese delirante naufragio, Felipe Guzmán ni siquiera había podido ensayar los consabidos manotazos de ahogado, pues desde el primer encontronazo con el releje de la tentación, se vio envuelto y revuelto en un sorbido insaciable que le chupaba hasta el tuétano de los huesos. De modo que desde el inicio se dio cuenta que sus ínfulas de burro hechor no le servían para nada, que lo mejor era dejar que Teodolinda Arenaza lo arrojara barranca abajo, por el abismo de la pasión.

Al término de aquella fragorosa contienda, Teodolinda Arenaza, fresca como una lechuga de barbecho, sacudió su desnudez con el brío de una potranca chúcara y, sin más trámites, se puso encima, de dos rápidos sacudones, un ondulante vestido de lililí, pero adebajo de tal indumentaria tenue, estaba flagrantemente sin ropa interior, con la chapisquera al aire, seguramente para que se le orearan los goznes de la delicia.

Serena y hecha unas pascuas, aunque sin bragas, Teodolinda Arenaza se acomodó, en una silla de sauce y totora, frente al intrincado ministerio de sus labores. Soltó un suspiro hondo, que no parecía de pena sino de alivio, y retomó el dedal de dublé y la aguja de acero, dos adminículos menudos y simples que en sus manos cobraban una excelsitud incomparable.

En ese instante de suprema transparencia, Felipe Guzmán sintió en la cara el soplo milenario de la resurrección. Juntó sus miembros desarticulados por los caballos de la debacle y con movimientos lerdos, pero irrevocables, se arrastró hasta quedar a los pies de Teodolinda Arenaza, convertido sin disimulo en una suerte de perrito faldero. Ella separó las piernas que recordaban las magnificencias de la Babilonia y la luz del día hizo brillar la corola todavía húmeda en medio de un musgo de afrechillo oscuro. Desde entonces y en lo sucesivo Felipe Guzmán ya no quiso otra cosa que la cosa de vivir eternamente en ese miramira goloso.

A partir de aquella fecha memorable que marcó una raya en el firmamento, Felipe Guzmán vivió a caballo entre Acarí y Chalhuanca. Lo de a caballo era un puro decir, porque él siempre había sido mulero de trote y no jinete de paso fino y volteado. Felipe Guzmán iba montado en la mula, carajeando a los indios, y a pesar de la rabia, del vinagre que llevaba en la sangre, en cualquier momento se le removía el ardor y se sentía invadido por un hormigueo tenaz que le hervía adentro de las gónadas y empezaba a desparramársele por las verijas.

La idea y el recuerdo de la golosina que lo esperaba en Acarí, en esa casa que olía a mastuerzo, no se le quitaba ni con la reventazón del cansancio. Dicho calentamiento de cabeza sólo era comparable con aquel otro que tenía por apropiarse de los animales ajenos.

Teodolinda Arenaza que nunca abandonó su puntilloso oficio de aguja y dedal, llegó a tener un hijo con Felipe Guzmán. Por mutuo acuerdo, y pese a ciertas ajenas reticencias, lo bautizaron con el nombre de Felipe. Entonces el tal Felipe Guzmán, nacido en Acarí y de aspecto amulatado como higo zocato, llegada la hora en que se le despertó el instinto de echarle rueda a las mujeres, se casó con una acarina retinta, una hija de Pancho Gaudioso y Josefina Moreno. Ahí fue cuando comenzó a brotar la rama negra de los Guzmán, esa rama de la higuera que cada vez se fue cargando más de higos y por donde se descolgaron después, para caminar por el mundo, los músicos de Cahuachi: primero Gumersindo Guzmán, nieto del gamonal chalhuanquino, y adetrás suyo la recua de veinticinco hijos mojinos y cabeza de comba que tuvo con su mujer Bartola Avilés Chacaltana. A su turno, Gumersindo Guzmán, Bartola Avilés Chacaltana y los veinticinco hijos, todos juntos, desandaron con mil penurias los pasos que Pedro de Guzmán, el fundador de la estirpe, dejó marcados en el desierto, entre Cahuachi y el mar océano, nadie sabía si para gloria o escarnio.

Esclavos y cimarrones I

Toda aquella cáfila de cimarrones fuidos alegremente del recto gobierno de la esclavitud, y que al asumir con malicia aleve aquel ominoso desacato no habían abrigado en el pecho la menor consideración ni el más mínimo respeto por las ínfulas, los blasones, la honra y el buen nombre de sus amos; toda aquella reata de prietos facinerosos que se holgaban en menguar aviesamente el patrimonio genuino de los propietarios de vidas y de haciendas; toda aquella mentada mala simiente, negra y amarga, engendro perverso de la bilis del demonio, que no albergaba en el corazón de piedra ninguna virtud, a la hora aseñalada que pegaba el carrerón arrebatado de la fuida, se iba derecho y con soberbia a aquerenciarse en ese montal de satanás llamado Huachipa, ubicado a una legua y media de distancia, en dirección al levante, de la conocida villa denominada por los peninsulares Ciudad de los Reyes, capital del Perú que, en honor a la verdad desnuda, nunca fue de reyes sino apenas de visorreyes de capa caída y de media mampara porque, a la luz de los hechos concretos, la susodicha ciudad de Lima jamás tuvo, bajo su firmamente nubloso, color panza de burro, monarca imperial de testa coronada.

Ahí, en Huachipa, entre espinales arrancatrapo y carrizales cundidos de garrapatas; en aquel lugar montoso, lleno de aguazales y de pantanos, se congregaba en palenque endemoniado toda la negrada levantisca y de mala entraña que se había fuido, sin el menor remordimiento ni el más mínimo reparo, de la sujeción humanitaria de sus amos. Ahí, en los predios de Huachipa, se hallaba emplazada la guarida principal de los cimarrones, negros raza de cochino, que formaban afrentosamente una poblada entera de salvajes sin moral ni gobierno, sueltos en el garbanzal del desbarajuste y cada quien en disposición de su libre albedrío como la cosa más natural. Y para mayor ofensa contra la autoridad constituida, los susomentados cimarrones se habían fortificado con diversa laya de recursos que ostensiblemente los tornaba en elementos peligrosos, pues tenían a la mano, que ya no era acomedida sino artera, rejones, catanas, machetes, chafarotes, flechas emponzoñadas con tétanos, huaracas pedreras a la usanza de los indios, y hasta arcabuces que vomitaban pólvora y bala.

Los tales cimarrones sin freno ni escrúpulos, cebados por el desbarajuste del libre albedrío, vivían no sólo en la holganza del libertinaje, con el mayor cuajo y frescura, sino que se dedicaban con esmerado ahínco a la torcida causa de la rapiña, especialmente contra los hacendados más prósperos de los alrededores de la llamada Ciudad de los Reyes. Entonces ocurría que en el momento menos pensado, de entre los espinales, como si fueran una pandilla de demonios brotados del infierno, aparecían de improviso y se apoderaban con todo desparpajo, sin ninguna mesura, de las mulas con la diversidad coloreada de los bastimentos. Eran tan facinerosos en el proceder que no se conformaban con adueñarse de las acémilas de paso modoso y del nutrido cargamento, sino que para remate todavía les quedaba la insolencia de agarrar del pescuezo a las víctimas de aquel abominable asalto, tal si dichas personalidades de tan alta estima y figuración social fuesen simples muñecos de risión y de burla, para luego todavía permitirse la licencia y el avance confianzudo de ajustarles las clavijas sin ninguna clemencia, con mayor esmero y antojo cuando veían, por el natural donaire que exhibían, que se trataba sin cuestión de gente bien nacida, de personajes de reconocido abolengo y de caudalosa hacienda. A veces el maltrato resultaba tan grave y sin misericordia, Señor, que los sujetos del brutal maltrato se quedaban muertos en el camino, sin pena terrestral ni gloria eterna, así como le ocurrió, sin ir muy lejos para el caso, al encumbrado encomendero don Mariano Jesús de Ocharán, que cuando lo encontraron tirado en el camino ya era cadáver y hasta estaba convertido en carroña, porque había ocurrido que después que los cimarrones lo estropearon salvajemente, entonces habían bajado del cielo los coscontes cabeza colorada, en parvada hórrida, y empezaron a picotearle el mero culo, a sacarle por ahí la bazofia como a cualquier res muerta de aventazón. Tan repudiable ocurrencia sucedió precisamente en el camino que iba hacia Lurigancho, donde el susoconocido encomendero, protector de las vocaciones celestiales y de las buenas intenciones terrestres, tenía asentada, entre guayabos y chirimoyos, su estancia terrenal.

Aparte de que asaltaban a los transeúntes acaudalados, así mismo, con premeditada alevosía, los endemoniados cimarrones forzaban a las mujeres de los ricos más sobresalientes. A los hacendados que se pavoneaban dichosos porque disponían sin cuento de indios de servidumbre y de negros esclavos, los castraban sin mayores contemplaciones ni prolegómenos endulzadores y, así, les bajaban el copete de una sola y mala vez. Los facinerosos asaltantes, a quienes Dios les había negado el alma, todavía tenían la osadía y el descaro de afirmar, palabra sobre palabra, que cometían aquel atropello inaudito para que sirviera de escarmiento, como si ellos, los cimarrones sin moral ni gobierno, pudieran hablar derechamente de la justicia digna que honraba al género humano. Así fue cómo, lejos de la menor condescendencia y en contra de los cánones del candor sublime, la violaron a boca de jarro a doña María Isabel Saldívar de Osambela, soberana mujerona, exuberante de atributos benditos, porta estandarte mayor en la procesión del Santísimo y esposa legítima en primeras nupcias de don Antonio de Osambela, hacendado de Vitarte y miembro edilicio del municipio de Lima. Ocurrió entonces que los cimarrones destrabaron sus tarugos vivientes y golosamente estropearon las delicias que florecían en la mentada dama de alta alcurnia. Actuaron con tanta malevolencia y satanería, ayudándose los muy depravados con los chirimacos de la arrechura y el santolino de la apetencia, que luego le pegaron para siempre, a tan ilustre señora, el vicio incurable de la ardencia infinita. Desde aquella fecha infausta, doña María Isabel Saldívar de Osambela pasaba el día entero a buen recaudo en su heredad conyugal, pero cada instante, dale que dale con el cominillo del apetito carnal y humedeciéndose con la aguadija de la lubricidad. Lo hacía con tan sincera pasión que su marido, el empinado don Antonio de Osambela, regidor del ayuntamiento de la Ciudad de los Reyes, tuvo que resignarse a la desgracia y él mismo, por propia iniciativa, como buen cristiano caritativo, aunque soterradamente, tenía que buscarle a su mujer garañones que tuviesen las gónadas lustrosas y bien rayadas, si era posible con tinta china, y, como complemento imprescindible, que se manejasen una buena trompa de cochino con un solo hueco y de calibre aventajado; pero además, el susodicho elegido por sus dones naturales debía poseer especial destreza en el arte cenagoso del camaleo y un sostenido empuje de chancho alunado a la hora del agárrate Catalina. Entonces don Antonio de Osambela, dueño de caudalosa hacienda, sufragaba con creces, en efectivo o en especies, según el antojo del interesado, en primer lugar el silencio y la complicidad, y en segunda instancia el esfuerzo desaforado que significaba rampar con los hígados en la boca hasta la cumbre del resbaloso monte de goce. Doña María Isabel Saldívar de Osambela se había vuelto muy imaginativa y experta en la magia de sacar conejos fugaces sin necesidad de que existiese, para tal fin, la menor coyuntura. Le encantaba abandonarse desnuda, a la de Dios, y abrir las piernas sin el mínimo pudor para que se le ventilara la fruta; le fascinaba quedarse suspendida, con las nalgas en pindinga y a tiro de escopeta, mientras soñaba, aferrada a la realidad, el sueño real de la dicha suprema. Tan sólo con la mirada para no romper el encanto de la situación, pedía que la manosearan del modo más perverso y sosegado; que le hurgaran las intimidades con pachocha oriental y mano sabia; que probaran de introducirle cadenciosamente en el túnel meloso, luego de atentárselo con los dedos y de pasarle la lengua, pomos de loza inglesa, tapones de garrafa, adornos de porcelana china, muñequitos de biscuit de Limoges, pisapapeles de Murano, piedras pulidas por la mar serena, bolas de cristal de Bohemia, cabos de vela de esperma bendita, empuñaduras de plata, guineos morados, peras de agua, mangos de

chupar, las uvas del racimo que mentaba el aeda celeste
Javier Sologuren y, así, por lo consiguiente, cuanta cosa
estuviese a disposición y al alcance del brazo en el momento del desenfreno. Se estremecía como una potranca primeriza cuando jugaban con sus partes pudendas
y temblorosamente pedía más. Se deshacía a la hora que
la ensalivaban de pies a cabeza como si ella en persona
fuese caramelo de coco. Entonces clamaba que la
embarrasen con manteca, con cera de abeja, con dulce
de guayaba, con melaza de caña, con licor de menta, con
mantequilla de cacao, con merengue sentimental, y que
enseguida la lamieran ávidamente como a una golosina.
Al fin, con los ojos en blanco por el vicio del placer,
pedía que la atorasen de modo bárbaro, sin tregua ni
respiro, con empujones de bestia cuadrúpeda primero,
luego con seguidilla de perro chimo, ese perro calato, sin
pelambre, invento de la cultura Chimú. En la cumbre
del goce suplicaba, los ojos vidriosos por el estertor
de la arrechura, que le dijeran al oído, con accesido de
can en celo, los pensamientos más sucios de la mañose-
ría humana, mientras por adebajo la descuartizaban
viva, la desgarraban a zarpazos como el león feroz a la
delicada gacela, entonces recién se hundía babeando
en la agonía del placer, con un ronquido de complacencia gloriosa. Después de todo aquel tramojo gordiano, siempre surgía la duda si aquella ardencia desaforada no habría sido, desde el principio, la índole
natural de doña María Isabel Saldívar de Osambela
que ahora, gracias a la tropelía carnal de los cimarrones, ella podía satisfacer a sus anchas, sin tener que
sujetar su deseo caudaloso con las trabas estériles de la
bendita decencia.

Pero los cimarrones no se quedaron engolosinados
en los linderos pegajosos del estupro. Al más altivo y
autoritario entre los propietarios de Huachipa, a don

Próspero Rizo Patrón, uno de los encomenderos más poderosos de Lima, tanto que nadie se atrevía ni siquiera a pisar encima de su rastro; al terrateniente que había enchapado con láminas de plata de nueve décimos el techo y las paredes de la capilla de su hacienda, a don Próspero Rizo Patrón que también tenía minas de oro en Nasca, le emascularon limpiamente las gónadas igual que a un verraco rompe chiquero. Le dibujaron primero una raya fina con navaja de barbero en cada uno de los compañones. Un trabajo cauteloso de mano sabia. Luego sin asco le pegaron un apretón en seco, como para hacer saltar el taco de una postema. Las bolas brotaron inmaculadas, limpias del menor estropicio y sin rasgo de sangre. Enseguida, para ponerlo a salvo de la queresa corruptora le embutieron expeditivamente un puñado de ceniza en las talegas vacías, de manera que don Próspero Rizo Patrón, terrateniente en Lima y minero en Nasca, sin habérselo propuesto quedó convertido en un hombre con unos capachos dignos de lucirse, con indumentaria adrede, en los salones más pretensiosos de la Ciudad de los Reyes. Provisionalmente, mientras le duraba la convalecencia, tuvo el orgullo de llevar puestas unas reverendas criadillas de otro lote que además lo salvaron de los riesgos de la mosca gusanera. Después, cuando le cicatrizaron las fisuras, ¡arza! los cimarrones lo soltaron a don Próspero Rizo Patrón para que fuera a orearse en el mejor recaudo de su inabarcable tenencia terrestral, pues para el parecer tosco de los citados malandrines de oscura apariencia, el ponderado encomendero de gran copete ya había recibido demasiados halagos y excesivas atenciones.

A partir de aquella fecha plagada de ocurrencias terribles que habían dejado una marca en el firmamento, y que tanto la gente de arriba, así como la gente de abajo la conservaban nítida en la mente, y que nunca iban a poder olvidarla porque tenían la señal a la vista; a partir de entonces a don Próspero Rizo Patrón le comenzó a engordar la papada, los codos se le redondearon como si se los hubiese pulido pausadamente con piedra pómez, las caderas le reventaron igual que los cotiledones del frejol, prodigio que la metamorfosis de la fortuna transformó luego en deslumbrantes alas de mariposa. Ahí fue cuando a don Próspero Rizo Patrón se le dio por morrongonear con sosegado deleite, mientras permanecía sentado plácidamente, en la molicie, todo el santo día, expandido en una legítima mecedora de Venecia que no requería de impulso ni de esfuerzo alguno. Desde aquel entonces, tal y conforme quedó escrito en los troncos carcomidos por la carcoma, don Próspero Rizo Patrón vivió encantado con las atenciones que le brindaban los siervos que lo rodeaban; pero más contento aún con la índole pasiva de su naciente felicidad.

A la vuelta de tres generaciones

Y ahora, a la vuelta de tres generaciones, ahí estaba
Gumersindo Guzmán, en Cahuachi, sentado como Dios
adebajo del añoso huarango que sombreaba la casa de
carrizo y pajarobobo. Era tan retinto en toda su fisonomía que nadie al verlo iba a imaginarse, por la hostia
bendita, que había tenido muy cerca, entre sus ascen-
dientes, un abuelo con pelambre amarilla y ojos azules.
Así como estaba sentado, igual que Dios uno y trino, en
actitud incierta, Gumersindo Guzmán parecía el retrato
de sí mismo, su propia fotografía, y costaba trabajo
pensar que era él en persona, pues más verdadero y de
carne y hueso se le veía cuando iba montado a burro,
con la lampa al hombro. Dejó pasar el viento de las doce
sin ningún remordimiento mientras contemplaba absorto las musarañas.

La transparencia derretida del calor flameaba por
encima de la ciudad enterrada de los gentiles. Gumersindo Guzmán vio, al otro lado de las ruinas polvorien-
tas del Cahuachi primigenio, el desierto que se perdía
en el horizonte como un cenizal sin remedio. El sabía

que allá donde terminaba esa distancia descolorida, allá estaba en su afán proceloso el mar océano, la orilla de la playa barrida por la eterna reventazón de las olas y el inicio del camino por donde en algún tiempo remoto había cruzado ese territorio inhóspito el primer Guzmán, el fundador de la azarosa estirpe de gloria y de escarnio, cuya copiosa urdimbre ahora nadie comprendía a cabalidad. Gumersindo Guzmán se restregó la cochambre del rostro, la barba de afrechillo, y sopesó que de aquella estirpe trasconejada en los recovecos del acontecer crónico, él era apenas un eslabón perdido y sus veinticinco hijos quizás sólo los calabrotes sueltos de una sucesión de inútil memoria.

Aún continuaba con la mirada puesta en la reverberación del calor, preguntándose cómo era que la sequedad más ardiente tenía la misma apariencia fluida del agua cristalina, afanado en explicarse la esencia mendaz del espejismo, ahora que lo tenía delante de los ojos, cuando en eso la voz acornetada de Bartola Avilés Chacaltana, su mujer, lo sacó en vilo de entre los embelecos del miramira.

—¿Qué haces ahí embebecido en la nada?

—Estoy mirando el calor.

—Se te van a secar los ojos por esa necedad de burro mostrenco.

—Mejor, así ya no podrán llorar el día que el alma se me parta en dos como una sandía.

—Déjate de embelecos, marido, y ven que ya vamos a almorzar.

Adebajo de la ramada, a la sombra del emparrado invadido por la exuberancia del cancato en flor, se extendía interminable la mesa del comedor ocupada por un batallón de comensales de alzada y edad diversas, pero dueños todos de cierto continente repetido. Unos eran ya hombres hechos y derechos con olor a chivato, en cambio habían otros todavía maltones a quienes recién les estaba floreando la sinvergüencería, y aun aquellos que ni sabían qué cosa debían hacer con el atributo que les había prodigado Dios, o los que sabiéndolo esperaban con santa paciencia que se les espesara un poco más el agua de arroz para comenzar a subir al níspero. Habían sacado el color tinto del padre y un relumbre cerril en los ojos como el brillo perenne que fogoneaba en los ojos de la madre.

Gumersindo Guzmán arrimó la paila de comida, le entregó a su mujer el cucharón labrado con gracia en un palo de sauce y ceremonioso repartió la mirada entre sus veinticinco hijos antes de sentarse en la cabecera de la mesa. Los Guzmán constituían sin discusión ni duda la familia más numerosa no sólo de Cahuachi sino de todos los alrededores conocidos y mentados por algún valimento. La noticia de su desmesura, veinticinco hijos del mismo padre y de la misma madre, todos varones, había sido llevada y traída con más solicitud que el bitoque del topiquero del pueblo. De modo que los Guzmán, padre y madre, ya tenían una fama difundida y frondosa que empezaba a repercutir también en cada hijo, como que al final de cuentas ellos, los hijos, eran los únicos causantes directos de la evidencia que los había puesto en boca de todo el mundo.

Nadie ponía en tela de juicio la creencia legendaria de que existía una ley del gobierno a favor de las familias que tuvieran más de doce hijos varones, ley tan dadivosa que les otorgaba el derecho a recibir de por vida la mantención del estado, pues toda prole numerosa representaba en los hechos la mejor garantía de que el gobierno siempre iba a contar con un vasto contingente de carne de cañón para sostener las intermitentes guerras de la falsía. El caso era que Gumersindo Guzmán jamás llegó a ilusionarse con el pregonado paraíso terrenal de la mantención del estado, y menos aún su mujer, Bartola Avilés Chacaltana, tan recalcitrante contra todo aquello que oliera a sello oficial, pero nunca faltaban los acomedidos que a cualquier hora estaban dándole manizuela a la victrola y repitiendo el mismo disco: que ya era tiempo de que los Guzmán se presentaran en el palacio del gobierno, ante el presidente de la república, para reclamar la asignación vitalicia a la que tenían derecho por mandamiento de la legalidad y de la costumbre. A pesar del optimismo de los acomedidos, Bartola Avilés Chacaltana no cedía un ápice en su actitud refractaria frente al estado y frente al gobierno que para ella eran la misma jeringa sólo que cada vez con diferente bitoque. Que ella no creía ni siquiera en la lotería, decía, ya que los bolos de la suerte estaban en manos de la beneficencia pública, o sea del estado, y menos iba a darle crédito a las leyes del gobierno. Por su lado Gumersindo Guzmán parecía más permeable a las conjeturas de la gente, aunque pertenecía a la casta de aquellas personas simples como una patada de mula que ante las argumentaciones bizantinas, en torno a la creación del mundo por ejemplo, siempre cortaban por lo sano preguntando con perspicua inocencia si alguien por casualidad había retratado alguna vez a Dios. Pero que era permeable, lo era. En cambio su mujer parecía esa tierra de fundición que aguantaba la candela y cualquier embate del destino con más ñeque que el propio hierro.

Con paciencia sobrellevaron las habladurías, las murmuraciones de apostillón, las condenas contra una supuesta inercia que los acomedidos decían que era producto de la desidia y de la falta de roce social. Si en cierto momento alguien vaciló, ese fue Gumersindo Guzmán, mientras que Bartola Avilés Chacaltana nunca perdió las riendas del sentido común, sino al revés, más bien ante cada insistencia peregrina ella siempre estuvo encima del caballo de la resolución, con los pies engarruñados en los estribos. Habían procreado a sus veinticinco hijos, luego los habían visto crecer en el sol y en la sequedad como el lucraco, y no se hicieron mala sangre ni perdieron jamás el empuje que se necesitaba para ir arreando la vida palante. En los momentos más duros, de sólo viento y ceniza, habían sabido esquivar la desesperación. Al fin preferían echarse al hombro las habladurías gratuitas.

Seguramente que Gumersindo Guzmán y Bartola Avilés Chacaltana no eran de manera exacta, cada quien, tal para cual, ni eran tampoco las dos tapas gemelas de una misma chancaca, y menos aún las hechuras perfectas y a pedido de boca, pero sabían entenderse con una sutileza que nunca dejaba de ser real y palpable como el más vivo deseo amoroso. En sí y para sí no necesitaban mucho del uso de las palabras. En cualquier ocasión de mayor o menor cuantía les bastaba una mirada fugaz, un particular encuentro de ojos, aunque cuando se hallaban en la situación ineludible de soltar la lengua, ambos resultaban unos verdaderos artífices del palique y hasta discurseadores de tribuna si se ofrecía la oportunidad y se daba el hecho. Especialmente Bartola que aparte del ancestro parlero de los Avilés, llevaba en la sangre la índole de los Chacaltana de Ica, esos indios costeños, pelo duro, talón rajado, destetados con pallares, tan alegosos y lenguaraces que, como siempre tenían revueltos los hígados de la confrontación, andaban comprándose los pleitos ajenos y encabezando con ardor los reclamos de la gente, los bochinches de protesta contra los ricos y las autoridades venales. En resumidas cuentas y hablando en oro, para Gumersindo y Bartola las palabras eran en el mejor de los casos un entretenimiento, un floreo de ida y de regreso, sin embargo no ignoraban que las palabras encerraban en sí tanto riesgo como un cuchillo filudo, pues todas podían ser bálsamo de alivio pero también mortífero veneno.

Ellos, Gumersindo y Bartola, se habían conocido sin hablar. Ella estaba alumbrando devotamente, con un cirio grande y de colores, a la virgen del Perpetuo Socorro, en la procesión de la fiesta de Nasca, un 8 de septiembre de un año bisiesto que había sido abundante en aguas, cuando sintió en la cara una repentina quemazón de rubor. Miró por encima de la candela del cirio, sin pestañar, y se encontró de sopetón con los ojos vehementes de un muchachón sacudido por el trabucazo del disfuerzo amoroso. Ella sintió un corrimiento que le subió desde las uñas de los pies hasta la raíz de los cabellos, luego le quedó una sensación de espanto, como que el corazón iba a salírsele por la boca. Apretó fuerte el cirio que tenía en las manos y simuló que contemplaba el rostro de la virgen, la gargantilla de bolitas azules y garbanzos de oro que las señoronas de mucho empaque llamaban con aspaventosa suficiencia lapislázuli. Pero Gumersindo Guzmán no se tragó la píldora de la simulada indiferencia y siguió cateando de reojo a la muchacha cuya estampa le había descuajeringado el corazón. Ella estaba al tanto de los afanes de él porque con el rabo del ojo podía verlo de cuerpo entero como en una vitrina de exhibición. Esa era para Bartola Avilés una especialidad en la que nadie había logrado superarla. Desde muy niña, amadrinada con su prima Brígida Agapito, se había ejercitado obstinadamente en esa maña y con la insistencia y la repetición, que hasta el diablo habría metido su cola en ese negocio, consiguió verdaderos prodigios que para la gente mayor, por supuesto, únicamente representaban los visos del consentimiento y la malacrianza. Veía no sólo hacia los costados más extremos sin necesidad de voltear la cara sino que limpiamente casi alcanzaba a distinguir aquello que estaba ubicado a sus espaldas. De modo que sin darse a notar ella permanecía al tanto del empeño de aquel muchachón que no dejaba de tantearla con mayores tretas que un aguaitador de piches. Pero ambos conocían los escondites de ese disfuerzo porque de otra manera a Bartola le habría bastado un solo jalón de ojos para mandarlo, arza, por allá sin ninguna condescendencia y él habría tenido que escabullirse entre la gente con la cara cayéndosele de vergüenza. Fue nada más que un relampagueo de ojos, un relumbrón fugaz como el coletazo del cometa, pero después de aquella noche, luego de ese encontrón de las miradas en la procesión de la virgen del Perpetuo Socorro, Bartola Avilés Chacaltana ya no regresó con sus padres a la casa de Tambo de Perro.

Después que terminó la procesión y cuando los Avilés se buscaban para ver si faltaba alguien, antes de emprender el regreso al caserío de Tambro de Perro, sólo en ese momento advirtieron la ausencia manifiesta de Bartola, un vacío como si se hubiera abierto el suelo adelante de sus pies. Mordiendo la desesperación, trasegada toda esperanza y sólo por cumplir con el rito de un amargo reproche, la aguardaron en el Puente de Palo, a la salida del pueblo, hasta que clareó el día. Después se fueron, sin disimular la vergüenza y el menoscabo, pero asidos al consuelo de que no eran los únicos burlados por el baldazo del amor, pues la procesión de la fiesta de Nasca se había convertido desde tiempo atrás en el bosque de la China donde las muchachas en edad de merecer se transformaban en humo de incienso al menor descuido. Entonces nadie daba razón de ellas ni tampoco quedaban huellas delatoras, era como si la tierra se las hubiera tragado y de nada valía voltear el mundo al revés o arar el cielo. Había que esperar únicamente, porque ninguna dicha resultaba eterna como para que los beneficiarios se sustrajeran definitivamente de las tiritañas de la existencia doméstica. Al tercer día, envuelta en el sosiego de la consumación, fraguada ya en sus propios humores, la desaparecida volvía a tomar cuerpo ante los ojos de sus padres, acompañada del causante de la situación, y en ese instante a los progenitores no les quedaba otro remedio que poner buena cara o morirse de colerina como en el tiempo de antes.

Pero Bartola no se había ido muy lejos. Sólo les tomó la delantera por el mismo callejón de higuerones que salía de Nasca hacia Tambo de Perro. Iba llorando de gusto, agarrada a la cintura de Gumersindo que la llevaba ancada en su yegua mora, dejando que el viento fresco de septiembre le secara las lágrimas en la cara. Ella podía reconocer en el cielo, abierto a la oscuridad de la medianoche, Las tres cabrillas, El camino de Santiago, La cruz del sur. Siempre le había gustado solazarse en la contemplación del firmamento y llenarse la cabeza de sueños. Ese arregosto por la lejanía cósmica no se le quitó ni siquiera cuando, a los quince años, la agarró el coletazo del cometa que amenazaba arruinar el mundo. Aquella noche había salido, contra la voluntad de su madre, a la vastedad de la pampa para hacer de aguas, pues a ella la bacinica le parecía un abominable instrumento de tortura. Consideraba algo incontrovertible que las urgencias del cuerpo había que ventilarlas al aire libre. Y ella estaba ahí en la pampa, sumida en la preocupación de su menester fisiológico, cuando de pronto la sacudió el ramalazo del cometa de la ruina y la dejó sonámbula, envuelta en un polvo sideral que se podía palpar con las yemas de los dedos como si fuera talco de carnavales. Entonces fue que escuchó por primera vez un silbido de chaucato adentro de su barriga. Y ahora mientras iba ancada en la yegua, apretada a la espalda de Gumersindo, volvió a escucharlo nítido e inconfundible.

—¿Qué fue? —dijo él sofrenando a la yegua.

—Es el viento —contestó ella y soltó un suspiro.

Estaba clareando la madrugada del 9 de septiembre de ese año bisiesto y ellos se desviaron del camino grande y tomaron un atajo con dirección a Cahuachi. El lucero de las cuatro brillaba en el cielo abierto más que ningún otro y dejaba ver el perfil distante del volcán de Jumana.

—¿Por qué llorabas? —pregunto él.

—De gusto —respondió ella.

Un matojo de perlillo coposo y exuberante en el leve claror de la madrugada les llamó la atención. Ambos lo habían mirado en el mismo instante, pensando seguramente que esa frondosidad resultaba exagerada ahí en esa tierra desguarnecida, salpicada apenas de lucracos y cardosantos. Pero así era el perlillo, insólito, raro, un arbusto impenitente, frondoso aun en el estiaje más feroz. Llegada su temporada, sin echar flores ni insinuar brote alguno, se cargaba de la noche a la mañana de uvas gordas, lechosas y traslúcidas; sin embargo a ese follaje ubérrimo no se animaban a meterle diente ni siquiera las cabras que comían chánguano, palos secos, espinas malévolas, huano petrificado. ¿Qué tenían esas hojas lustrosas, sin olor ni hedor, para que no fueran la tentación del paladar de ningún animal herbívoro? En cambio las uvas opulentas constituían el muquicio predilecto de los chaucatos y de las cochucas que luego cagaban con holgura y diseminaban por doquiera las pepitas blancas, en forma de cuerno o medialuna, que el sólo verlas alentaba la curiosidad por encontrarle una definición a tanto misterio, pues dichas semillas no germinaban jamás, permanecían donde las dejaban los mentados pájaros como unos colmillos minúsculos de elefantes diminutos, y a pesar de ello, en el lugar más seco e insospechado, brotaba un perlillo cuyo verdor parecía el puro espejismo.

Gumersindo detuvo a la yegua y se apearon ahí, al lado del perlillo coposo. Sentían bajo las pisadas que el suelo estaba cubierto por una gruesa costra de ayapana. Bartola recordó el hotel de don Eusebio Matta, los losetones flojos del piso, escombrado por el tiempo y el abandono, en donde por primera vez en su vida había sentido el eco profundo de sus propias pisadas, antes que la llevaran caminando a la pila del bautismo, ese mismo día que conoció por fin la luz eléctrica. Gumersindo pensó en el ruido que producirían los galletones de agua bajo una pisada bárbara, pero aquello sería un pecado, tanto como pisar el pan, el maíz, cualquier grano bendito que era alimento y semilla. Bartola se agachó y recogió una loncha de ayapana. Aún era muy temprano para jugar a quién llegaba más lejos, pero se daba el caso que había suficiente claridad y se podía ver el horizonte, medio celeste en la quietud de la madrugada. Se acomodó la loncha de ayapana entre el índice y el pulgar de la mano izquierda. Era zurda a pesar de todo el esfuerzo que habían hecho padres y maestros para trocarla en diestra. Tomó impulso y soltura hondeando el brazo y, zum, lanzó la placa en cortaviento, lejos, con tanta facilidad que Gumersindo sintió una culebra en el cuerpo y entonces ya no estaba muy seguro de que podría superar la distancia como quien no quería la cosa. Hasta quiso eludir la situación, pero Bartola recogió otra loncha, similar a la que ella había utilizado, la mojó con la punta de la lengua, un breve sello húmedo, y se la entregó. Gumersindo se acercó la loncha a la boca y sobre la arcilla reseca que más parecía una galleta, quedaron dos marcas oscuras. Ambos sintieron entonces que les revivía en la memoria el husmo feraz y el ambrosino placible del agua nueva. En esa ocasión el río era como una fiesta que se desbordaba entre la alegría del agua que significaba la salvación de los sembríos y el desbarajuste del torrente loco que amenazaba con la ruina. Desde la orilla incierta del río las lonchas lanzadas por niños y jóvenes con habilidad particular, pues cada quien para ese menester tenía su magancia, daban dos, tres, cuatro y hasta cinco brincos sobre la faz del torrente y muchas veces lograban pasar a la otra orilla, suceso que sin duda quedaba escrito en la memoria con letras de oro.

—Ahora tú —dijo Bartola.

Gumersindo se hizo el sereno, se dibujo rápidamente un semblante de calma, aunque por dentro lo atenazaba una tiesura que le hervía en las venas del cuello. Tendió la mirada con un gesto de visionario auscultador del tiempo y enseguida estiró el brazo hacia atrás muy lentamente. Arrojó la loncha con un envión de ruletero que parecía recién inventado y el aire quieto de la mañana soltó un silbido de chaucato. A pesar de toda aquella confluencia de recursos la loncha no avanzó más allá de la distancia alcanzada por Bartola.

—Me ganaste —dijo él.

—No —dijo ella— tú me ganaste.

Permanecieron callados durante un rato, velando absortos el relente que cubría la superficie de la tierra. Ni la hora, ni la opacidad del aire impedían que ya se presintiera el calor. Gumersindo percibió en el vaho de la mañana, o tal vez sólo en su imaginación, un olor tenue a camarón crudo. Era un olor que lo estremecía de dulce espanto. En ese momento en medio de los dos comenzó a hincharse el insaciable pulpo de ocho ramales. Bartola había cerrado los ojos y Gumersindo descubrió en la oscuridad tenebrosa del ardor de la sangre que, en la cuestión del sabor y en el asunto de la consistencia, el pallar afiebrado de las orejas resultaba casi idéntico a las hojas carnosas del verdolagón de agua nueva. Salado y carnudo. Caliente y lingual. Bartola sintió un corrimiento de hormigas en el espinazo y tuvo ganas legítimas de volverse loca, de arrancarse los vestidos y salir gritando. Ajustó el angulo poderoso de su brazo izquierdo lanzador de lonchas contra el cogote de Gumersindo para estrangularlo. Lo iba a matar limpiamente, iba sentir el crujido de los huesos. Las hojas del verdolagón se habían puesto jabonosas. Eran también como lenguas. Bartola apretaba las brevas hinchadas, los pezones de azúcar, contra el pecho duro de Gumersindo, entre tanto él tampoco se quedaba quieto y buscaba mañosamente las pomas de la delicia, pero aún no podía soltarse en el garbanzal porque el brazo de Bartola lo tenía sujeto de la nuca. Pero luego ella misma lo fue empujando del cogote como a un becerro mamón. Las brevas eran dulces como el dulce que les salía del culito a las azaleas, a las hortencias, a las begonias. Todo se había vuelto un hervidero de placer, pero nada era comparable a la dulzura de la hondura grande. Ahí se juntaban los jaboncillos de cada quien, los ardores que brotaban, cada uno de su respectiva gloria. El brazo de muchacho hurgando empecinado el pozo de la dicha cubierto de culantrillo. En la oscuridad húmeda se movía un incansable caracol.

Arrebatados por la delicia de la fruta prohibida, abandonados a la voracidad de sus apetitos, se dejaron caer sin control por el desbarrancadero de la pasión. Se dieron duro y parejo, sin tregua ni reposo. Se revolcaron con furia de amor hasta casi botar los bofes. Los abrasaba la sed, los aguijoneaba el hambre, los descoyuntaba el cansancio, y a pesar de aquello aún tenían ganas de exprimirse, de lamerse los últimos jugos. Ella se acostó de lado, recogió un poco las piernas, echó hacia atrás las nalgas y entonces la flordeagua abrió su corola a la luz del amanecer. El miró el panal de miel y fue introduciéndose lánguidamente en la deliciosa humedad.

El relumbrón de la mañana y el anuncio del calor los sacó de la soñolencia. Estragados pero dichosos desenredaron sus cuerpos, recogieron sus miembros, y ya no les quedó más remedio que mirar al mundo cara a cara. La yegua los observaba con mansedumbre, como si hubiera comprendido perfectamente cada uno de sus arrebatos. El perlillo coposo y de uvas opulentas parecía más reverdecido que nunca.

Gumersindo Guzmán era entonces muy joven y vivía aún en la casa de sus padres, pero ya tenía bajo su entera responsabilidad, como locatario, una parcela de tierra sembrada de algodón egipcio, en cuyos bordos cultivaba, con meticulosa paciencia que para muchos ya rayaba en la pachocha, una interminable diversidad de plantas de panllevar, de modo que la parcela más que chacra parecía un muestrario de la botánica agrícola, un museo viviente de los especímenes vegetales que se cultivaban en la región, algunos desde el tiempo de los gentiles y otros desde la llegada de los españoles. Argüía que así, de esa manera surtida, las plagas de las siete madres no se enviciaban con su sembrío y que además como acudían bichos de distinta laya, éstos terminaban devorándose entre ellos y dejaban al fin que brotara el pallar taure, que echara sus dientes menudos el maíz chulpe, que floreara el alverjón, que empezara a parir la papa morada, que se alongara la yuca yema de huevo, que engordara el camote oreja de galgo, que pintara el pepino mataserrano, que se enlechara el maní pichuleniño, que se tilingueara la caihua, que enroscara

43

sus guías la sandía terrestral, que soltara su hedor el poto utilitario, que luciera su flor el mate dulce, que desparramara su perfume el melón de la reina, que se enverrugara el zapallo criollo, que se llenara de capachos el garbanzo, que se envainara el panamito, que se le redondeara el culo a la calpara, que alargara el pescuezo la calabaza blanca, y por último que levantara cabeza cuanta pepita él había sacado de su alforja del diablo para enterrarla ahí, en esa parcela de locatario, menguada y ajena.

A pesar de su edad ya había ganado fama de lampero diestro y rompedor, infatigable en las competencias. Si lo buscaban también sabía desovillar oscuras alianzas. No sólo tenía sus chirimacos de gentil, hembra y macho, alimentados con piedra imán de los cuatro puntos cardinales, sino también un santolino sin cabeza, tortoleado con alambre cabello de virgen, que eran tan milagrosos que cuando los tenía juntos y como aliados, la lampa parecía de seda y corría sola, y él nada más se ocupaba de manejarla ya fuera para aporcar, cajonear una acequia, o en la limpia del canal madre donde había que cuadrar las champas de gramalote y luego zumbarlas con artificio por encima de la cabeza. Eso cuando trabajaba por tarea en las tierras de la hacienda, pues entonces valía cualquier magancia con tal de que pasara sin despertar sospechas ante los ojos vigilantes de los caporales. Era de tal modo porque Gumersindo, aparte de que atendía la parcela que le habían asignado como locatario, estaba obligado a jornalear o sacar tareas en los cultivos directos que hacía la hacienda, los cuales ocupaban, por supuesto, las mejores tierras de Cahuachi. Pero Gumersindo no se quedaba ahí. Había aprendido también, de puro marrajo, el oficio de amansador de burros bravos que laceaba en los huarangales de Uzaca y de Jumana.

Aquella mañana del 9 de septiembre cuando Gumersindo llegó en la yegua mora acompañado de Bartola, su padre ya lo estaba esperando en la puerta de la casa, sentado en una perezosa de sauce, escobillando distraídamente el suelo con un pie y simulando que tenía puesta toda su atención en la lectura del almanaque Bristol. Sin levantar la mirada de la página de los eclipses, sin dejar de mover el pie, como si hablara con el aire, preguntó que quién era la muchacha que había llegado ancada detrás suyo en la yegua mora. Con el mayor acomedimiento que pudo darle al tono de su voz, Gumersindo le contestó que era la hija de don Gaudencio Avilés y de doña Felícita Chacaltana que vivían en el caserío de Tambo de Perro.

—¿Y qué viento la ha traído para acá?

—Estaba en Nasca, en la procesión de la virgen, y yo me la he traído robada.

El padre se revolvió con la agilidad de un gato de monte que no iba con su apariencia ventruda y Gumersindo sintió en el hombro el relámpago quemante de un vergazo. La vista se le nubló, le temblaban las piernas, sentía una sequedad de ceniza en la boca, le ardían las orejas por afuera y adentro sentía un zumbido infinito. Cuando se le aclaró un poco la vista vio a su padre, grueso y macizo como un huarango, que tenía en la mano el fuete hecho con la verga de un toro. Lo siguió viendo a través de las telarañas del dolor y luego lo vio a través de las telarañas del recuerdo como en una fotografía.

—¿Y a quién le pediste licencia para meter tu hocico en el plato de loza? —dijo el padre sin mirar todavía a Bartola que se había quedado en un lado paralizada.

—A nadie, papá.

—¿Y eso es de gente?

—No, papá.

—¿Dónde está el respeto y la decencia?

—Quiero que usted y mi mamá vayan a Tambo de Perro para que hablen con don Gaudencio y con doña Felícita.

—¿Cuándo?

—Ahora mismo si pueden.

—Bueno —dijo y soltó la verga— Apareja entonces la mula roma y la burra azuleja. Y tú, hijita, ven para que Benedicta te dé un poco de agua del Carmen porque seguro estás asustada.

Adebajo del añoso huarango donde había anidado el enjambre de abejas árabes que escapó al naufragio del buque que tocó fondo en la Punta de los Ingleses, al sur de Puerto Caballa, en 1901. Bajo la sombra centenaria que cobijó a esa bola de moscones laboriosos que atravesó el desierto zarandeada por los vientos de la paraca. En dicho último reducto, al borde de los médanos de la ciudad enterrada, ahí donde se refugió esa mancha de zumbidos que sobrevivió a la zozobra del buque de la catástrofe, en tal lugar fue donde Gumersindo Guzmán y Bartola Avilés Chacaltana construyeron su casa de carrizo y pajarobobo. Bregaron duramente de la mañana al anochecer, durante días, acarreando desde las orillas del río horcones y alfanjillas de huarango, varas de pajarobobo, tercios de carrizo que luego utilizaron con cálculo y oficio hasta que tuvieron delante de los ojos una vivienda airosa, tan bien acabada que parecía un pastel de pascua. Sobre la edificación inicial, armoniosa y a prueba de ventarrones, desplegaron después los añadidos: corredores, nuevas habitaciones, enramadas, conforme iban pasando los años y fueron naciendo sucesivamente los hijos más allá de toda previsión y sospecha, en una seguidilla sin término que a la primera que sorprendió fue a la propia Bartola Avilés Chacaltana que sobrellevó en las entrañas, sin pausa ni fatiga, y sin pedir chepa, el peso de la gestación de cada uno de los veinticinco hijos que con el andar del tiempo, aunque ellos nunca se lo imaginaron, iban a dar origen a la existencia de la mentada banda de músicos que paseó para arriba y para abajo el nombre de Cahuachi.

Bartola había sentido las primeras náuseas, pero no dijo nada. Masticó sin ninguna reticencia el cargado amargor de unas semillas de balsamina china y luego se dirigió con más sosiego al dormitorio. Mientras se alistaba cuidadosamente para salir con Gumersindo a la ranchería de Cahuachi, la boca se le llenó de agua ácida. Tampoco hizo comentario alguno. En el camino, durante el trayecto hacia el caserío, contuvo hasta tres lánguidos bostezos. Cuando sintió que la flojera la hundía en la blandura de la soñolencia, reaccionó en el momento y carajeó a la burra, sobre la que iba montada, para espantar de aquella manera el sueño. Gumersindo, pensando posiblemente en la inmortalidad de las musarañas, trotaba adelante, en la yegua mora.

Bajaron por el portachuelo de Jahuay Chico y luego atravesaron el río de aguas de remanente, verde y lamoso. Una gallareta soltó la estridencia de su chiflido desde el totoral cercano y las acémilas orejearon vivamente, pero sin espantarse. Entraron al caserío por el lado de la capilla y se dirigieron hacia el amarradero ubicado en la puerta de la colca grande, cuyos altos paredones de adobe estaban tachonados de panales de avispas. Bartola, impelida por una costumbre que conservaba desde la infancia, se mordió la punta de la lengua: ese era el conjuro más efectivo para pasmarle la furia a las avispas. Después se bajó del lomo de la burra mediante una especie de estribo corredizo que hizo con la propia rienda y, manejando con destreza inigualable ese artificio de chilindrina, se deslizó suavemente hasta tocar el suelo con la levedad de una pluma, ante la mirada embolada de la gente y el bochorno intonso de Gumersindo.

Se dirigieron al tambo del doctor chino José Lau Fi para comprar las provisiones de la quincena. Luego que le dictaron la relación de pedidos, Bartola aprovechó para consultarle qué podía tomar contra las náuseas del embarazo. El doctor José Lau Fi le dijo que nada, pues se trataba de un malestar natural, que únicamente, para distraer la molestia, retuviera en la boca una ciruela verde, sin mascarla ni tragarse el jugo porque podía darle maldiansia. El chino José Lau Fi había ejercido la medicina allá en su tierra, al otro lado del mundo, en el legendario Cantón, y en el caserío de Cahuachi la gente le tenía mucha fe y continuaba llamándolo doctor sin ningún menoscabo.

Con la afilada certeza de quien conocía al dedillo su menester, el doctor José Lau Fi le señaló a Bartola que si las náuseas no se disipaban, entonces que regresara con entera confianza, que él podía prepararle un remedio, pero que por el momento cualquier específico resultaba innecesario. Las cucharadas que preparaba laboriosamente el doctor José Lau Fi tenían un rico aroma a fresa silvestre, un olor que parecía el efluvio de la tentación, sin embargo en el acápite del sabor y del gusto, dichas cucharadas se igualaban paritariamente con el emuntorio de los mil demonios. Aunque eso sí, para tal panacea no existía fiebre infecciosa, ni tabardillo, ni mal de pujos, ni entripado alguno que se resistiera. A veces esas cucharadas de pacenciosa elaboración resultaban mejores y más efectivas que la propia mano de Dios. De modo que por ese camino la gente había sacado en limpio qué enfermedades debían encomendársele al doctor José Lau Fi, cuáles resultaban más a propósito para la ciencia del médico Manuel Matienzo Pardo que ejercía su profesión en Nasca, y en qué casos más valía buscar el auxilio sibilino de doña Locaria Vilca, la santiguadora, y cuándo era preferible recurrir a los imbunches de don Pascual Pillaca, el llamador, o a los ceremoniales del brujo Críspulo Rincón que trabajaba en alianza con los cerros, o los ardiles del Manco Cirilo Gainazo que urdía sus malagañas encompinchado con la candela, y por qué en algunas circunstancias ya no quedaba otro recurso que encomendar el enfermo a la bendita voluntad de Dios. También tenían bien entendido que determinados quebrantos sólo eran el producto lastimoso de la estrechez y de la miseria.

Dejaron las provisiones encargadas en el tambo y se dirigieron a la esquina del juego del choclón, donde la gente de la ranchería se entretenía con el azar de las apuestas. Ahí, con buen ojo mercantil, doña Eduarda Polanco instalaba cada semana su mesa de vivandera surtida con los potajes que más reclamaba el antojo de la clientela: cuyes fritos en manteca, camotes asoleados asados en rescoldo, gallina mechada, adobo de puerco, mote de maíz morocho pelado con ceniza, papas bañadas en salsa de requesón y ají amarillo, carne de huanaco huatiada con siete hierbas y cinco especerías. Gumersindo reclamó su potaje preferido: patas de cochino hervidas en vinagre, eso que la gente llamaba fiambre. Doña Eduarda Polanco le contestó al punto que sí había y apartó el retazo de tocuyo que cubría una fuente de peltre azul.

—Esto no es para la gente corriente —dijo— Por eso lo tengo guardadito.

—Sírvame un par —pidió Gumersindo.

—Yo no quiero —señaló Bartola.

—¿Cuyes?

—Tampoco. No tengo apetito. Más bien dame esa plata en crudo para jugármela en el choclón.

En ese preciso instante brotó del vientre de Bartola el silbido insólito de un chaucato, un chiflido inconfundible, tan nítido que aclaró el aire y dejó un zumbido infinito.

—¿Qué fue eso? —preguntó Gumersindo.

Pero Bartola ya se alejaba, tintineando un puñado de monedas, en dirección al tumulto, donde la gente seguía embebecida el juego del choclón. Se abrió campo pidiendo perdón y empujando con los codos a izquierda y derecha. Conforme los apostadores, ensimismados en las apuestas, se iban dando cuenta que se trataba de una mujer, le abrían sitio con deferencia. Bartola se ubicó en primera fila. Apostó al nueve y siguió la trayectoria del bolón, con ensoñadora concentración, como si contemplara en el cielo el recorrido de una estrella vagabunda. El bolón parecía irremediablemente atraído por el fondo del choclón, pero hizo un raro balanceo y se detuvo en el nueve. Bartola sofrenó su entusiasmo por afuera, aunque por adentro le brincaba el corazón. Ella siempre había creído que a la suerte se la tenía que mirar como si fuese carne de cogote. Recogió la ganancia y con una serenidad de jugadora curtida, sin la menor vacilación, apostó fuerte al dos. También ganó. Redobló el monto de la apuesta y se embarcó en el número once. Volvió a salir favorecida. Apostó al quince y por lo consiguiente. Todas las cábalas y las abusiones de los apostadores empezaron a naufragar esa tarde del 20 de agosto. Bartola conservó la naturalidad como si aquella exagerada coincidencia fuera cosa de todos los días. Apostó dos pilas de monedas al cinco y se repitió su buena estrella. Había acumulado tanta ganancia de un solo tirón que el Potroso Andía, que entonces tenía la caja y tiraba el bolo del juego, se sintió sofocado por un remolino de calor. No se le ocurrió nada mejor que abrir los brazos para luego dejarlos caer desgonzados en una clara muestra de desaliento. A Bartola le relampagueron los ojos.

—Te compro la caja —dijo y empujó una impresionante pila de monedas.

El Potroso Andía ladeó la cabeza embarullado por la idea de perder soga y cabra.

—Bueno —dijo y le cedió el lugar.

El juego se reinició con mayores bríos. Los apostadores empedernidos que preferían desbancar la caja antes que comprarla, ajustaron sus chirimacos, se arrancaron tronidos de la quijada, a izquierda y derecha, para espantar el chucaque de la mala ventura. A pesar de todos aquellos imbunches y aspavientos que pretendían atarantarla, Bartola les dio chico y partido, en una seguidilla abrumadora. Sin embargo los apostadores permanecieron en sus trece, como engolosinados con la derrota y dispuestos a alimentar hasta el infinito el dale que dale de la buena suerte que iluminaba a Bartola como una exageración del destino, ese 20 de agosto, ahí en el choclón de la ranchería de Cahuachi.

Tranquila y sin perder los papeles iba amontonando pilas de monedas a su alrededor y lanzando con conocimiento de causa y con mano zurda el bolón de la ventura. Entonces fue cuando brotó la flor de la codicia. Ahí estaba, entre el tumulto de rostros impávidos, el brazo levantado del Turco Curruchano, la mano con el dedo índice igual que el Señor Jesucristo que siendo Dios, o hijo de Dios, pedía permiso primero antes de hablar. El Turco Curruchano era un mercachifle forastero que recorría los caseríos polvorientos a lomo de mula. Iba de casa en casa ofreciendo su mercadería, incluso al fiado, y luego recalaba en la ranchería de Cahuachi, casi por inercia, sustraído por la hospitalidad de la gente. Siempre encontraba ahí un rincón para dormir, ramazón para su mula y una invitación para compartir la mesa con alguna familia en la mañana, al mediodía o en la noche. Nadie, nunca jamás, vendía su racha de buena suerte, eso lo sabía hasta el gallito pelau, pero parecía que el Turco Curruchano no entendía de abusiones. De modo que formuló con inocencia, a pique de que lo mandaran al carajo, el ofrecimiento de una bolsillada de monedas por el derecho a la caja gananciosa. La gente en ese momento volteó a mirarlo, avergonzada, pensando que el Turco Curruchano posiblemente tenía una potra en el cerebro, que se le había subido de donde la tenía el Potroso Andía. Sin embargo, para cada circunstancia había una respuesta particular. Bartola no era de aquellas personas que vivían enmancornadas por las creencias, de manera que sacó la cuenta como se la dictaba la lógica del sentido común y llegó a la conclusión de que la suerte resultaba en definitiva un boleto de ida y de regreso que devolvía al pasajero de la fortuna al mismo lugar de donde había partido. Sentía, además, que ya era suficiente, que para gusto bastaba y sobraba, que las piernas ya se le estaban adormeciendo de tanto permanecer sentada sobre ellas, de modo que midió al Turco Curruchano de pies a cabeza, lo destazó con la mirada de idéntica forma como era el proceder en ese juego infantil que decía que cuando tu mamá te mandara a comprar carne no pidieras de aquí, ni de aquí, ni de aquí, sólo de aquí. Ya no le dio más vueltas a esa tuerca para que no se robara el gusano y, sin quitarle la mirada de encima, le propuso:

—Dobla la cantidad y la caja es tuya.

El Turco Curruchano que ya estaba con la mecha encendida aceptó en el acto. Bartola abandonó el juego y regresó cargada de dinero a la mesa de doña Eduarda Polanco, donde Gumersindo la esperaba entretenido con el penúltimo asentativo, un copón de pisco que ya se lo había hecho repetir varias veces, pues se trataba de un aguardiente que merecía quitarse el sombrero antes de paladearlo. Al ver a Bartola con todo un cargamento de monedas, Gumersindo pensó que el pisco ya lo estaba haciendo ver visiones.

—¿Qué está ocurriendo? —dijo restregándose los ojos.

—Nada —dijo Bartola— Que hice mi cosecha en el choclón.

Con el capital que acumuló de una sola sentada y casi sin respirar, esa tarde del 20 de agosto, Bartola compró en Ica el nuevo invento de la máquina de coser a pedal y aprendió a manejarla con tanta rapidez que el vendedor quedó convencido que había gente que nacía sabiendo. Como complemento Bartola adquirió en el almacén Wuffarden un fardo de telas de remate: retazos de zaraza, muestras de batista, jiras de cañamazo, bandas de cordellate, retales de sempiterna y muselina, tiras de percala, maulas de caqui, lienzos de organdí, desguayes de tocuyo y casinete para vestir a precio de baratillo al caserío entero.

Antes del primer parto empezó la industria de la costurería. Durante un tiempo sufrió con el canesú que resultaba un quebradero de cabeza, pues siempre sobraba o faltaba. Bartola resolvió el problema imponiendo la moda del encarrujado de mariposa que ya parecía una ponderada labor de cuajadillo que merecía un sinfín de elogios, pero en la pura verdad sólo se trataba de un mediopespunte que a Bartola le permitía correr el hilo para zanjar a caballazo la reticencia del cuello y las mangas, y cuanto nudo gordiano se le presentaba en el camino de hacer coincidir el corte con la costura.

Pero aquel día de su suerte, cuando brotó de su vientre el chiflido del chaucato, Bartola había visto en los ojos de doña Eduarda Polanco una ansiedad contenida. Desde entonces no se quedó tranquila hasta que pudo regresar al lugar donde la vivandera instalaba semanalmente su mesa con los potajes de la tentación. Gumersindo se había quedado en el tambo del doctor Lau Fi dictándole la lista de pedidos y Bartola llegó sola al puesto de doña Eduarda Polanco, con el pretexto de comer algún bocadillo de antojo. Se acodó en la mesa con la parsimonia de los clientes asiduos y buscó, con la mirada limpia de intenciones, la mirada de la vivandera.

—Estás embarazada, ¿no? —le dijo doña Eduarda Polanco— Ese chiflido del chaucato es la semilla de la progenie.

—¿Qué progenie? —preguntó Bartola.

Doña Eduarda pasó un trapo sobre el hule limpio y luego echó el cuerpo para atrás y se puso una mano en la cintura. Usaba unas alpargatas de tocuyo verde con planta de yute, pero les había sacado los pasadores. Le tocó una mano como para darle confianza y luego le dijo:

—La progenie, hija. Nunca se sabe. Ya el tiempo lo dirá. Pero hubiera sido mejor sacártelo antes del embarazo. Ahora sólo servirá para que no estés mortificada con esa cantaleta. Aunque a veces queda el eco. Anda el viernes a mi casa, al mediodía. Llevas una aguja de arriero y un pomo de agua del Carmen. Ese día a la hora que te levantes empiezas a echar ajos y mierdas sin ton ni son, pero no críes colera. Si sientes que te hierve la sangre o se te revuelve la bilis, me avisas, no te quedes callada. No te olvides, desde que te levantes hasta que cruces el umbral de la puerta de mi casa, no dejes de echar sapos y culebras. Sin rabia, acuérdate. Eso sí con gusto y con ganas, como si cantaras esa linda canción que dice que en el bosque de la China una china se perdió. Seguro que a ti te agarró el ramalazo de la cola del cometa y te dejó adentro de la barriga el chaucato de la

54

progenie.

—¿Qué progenie, doña Eduarda?

—La progenie, hija. No te olvides de la aguja de arriero y del pomo de agua del Carmen. Ahora si te complace me traes de regalo para mí dos barras de chocolate Campoy. Y hazme el favor, si no es mucho pedir, enséñale a mi hija Adelaida a chancar trapos en ese invento zumbador que dicen que has traído de Ica.

Esclavos y cimarrones II

Frente a tanta garfiña e insolencia, que ya no existía manera de sujetar a la negrada arrejuntada por obra del demonio en el mentado palenque de Huachipa, el concilio mayor de la Real Audiencia de Lima nombró al general don Martín Zamora en el cargo de primera mano ejecutiva para someter nuevamente a los susodichos cimarrones al yugo razonable de la esclavitud. Como adjunto en el mando de la comisión punitiva fue nombrado don Francisco Mogollón de Tudela, en mérito a su condición visible de representante de los hacendados, quienes constituían en los hechos las víctimas directas de los latrocinios que cometían a toda hora los fugitivos de la esclavitud. Para bien del orden y de la legalidad, la excursión punitiva recibió contingente numeroso y bien armado, con pertrechos de guerra suficientes para tenderles un cerco duradero a los facinerosos cobijados en le palenque de Huachipa. Con tales recursos la mano ejecutiva de la justicia debía prender a los obrantes en delito de cimarronaje y enseguida torturarlos sin misericordia, no sólo por las tropelías cometidas sino también por aquellos agravios que tenían planeado cometer. Para tal caso la comisión punitiva contaba con el consentimiento expreso de la Real Audiencia y, también, con la venia afirmativa del visorrey. Ambas licencias autorizaban a las fuerzas coercitivas para colgar a los cimarrones culpables de asaltos y luego rematarlos a palos. El mismo escarmiento debía aplicárseles, sin vacilación, a los sospechosos.

La dureza resultaba inevitable, pues los desmanes cometidos por los forajidos amadrinados en el palenque de Huachipa hacía rato que habían rebasado la raya de la tolerancia. Pero a pesar del rigor de las medidas correctivas proclamadas a los cuatro vientos, los cimarrones continuaban manejándose con la misma soberbia en cada fechoría. Una noche llegaron, con todo desparpajo, a la hacienda de don Pedro Joseph Alcalá. Eran cinco negros armados con escopetas y catanas, entre los que sobresalía el cabecilla, un negro jeta redoblada y con voz de fragua que lo llamaban Catalino Advíncula, alias el Nasqueño, cimarrón de origen congo, fuido de la hacienda Pangaraví. Don Pedro Joseph Alcalá les preguntó, muy sañudo, que qué cosa buscaban, carajo, merodeando en su propiedad. El tal Catalino Advíncula le contestó en lengua bozal, que era un castellano mascado, que ellos habían oído decir que él, don Pedro Joseph Alcalá los quería abalear, y que estaban ahí, en su delante ni más ni menos, para ahorrarle el trabajo de tener que ir a buscarlos al monte a pique de que cogiera un mal aire o lo enredara alguna víbora achirotada. Hasta le ofrecieron una escopeta espingarda para que luego don Pedro Joseph Alcalá no fuese a decir y a llenarse la boca con el cuento de que había gastado pólvora en gallinazos. El mentado Catalino Advíncula le alcanzó el arma, se la tendió como lo más natural, pero don Pedro Joseph Alcalá cambió de semblante, se puso descolorido como papel cometa, y no le quedó otro remedio que retroceder unos pasos, hecho un cangrejo, y luego jurar por la hostia consagrada que jamás en la vida había dicho tal desatino, aquella torpeza de abalear a unos cristianos tan acomedidos. Sin necesidad de que los cimarrones le pidiesen nada, don Pedro Joseph por su propia voluntad procedió a entregarles una fanega de maíz, dos cargas de yuca, un puerco mediano y hasta especerías de condimento.

Pero la cosa no acabó ahí. A los cimarrones no les interesaba aconcharse con ningún terrateniente de pagado abolengo. Por eso sucedió que el día de nuestra señora de Santa Ana, justamente cuando don Pedro Joseph Alcalá se encontraba solazándose en el corredor de su casa hacienda, arribó muy sofocado un leñatero harto conocido y asaz famoso en los alrededores de Huachipa y en las calles de la Ciudad de los Reyes. El leñatero de marras era mentado y muy costeante en su manera de ser pues todo el tiempo hablaba en verso. Versos rimados al machete que fluían de su boca de tramboyo como la cosa más natural. Le preguntaban en serio y con propósitos mercantiles que cuánto quería por seis cargas de leña, y él contestaba en un repique, sin abandonar sus aires de méster de juglaría: para hacele a su mercé/ cuentas cabales/ págueme su mercé/ catorce reales. Si tenía que dar los buenos días, igual, soltaba en el acto una rima de contrapunto. Para cualquier indagación, pregunta o comentario, disponía siempre de una respuesta versada que como mandada hacer la tenía pendiente en la punta de la lengua, pues el curioso leñatero también fungía de fuente de consulta y de tesauro sobre cualquier tópico de la sabiduría humana, aparte de que no faltaban quienes le atribuían la condición de oráculo ambulante que nunca se quedaba callado.

Entonces aquel día que estaba marcado en el almanaque con tinta colorada, el leñatero de verso florido llegó a la casa hacienda de don Pedro Joseph Alcalá y, con su desenvoltura de mercachifle cantor, sembró la mañana con una sombra de misterio. Sin embargo el hacendado no le dio coba. Don Pedro Joseph Alcalá se hizo el gran señor y desplegó los alardes de una falsa preocupación. Sin hacerse mala sangre el leñatero se mantuvo impasible en la machaconería de sus versos de pacotilla. Luego, con la rima infalible de su recitación y su generosidad de pila de agua bendita, le soltó el toro de la realidad al terrateniente. Lo puso al corriente del motivo particular que tenía esa visita mañanera. El leñatero había llegado exprofesamente para entregarle a don Pedro Joseph Alcalá un recado urgente de Antuco Lucumí, el cimarrón que hacía de cabeza principal de aquellos facinerosos aquerenciados en el palenque de Huachipa. Se lo indicó en bien ajustados versos y al final remató el mensaje con un sonsonete puntilloso: así me lo dijo a mí/ que soy vejestorio/ Antuco Lucumí/ en tono perentorio.

El hacendado don Pedro Joseph Alcalá sabía que Antuco Lucumí se hacía llamar alcalde de Huachipa y que, además, se había vuelto soberbio no sólo de la boca para afuera sino que tenía la osadía de confirmar lo dicho con los hechos cuando lo ponían o él propio se ponía en ese trance. Por eso ante el anuncio del leñatero versador, a don Pedro Joseph Alcalá no le quedó otro recurso que manotear el aire que esa mañana parecía limpio de intenciones. Pero fue tan leve el desahogo que de todos modos la bilis le brotó por dentro. Soltó un carajo de rabia; después solo se apaciguó. Parecía iluminado por alguna razón. Entonces, ya de mejor talente le pidió al leñatero que le explicase los pormenores del mensaje de Antuco Lucumí. El versador aprovechó la oportunidad para florearse a su regalado gusto, mientras don Pedro Joseph Alcalá escuchaba con la boca abierta el atrevido encargo que le enviaba Antuco Lucumí, el pretendido alcalde del palenque de Huachipa, aquel cobijadero de cimarrones que se había convertido en el antro temido donde anidaban el vicio y la rapiña.

En verdad, el recado de Antuco Lucumí era exiguo. Estaba enmarcado en los términos estrictos. Solamente las palabras necesarias. Pero ocurría que el leñatero había remachado el mensaje con versos de oropel; lo había revestido con las alas prestadas de mil mariposas, a imagen y semejanza de lo que hacía el trovador surquillano Manuel Acosta Ojeda. En dicho recado el alcalde de Huachipa, investido en su papel de autoridad montaraz, le pedía al terrateniente que se apropincuara al palenque, solo y de modo discreto, en el término de la distancia.

Hablando en oro, la solicitud resultaba ajustada y acomedida; sólo que llevaba por dentro algo parecido a una horma de hierro. Don Pedro Joseph Alcalá pudo percibirla en todo cuanto tenía de ostensible y sintió con amargura cómo se le iba derrumbando el orgullo. Sabía, de manera suficiente, que ni el ejército real ni las fuerzas punitivas organizadas contra los cimarrones iban a prestarle protección en el momento oportuno. Entonces, cambió de modo repentino. Se transformó en otra persona y miró al leñatero con una mansedumbre de cordero pascual y le mostró las manos que en otras circunstancias habían manejado el fuete del señorío. Luego alegó, inerme, que en ese momento no disponía de acémila para trasladarse hasta Huachipa. Que el lomo entero de su mula estaba convertido en una sola matanga florecida. Que Antuco Lucumí, el célebre Chavelilla, el cabeza principal de los cimarrones, le hiciera el bien de dispensarlo. El leñatero, pese a su hábito parlero y versador, guardó silencio, no ensayó réplica alguna, únicamente asintió con el gesto y acomodó en la memoria, palabra por palabra, el argumento esgrimido por el terrateniente. Después volvió sobre sus pasos como un duende de monte.

Al día siguiente, a media mañana, cuando don Pedro Joseph Alcalá estaba desayunando y tenía sobre la mesa, al lado del yantar, la escopeta de municiones, apareció nuevamente el leñatero de marras. Esta vez jalaba una mula de recia estampa, revestida con todos los aparejos de una cabalgadura pretensiosa. Siempre en versos floridos, pero con una seriedad de cara de palo, el leñatero le indicó al hacendado que Antuco Lucumí le enviaba aquella acémila enjaezada con primoroso atildamiento para que se encaramara de inmediato sobre ella y enrumbara hacia el palenque. No tenía que preocuparse ni de la discreción ni del camino porque la mula sola, por su cuenta y riesgo, lo iba a llevar al mero lugar del encuentro.

Sobre el lomo de la mula enviada de exprofeso, el alcalde del palenque de Huachipa había mandado instalar un parasol de lujo arzobispal que estaba provisto, para mayor garantía, de un cortinaje de tules de Bruselas que atajaba con sutileza perfecta el asedio empalgoso de los mosquitos borrachillos y la tortura de los jejenes casi invisibles. Más comodidad y halago, había dicho Antuco Lucumí mientras ponía en el camino al leñatero, ni para la virgen santísima, madre de nuestro señor Jesucristo.

A don Pedro Joseph Alcalá no le quedó otro remedio que hacer el acatamiento de aquella invitación que, por lo demás, no había modo de eludir. No tenía el menor reparo contra la delicadeza y la cortesía que empleaba en el trato Antuco Lucumí, y que el leñatero pulía aun más, sin embargo cuando don Pedro Joseph Alcalá montó sobre la mula tenía dibujado en la cara el semblante afligido de los condenados a muerte.

A la hora que don Pedro Joseph Alcalá llegó al palenque de Huachipa, guiado tan sólo por la mula que montaba, fue recibido en el acto por Antuco Lucumí en persona. El jefe, cabeza mayor y alcalde del palenque, estaba en compañía de su lugarteniente Catalino Advíncula y, para hacer mayor aspaviento, de otros diez cimarrones de la peor calaña, armados todos con rejones y catanas. El palenque parecía un poblado, pero también tenía el aire de un cuartel de guerra. Ni Antuco Lucumí, ni cimarrón alguno, ejerció sobre don Pedro Joseph Alcalá amenaza de ninguna clase, sin embargo el terrateniente sentía como si alguien invisible estuviese sopesando cada uno de sus gestos, tomando nota de las flaquezas que le hormigueaban por dentro.

Ahí, en el palenque de Huachipa, en dicho protervo reducto atrincherado con empalizadas, los alzados contra la ley de la esclavitud tenían a media docena de prisioneros que pertenecían al contingente del general don Martín Zamora, que se movilizaba por los alrededores, preparándose para darles a los cimarrones la guerra final por mandato expreso del visorrey y de la Real Audiencia. Los prisioneros habían caído en la cautividad, atrapados con el señuelo infalible de la carne cruda. Dos mujeres donosas, de ancas suculentas, se habían puesto en pindinga, con el terciopelo al aire, para adornar el paisaje mientras recogían tomatillos silvestres. Ellas permanecían entregadas al empeño de aquel supuesto quehacer, y la fruta, bañada en miel, exhibía su perniciosa delicia como si dicho matorral inhóspito fuera el paraíso terrenal de Adan y Eva. Entonces la tentación desató al lobo de la lascivia y media docena de soldados de la expedición punitiva, que vieron aquel manjar perdido en el monte de goce, cayeron igual que moscas en el cenagoso panal de miel.

Y ahora estaban ahí, en el desamparo del cautiverio, amarrados de pies y de manos, lamentándose inútilmente de sus propias ansias. El alcalde Antuco Lucumí les había pedido que escogieran entre la capadura monda, con la consiguiente libertad incondicional, o las sombras de un presidio. Ellos, los prisioneros, habían contestado en coro y sin vacilar que preferían lo último si era que se trataba de una cárcel sin las torturas del cepo y de la barra. De lo contrario no les quedaba otro camino que sumirse en la mansedumbre y en el ronroneo como los gatos capones.

Ese era el motivo por el cual Antuco Lucumí, en nombre y en representación del palenque de Huachipa, había mandado llamar a don Pedro Joseph Alcalá, quien para su propio bien y salud se había hecho presente en el momento oportuno. El cabecilla de los cimarrones lo hizo sentar en una silleta con armazón de sauce y asiento de soguillas trenzadas con malahoja de plátano. Lo sentó como a un parvuliche en el primer día de escuela y le encargó que reposara el ánimo, que se despejara la mente de calentamientos y de arrebatos. Cuando lo vio sosegado y con el semblante sereno y limpio de intenciones, empezó a leerle pausadamente la cartilla completa que contenía el credo vindicativo de los cimarrones. El credo no aparecía escrito en rollo de pergamino, ni siquiera en una foja corriente de papel de despacho, pero Antuco Lucumí se sabía toda esa declaración de memoria. El hecho de que no estuviese escrita no era óbice para que Antuco Lucumí señalase con pausa cada punto y cada acápite. Luego, a la hora que le pareció que ya era suficiente y hasta de sobra para las entendederas de don Pedro Joseph Alcalá, le propuso al hacendado un trato de igual a igual.

Si se trataba de un hombre acaudalado que él mismo

podía considerarse cristiano humanitario; entonces, sin la menor duda, iba a impedir, a como diera lugar, que los cimarrones sin alma ni perdón de Dios llegasen a cumplir sus perversos designios: emascular a los soldados de la comisión punitiva que habían caído prisioneros. El acuerdo consistía en lo siguiente: él, don Pedro Joseph Alcalá, debía encerrar a los soldados cautivos en la cárcel de su hacienda, pero en calabozos de simple encierro, donde no existiesen aparatos de tormento. Don Pedro Joseph Alcalá prometió, bajo palabra de honor, cumplir a pie juntillas aquel trato. En caso contrario pagaría con sus propias criadillas el menor intento de socavar tal acuerdo.

De esa manera, pensaban los cimarrones, el palenque de Huachipa se libraba del peso y de la mortificación que significaba vigilar día y noche a los prisioneros, aparte del gasto que representaba darles el sustento diario. Tal frescura y tamaño cuajo que se manejaban los facinerosos fuidos del freno de la esclavitud, y que no tenía antecedentes en la historia colonial, era lo que más preocupaba a los encomenderos, a los usufructuarios de prebendas, a la Real Audiencia, al visorrey y, en definitiva, a quienes gozaban de privilegios en la Ciudad de los Reyes y en todo el territorio donde antes los gentiles de la antigüedad habían vivido con entera justicia.

Sagrada familia

Tal y conforme lo pronosticaba el veredicto de la
costumbre, el primer alumbramiento resultó difícil, no
por el hecho en sí, que llegado el momento culminó de
manera expeditiva, sino porque desde temprano lo
enmarañó la angustias de los preámbulos interminables
que sobretejieron las mujeres que ya habían sufrido ese
trance cenagoso y que por lo mismo disponían del achaque para llenarse la boca con el decir de que nadie hablaba de ciencia sino de experiencia. Aquella fronda de
consejos la mantuvieron a Bartola con el aliento en un
hilo hasta que llegada la hora, por fin, la atenazaron
firme los retorcijones de la inminencia y enseguida, sin
tiempo para poner en práctica las recomendaciones
bizantinas, se vio envuelta en el descalabro fructífero
del parto. Así, sin mayores presagios, empezó lo que
iba a ser luego una cordelada de negros parapantá,
como decía la propia Bartola Avilés en son de broma.

Después del alumbramiento primerizo florecieron en
ella insospechados atributos que la convirtieron en una
mujer rotunda, tanto en la apariencia como en el carác-

ter. Era pico duro en los alegatos que requerían de labia y de sustancia. Pertenecía cabalmente a la estirpe de aquellas mujeres que luchaban a brazo partido en las contiendas, cara a cara con los riesgos mayores, tanto que con la vehemencia que ponía en las acciones Bartola Avilés era capaz de resucitar las causas perdidas. En cuanto al temple y la resolución resultaba evidente que cada embarazo la fraguaba más y le iba dando también una inocultable hermosura maciza como aquella que adornaba a los puentes de calicanto. Los hijos no la amarraron a la rutina del hogar, por el contrario, con los años se volvió más corajuda y combativa, volcada hacia el exterior, siempre atenta y pendiente de cuanto ocurría a su alrededor y aun más allá de Cahuachi, porque estaba convencida que los conflictos no terminaban ahí, en esas tierras que rodeaban el caserío, sino que precisamente en dicho lugar estaba el comienzo, nada más, de una confrontación que tenía su nido y origen, la madre del cordero, en las torres más altas, que cuanto más arriba se elevaran, tal vez hasta igualar la cúspide del alto lirio, peor iba a ser la caída.

Durante la histórica huelga que paralizó por primera vez las haciendas algodoneras del valle de Nasca, en consonancia con el movimiento laboral que se agitaba en Ica, y que dejó anclados y mosqueándose en Puerto Caballa a los buques ingleses que conducían el oro blanco hacia Liverpool; durante aquel sacudón que dejó una raya notable en el pellejo del tigre de los recuerdos; en tales días de rebelión en los que ya nada tenía que hacer el vinagre con el aceite, Bartola Avilés Chacaltana se amarró bien las polleras de cañamazo, se las ajustó de alma con una huaraca de gentil, agarró en la mano zurda un garrote de lloque y salió por ahí para allá, rompiendo el suelo con sus zapatones matavíbora, para ponerse a la cabeza de la hilera de huelguistas que marchaban hacia la carretera grande para cortar el tránsito de vehículos y esperar ahí, carajo, a las autoridades de la provincia. La solución de la huelga ya no era negocio que había que tratar con los hacendados. Ellos habían dicho con el mayor desparpajo que se cagaban en la tapa del horno, que no iban a hacer caso al mandato de la ley que establecía la jornada de las ocho horas.

Ya Temístocles Rocha que por aquel entonces no tenía tierras ni propiedad alguna, y que para ganarse el aprecio de los poderosos fungía de perro guardián de los hacendados y, según algunos testimonios lenguaraces, hasta de bragueta siempre dispuesta para atender la demanda de los ricos zafados de la culata; ya Temístocles Rocha que por aquella época vivía en Ica sólo como lambizcón de los acaudalados, de los Elías, de los Picasso, de los Malatesta, de los Dasso, como mandadero y acomedido que se envalentonaba porque los gamonales le daban armas y matones para que amedrentara a los campesinos que reclamaban justicia; ya dicho fulano sin oficio ni beneficio, pero proclive a la sobonería a favor de los poderosos; ya dicho elemento tristemente célebre no sólo en Ica sino en los confines de la república, que llevaba en el aliento el veneno propio de los tinterillos, de los sicarios, les había calentado la oreja a los terratenientes con el alegato amañado de que la ley sobre la jornada laboral de las ocho horas únicamente regía para los obreros de las fábricas. Entonces los gamonales de Ica que andaban hurgando un pretexto para escamotear el cumplimiento de la ley, se cerraron en la prepotencia de que la norma que señalaba la jornada laboral de las ocho horas no alcanzaba en sus beneficios a los trabajadores del campo.

De modo que los campesinos entendieron que ya no quedaba nada que tratar con los hacendados, aunque los hacendados supieran perfectamente que la disposición comprendía a todos los asalariados de la república. La solución quedaba entonces en las manos resbalosas de las autoridades políticas. Pero ¿qué confianza podían tener en unas autoridades que habían sido colocadas por los propios gamonales? Los trabajadores del campo llegaron a la conclusión definitiva de que sólo les quedaba pararse firme y hacer fuerza sin aflojar en ningún momento para que les hicieran caso. En el Perú la justicia no era un derecho, había que conseguirla peleando, a veces con el sacrificio de la propia vida.

Si actuaban a medias tintas o de una manera tibia y moderada, como aconsejaban los conciliadores, las autoridades políticas se iban a lavar las manos mejor que Poncio Pilatos. Tenían que darse cuenta que estaban en Ica, en el Perú, donde las autoridades eran diestras en los menesteres del engaño, tanto que tenían cara para ofrecerles a quienes reclamaban justicia, servirles en fuente de plata el ave del paraíso. Eso cuando se sentían débiles. Si luego los reclamantes insistían en sus demandas, las autoridades políticas pedían la intervención urgente de las fuerzas represivas de la capital de la república para que ahogaran en sangre el reclamo de justicia, y si después de aquello aún quedaban respondones, ahí estaban las cárceles con todos los palastros de la tortura para quebrar a los sobrevivientes.

En Nasca los trabajadores no dudaron en tomar la iniciativa, en pararles de una vez los machos a las autoridades políticas para que se definieran. Nadie dudaba de lo que el subprefecto o el juez rumiaban en sus conciencias, pero querían que lo dijeran de la boca para afuera para saber a qué atenerse. Cabo de Hacha Uchuya señaló meridianamente, con ejemplos que recordaban rebeliones en Puno, levantamientos en Ancash, cómo había sido siempre el proceder de los gamonales en el Perú y el modo de actuar de las autoridades políticas que jamás iban a reconocer a las buenas algún beneficio para los trabajadores. Bartola Avilés también soltó la lengua y precisó que había llegado el momento de dejar a un lado las contemplaciones que podían ser muy buenas en otras circunstancias.

—Si ahora dejamos escapar al venau, que eso es la ley de las ocho horas —dijo— nunca jamás en la vida podremos agarrarlo.

Entonces salieron a la carretera para trancar el tránsito y exigir que las autoridades de la provincia se pronunciaran sobre el cumplimiento de la disposición promulgada por el gobierno y que establecía la jornada laboral de las ocho horas. Los vehículos se iban amontonando en uno y otro sentido, pero las autoridades brillaban por su ausencia. Había una atmósfera tensa que se llenó de olor a pólvora cuando apareció un pelotón de gendarmes, comandado por el capitán Eudocio Tarquino, más conocido con el sobrenombre de Perdona la Pequeñez, un apodo que le aplicaban no por ironía sino porque alguien contó que lo había visto una noche cuando se acercaba con mucho sigilo a la mula prestada que utilizaba para salir al campo. El capitán Eudocio Tarquino había empezado a rascarle el frontal, a frotarle la quijada a la mula de una manera dulcemente sosegada. Luego le palmeó el lomo, le acarició la barriga con cautelosa sabiduría de domador de bravuras. Después avanzó hacia las postrimerías de la bestia y, como si la temida patada de mula fuera nada más que una fábula, se dedicó a sobarle las ancas sin ningún empacho, de modo tan astuto y placentero que la mula se estremeció igual que una tortolita y levantó ligeramente la cola para exhibir la aquiescencia. Entonces el capitán Eudocio Tarquino, dueño y señor de la situación, se acomodó a la altura exacta de su apetencia. Antes de internarse en el viaje cenagoso hacia el fin de la noche, el capitán Eudocio Tarquino hizo un alto y contempló con dolida ternura la dimensión de su atributo. Movió la cabeza afirmativamente como ratificándose en algún pensamiento íntimo y con voz trémula le musitó a la mula:

—Perdona la pequeñez.

Al día siguiente la peregrina frase corrió de boca en boca; fue repetida en mil tonos diferentes, recitada y cantada. La ventilaron en los conversaderos perniciosos de la plaza de armas, incluso en la banca de Los Pájaros Muertos. Fue escarnecida y celebrada en cada mesa del bar El Palenque. Se entretuvieron arrastrándola los dos bandos en que siempre tendía a dividirse la opinión pública. Cuando la frase, gastada de tanto circular sin descanso, ya estaba a punto de rodar por el mentidero del pueblo, doña Encarnación Bolívar, siempre oportuna y puntual, la tomó al vuelo y se la chantó como un emplasto a su propio gestor. Desde entonces ese fue el epígrafe indeleble que nombraba al capitán de la gendarmería de Nasca.

El pelotón de gendarmes estaba pertrechado como para la guerra, con fusiles Máuser y bayonetas de acero. Ese despliegue de poderío bélico, ahí en medio del camino y al lado de la campiña cubierta de algodonales, lo llenaba de soberbia al capitán Eudocio Tarquino. Sus desplantes, incluso frente a los camioneros que deseaban mostrarse agradecidos, dejaban ver que se sentía irreductible con aquel contingente armado. En efecto, hizo un giro de estratega infalible y se plantó delante de la columna de los trabajadores que habían cerrado el tránsito. Ordenó sin contemplaciones de ninguna especie que despejaran la carretera y que dejaran libre el paso de los vehículos, porque de los contrario, advirtió, iba a terminar metiéndoles bala por atentar contra el orden y la tranquilidad de la república.

—Muévanse, carajo —gritó.

Bartola Avilés Chacaltana le ganó al viento, se adelantó por un segundo y, antes que la vacilación llegara a cuajar en el ánimo de los huelguistas, dio un paso adelante. Se paró firme, con los pies bien puestos sobre la tierra, metida en sus zapatones matavíbora, y le dijo al capitán Eudocio Tarquino que ellos estaban esperando a las autoridades de la provincia, al señor juez, al señor subprefecto, que con los guardias del orden público no tenían ningún pleito ni asunto que discutir, y que si alguien había alterado la tranquilidad de la república, ese alguien eran los hacendados que con toda prosa y soberbia se negaban a acatar la ley que había dado el gobierno. El capitán Eudocio Tarquino se encendió de ira. Quería dárselas de riguroso y estricto, en la creencia de que nadie conocía sus mañoserías de bruto redomado incapaz de enamorar a una mujer. Gritó, envanecido por el respaldo de los gendarmes, que a él nadie le leía la cartilla. Avanzó con toda su corpulencia de mastodonte que hacía más ridículo el sobrenombre Perdona la Pequeñez, pero Bartola Avilés Chacaltana no se movió del lugar donde estaba parada. No se movió ni una pulgada. Ya tenía ella todos los diablos de sus ancestros entreverados en la sangre. Tenía de negro y de indio, una rabia doble que la atizaba por dentro cuando presentía el atropello. Antiguos rumores hervían bajo su piel y sentia que algo iba a ocurrir. Apretó los dientes con fuerza hasta que rechinaron con un temple más duro que el hierro. Si el capitán Eudocio Tarquino la tocaba y ella no movía un dedo, juró en nombre de todos sus antepasados que la tierra iba a tener que abrirse y sorbérsela entera. Tragó saliva y apretó con más fuerza su resolución. Como si el capitán le hubiese leído el pensamiento y quisiese echarle tierra a tanta entereza, siguió avanzando y le dio un empellón a Bartola Avilés ante el estupor de los trabajadores y la sorpresa embolada de los gendarmes. Pero ahí nomás, en el mismo lugar, con una exactitud perfecta, el capitán Eudocio Tarquino encontró la horma de su zapato. Una horma de hierro. Porque ni siquiera supo en qué momento Bartola Avilés Chacaltana se lo pasó en vilo por encima del hombro, como una exageración, y bandangán lo sembró de un contrasuelazo. La situación inesperada y más bien propia de una película, desconcertó a los gendarmes que se quedaron con la boca abierta, aunque tenían los fusiles Máuser en las manos. El caso fue que no dispararon. Permanecieron quietos, congelados en el calor de ese instante del mes de febrero que no podían creer. Los trabajadores se habían quedado, como dijeron después, con los huevos atracados en la garganta. La voz del capitán Eudocio Tarquino rompió la tensión.

—¿Qué pasó negra? —dijo desconcertado y sin rabia, mientras recogía del suelo su corpulencia descalabrada.

Al fin y al cabo, cuando ya no existía ninguna convicción en la espera, llegaron las autoridades de la provincia, el juez y el subprefecto, premunidos de gran detalle y desplante, rodeados por la corte de sus amanuenses meritorios. Querían darse humos de grandeza, pero los denunciaba la vulgaridad, la actitud de coimeros impenitentes. Ambos constituían una yunta de borrachosos sin llenadero que habían recalado en Nasca, cada cual con un nombramiento de autoridad refrendado por los timbres del estado y los sellos de la república. Actuaban bajo el jurado compromiso de cautelar los intereses de los terratenientes. Inútilmente se habían presentado con tanto aparato. Al final lo único que hicieron fue anunciar que toda negociación o acuerdo sobre la jornada de las ocho horas quedaban suspendidos según la orden trasmitida desde Ica por el prefecto del departamento que se encontraba esperando urgentes directivas del Ministerio de Gobierno. Aunque al subprefecto y al juez no se les podía creer ni siquiera aquello que afirmaban que habían comido, en dicha oportunidad una parte de lo que decían era verdad. Efectivamente, el prefecto de Ica, Julio Rodríguez, de origen piurano, había dejado todo en suspenso, pero no porque estuviera esperando directivas del gobierno, a las que él ponía oído sordo, por lo menos en lo referente a la jornada de las ocho horas, conforme con el compromiso adquirido con quienes lo habían colocado en la prefectura, sino por una razón que lo tenía confundido, con una bola hinchada y la otra por reventar: los campesinos y jornaleros iban a reunirse en el caserío de Parcona para emplazar al gobierno sobre el incumplimiento de la ley y el desacato en que estaban incursos los gamonales.

Aquel año que ocurrió el bautizo de fuego de los campesinos iqueños, que por primera vez se habló de huelga en el valle de Nasca, que los trabajadores del campo por fin dejaron de doblar el lomo calladamente, el último de los veinticinco hermanos Guzmán ya andaba mudando los dientes. La reata entera de hijos había salido del mismo molde, amasada y removida con idéntico ardor, sin embargo cada quien tenia su manera particular de pelar el higo y de tumbar la tuna. De toda la hilera interminable de hermanos, algunos nacieron con más sosiego que otros, pero lo inequívoco era que nacieron uno por uno y premunidos para toda la vida de talegas y de un troncho de nervio que les colgaba como badajo en la entrepierna, de modo que en ese renglón no podían quejarse ni de la naturaleza, ni de la voluntad de Dios. Los veinticinco estaban bien habilitados para los embates de la tentación. Ninguno salió manco ni chiclán, como podía darse la casualidad, pues nadie estaba libre de la privanza de los eclipses, ni de la propensión a las delicadezas de la llamada virtud angelical. Por alguna coincidencia que también era motivo de frecuentes conjeturas, entre toda la descendencia de Gumersindo Guzmán y de Bartola Avilés Chacaltana, de cabo a rabo, no se llegó a conocer, ni siquiera para muestra o remedio, la sublime rajadura encrestadita de la sagrada concepción.

Frente a un hecho de tal cariz no faltaban quienes le achacaban directamente a Gumersindo el sambenito de que no había tenido la paciencia suficiente ni el arte necesario para hacerle al pan, a la hora de la labranza y antes de meterlo al horno, la raya memorable de la delicia.

El primerizo de la cuadrilla nació parado y se llevó de encuentro la primogenitura y el arsenal de atavíos de color amarillo que Bartola Avilés Chacaltana había acumulado con gusto y trabajo sirviéndose del artilugio de la máquina de coser, ese invento que ella habia visto en sueños antes de conocerlo y que se imaginó que se trataba del maravilloso aparato que servía para escoger el arroz, pero que cuando lo vio por primera vez en la realidad concreta supo inmediatamente cómo colocar los pies en el pedal y de qué modo pasar el hilo por las diecisiete ranuras de la lanzadera. Desde el primer momento que la tuvo en casa, ella asimiló a la máquina de coser, como lo más natural del mundo, a la condición de utensilio expeditivo. Seguía admirando la sutileza del zurcido, pero en la mayoría de los casos, cuando se trataba de componer la ropa de diario, optaba de buena gana por los parches manifiestos y los tapabalazos de ipsofacto.

Durante muchos días Bartola Avilés Chacaltana

había estado devanándose los sesos con respecto al color pertinente que le correspondía al ajuar de la primogenitura de acuerdo a los cánones de la frivolidad que alguna vez había leído en un antiguo figurín de modas. Pero al final el pálpito la ayudó y dio en la mera cabeza del clavo. Eligió el color amarillo porque el celeste hubiera significado que ellos esperaban que la criatura fuera varón y el rosado que fuera mujer, y ni ella ni Gumersindo habían mostrado preferencia alguna. Lo bautizaron con el nombre de Quintín, de acuerdo con el santoral, tal como figuraba en el almanaque Bristol, porque así no le cambiaban la estrella que debía alumbrar su destino. Cuando estaba vestido Quintín parecía un frejol canario, pero a la hora que lo desnudaban para bañarlo en la palangana de dublé se convertía en una pepa de pacay. Sin embargo en cualquier circunstancia, desnudo o vestido, Quintín se sentía el dueño del mundo. Entró al balbuceo como si aquello fuese una diversión y no un esfuerzo para aprender a hablar y ahí se quedó jugando con las babas y haciendo burbujas de necio hasta que comenzó a silbar mejor que un chirote pecho colorado, con tanto virtuosismo que si se le antojaba estiraba la melodía de su silbido y la hacía rebotar con un eco de encanto en la lejanía del volcán de Jumana, entonces incluso los pájaros se quedaban en silencio, paralizados por tan sublime pipiritaña. Le colgaron en el pescuezo llaves mohosas, plumas de guacamayo, lo elevaron en una escalera sin fin hasta el badajo de la campana para que lo mojara con la lengua, todo sin resultados positivos. Recién cuando los hermanos empezaron a arrebatarle el mundo, Quintín aprendió a hablar. Primero asimiló toda una sarta de lisuras, por supuesto, después los insultos, los arremedos, pero ningún don de la buena crianza que indicara juicio y criterio.

Miguel, el segundo, se creció tanto y tomó tan a pecho aquello de haber nacido el día de San Miguel, que no se conformó con mirar el cuadro donde aparecía el arcángel sobre un caballo negro, con capa colorada, coraza de escamas de bronce y lanza mortífera, venciendo a satán, sino que apenas acabó de gatear y pudo sostenerse solo en sus dos pies, ya había trepado al lomo en pelo de los burros mostrencos para ejercitarse con una vara de callacazo en la hazaña que había visto pintada con los refulgentes colores del arco iris. Andaba por los huarangales, encima de los burros más chúcaros, con la vara de callacazo bajo el brazo, en busca del truculento lucifer que vomitaba candela. Y sólo había que verle su estampa de mocoso culinche para mandarlo a limpiarse las velas que le colgaban de la nariz, sin embargo era tan avispado como jinete que cuando estaba montado más que un niño inerme parecía el duende de todos los embustes. Debido al ejercicio, posiblemente, o por influencia de algún lejano factor hereditario, al llegar a la edad del desarrollo se convirtió en un muchachón descomunal, con un cogote de toro, unas espaldas de muralla china, unas manos cuya sola caricia era un tormento, y una voz de pollo ronco que no le hacía ningún favor. Desde entonces empezaron a llamarlo Miguelón para arriba y Miguelón para abajo.

Rodulfo pudo haberse llamado Rodolfo, pero en Cahuachi los Rodolfo siempre habían sido Rodulfo, así como los Adolfo eran Adelfo. Los Onésimo, Anésimo. Los Leocadio, Locario. Y entonces así lo bautizaron y así se llamó desde chiquito, Rodulfo, porque ni siquiera le pusieron ningún apodo ni hipocorístico de cariño. Como era el tercero, desde que tuvo uso de razón se vio envuelto en la condición de mano santa. No solamente lo reclamaban en las rifas para que eligiera el boleto de la suerte, o en las tómbolas para que señalara con el dedo el número favorito, sino que también acudían en su búsqueda los heridos que se habían partido la canilla con el hacha, los que se habían cortado el pie con la lampa, para que él con su mano santa les hiciese la primera curación y los librara así de la temible apostema.

Desde que abrió los ojos para ver el mundo, Genovevo se encarriló sin pesar en los designios de la normalidad. Expulsó la brea de la alimentación fetal en el momento oportuno. No tuvo problemas con el cordón umbilical ni necesitó sueldaconsuelda para que el botón del ombligo le quedara tan perfecto como una moneda de diez centavos. Gateó de culo, tal cual le correspondía hacerlo a la gente, y no con las sentaderas para arriba al estilo animal, de modo que su racionalidad lo salvó del tormento de los cólicos de aire. Balbuceó lo necesario y luego comenzó a hablar de corrido. Aprendió a pedir pichi y caca. Recibió sin llanto el agua de socorro y después la sal del bautismo. Mudó los dientes sin tragárselos y de uno en uno fue colocándolos en el agujero del ratón de la casa. Se le desgorró el pipilí de manera natural y sin dolor. Pero nadie sabía hasta cuándo le iban a durar tantas virtudes juntas, pues aún no había salido del cascarón de los ocho años.

Como una forma de consuelo todo el mundo les repetía a Gumersindo y a Bartola que no había quinto malo. Sin embargo era evidente que Gaspar no iba a decir ni pío, pues ni siquiera se había dado el trabajo de balbucear, lo cual podía significar, con razón, que llevaba de nacimiento la tara de la mudez. Y lo más triste era que frecuentemente sufría de mal de hipo, aunque por algunos indicios daba que pensar que tal vez sólo se trataba de una manía de niño tonto. Recién cuando desplegó las banderas y las serpentinas de su arte de ventrílocuo curtido, quedó al descubierto su verdadera índole. Gaspar aspiraba para su coleto todo aquello que los demás soplaban para afuera.

El prurito imperturbable de Gaspar encontró su contrapeso en el hablar aparatoso de Espíritu, el sexto hijo, que se entregó de lleno a los ceremoniales de santiguador, oficio que él mismo se había atribuido porque pensaba que dicha ocupación de birlibirloque iba en consonancia con su nombre etéreo. El único que puso en tela de juicio tal prerrogativa y no quiso decir si lo hacía por envidia o por caridad, fue San José, el hermano siguiente, el séptimo de la escalera, que se llamaba así: San José, tal y conforme lo aseñalaba el santoral en el almanaque Bristol. San José afirmaba que si había que atenerse al criterio de Espíritu, entonces a él le correspondía arrogarse la patente de santo milagroso y así la gente iba a tener, a través suyo, los prodigios de Dios al alcance del bolsillo y si mucho apuraba también al fiado que ya era una costumbre.

A Melanio le faltó un día para ser adivino y no por la gracia de Dios ni del espíritu santo, sino que iba a nacer a los once meses clavados, al igual que los adivinos legítimos, pero nació en la víspera. A los nueve meses Melanio ni siquiera resolló, permaneció sumido en la ciénaga de las entrañas, rumiando quién iba a saber qué. A la hora que por fin dio la cara, cuando faltaba un día para los once meses, no era más grande que un sietemesino de tiempo seco. Pero eso sí, memorioso y analítico como él solo. Eran muy pocas las verdades que permanecían en pie cuando Melanio se las metía entre ceja y ceja. Jugar a las cartas le resultaba un paseo. En las décimas de lo humano y de lo divino encontró, finalmente, un desafío a la medida de la carretilla de su memoria, pero se dio cuenta entonces que las décimas, aunque pretendían decir verdades, estaban hechas para soltarlas al viento y no para ponerlas bajo el rigor de la lupa del raciocinio.

Atanasio, el noveno, no encontró mejor entretenimiento que dedicarse a los inventos. Inventó una forma
de hacerles la mamacona a los burros que prácticamen-
te era una jáquima. Inventó el modo de remendar con
hilo y aguja los huecos de las vasijas de peltre o latón, de
arcilla o madera. Inventó cómo amarrar un potro donde
no había árbol ni estaca, en el puro y mero suelo. Inventó la manera de endulzar con una hoja de callacazo
el agua salobre de los manantiales de mala madre. Inventó el método para madurar plátanos verdes en el
mismo día. Inventó también nuevos especímenes: el
sapo fumador y la víbora achirotada con dos cabezas.

Reimundo se llamó así y no Raimundo por simple
sentido común. Ya después se volvió complicado y
melindroso, casi un perfecto comefino. Hacía todo un
despliegue de recursos para escarmenarse las pimientas
de la cabeza y marcarse la raya al costado. Cuando se
encontraba en esos afanes no quería que nadie lo inte-
rrumpiera. En la comida de todos los días se comporta-
ba como si estuviese en una invitación de etiqueta; de
algún lugar del mundo se había conseguido un trinche y
un cuchillo de plaqué y desde entonces nunca se sentaba
a la mesa sin esos adminículos de disforzado.

Agua fue lo primero que dijo Calisto cuando empezó
a hablar. Mirando flamear el aire ardiente soñaba con el
mar que jamás había visto. Lo escuchaba bramar como
a un animal cautivo, adentro, en el laberinto de los caracoles antediluvianos que encontraba en las arenas del
desierto. Nada más que guiándose por el pálpito y por
las corazonadas se convirtió en un verdadero experto en
cuestiones náuticas. Sin haber abierto nunca un atlas
geográfico, ni cosa por el estilo, llegó a la conclusión de
que en la oscuridad de los tiempos Cahuachi había estado en el fondo del mar.

Epifanio, el duodécimo, descubrió la existencia invisible que germinaba sutilmente en la aridez de los médanos. Animales y vegetales del mismo color de la arena muerta. Pero la coronación de su aventura al internarse en el mar de la sequedad fue cuando divisó en la lejanía del horizonte el sortilegio de la Piedra Gorda, ese enorme culo de mujer que giraba eternamente en la soledad del desierto, pulido sin tregua por los ventarrones extraviados de sotavento.

Santiago nunca se dio cuenta que su nombre llevaba el predicativo de santo. Entonces, libre de remordimientos y feliz de la vida se dejó arrastrar por los vendavales de la perversidad. No existía para él mejor golosina que manosearles la güergüenza a las mujeres y sentir en los dedos la humedad de la boquita de caramelo. Después, a solas, como buen mañoso, metido en el hoyo de huatiar achiras, olía en sus manos ese olor a comida de sapo, a hongos venenosos.

En cambio Casimiro, el número catorce de la cordelada de hermanos, todo el tiempo paraba pendiente del ojo de Dios. El cielo y el infierno eran para él una evidencia. Y cada vez que rezaba el padrenuestro en la penumbra del dormitorio temblaba de horror con aquello de caer en la tentación que se le figuraba como un abismo infinito.

Adelfo se desinteresó del catecismo y de ganar el cielo desde que le dijeron que el camino a la gloria estaba lleno de espinas. Todo su entusiasmo derivó entonces hacia el canto de las aves. Las escuchaba con tanto celo que llegó a descifrar lo que cada una expresaba en sus cantares. La gallareta decía: al río fui, al río fui, al río fui. El tindillo se quejaba: qué frío, qué frío, qué frío. La papamosca anunciaba churreta, churreta, churreta. El chirote cantaba: rico rico choclito.

Marcelino que sufrió en el talón del pie la hincadura

feroz de una espina de huarango macho, le sacaba la madre a cualquiera cuando le mentaban el camino para subir al cielo. Concienzudamente se preparó para enfrentarse durante toda la eternidad a la condena del infierno. Caminaba descalzo sobre la arena ardiente del desierto y saltaba como un demonio por encima de grandes llamaradas de candela. Pero su mejor esperanza estaba cifrada en el agua que su perro Tusabrás le llevaría en las orejas para aliviarle la quemazón del averno.

Para el pellejudo Bartolomé la ferocidad de las espinas era apenas una caricia, por eso caminaba por los huarangales con entera confianza y dejaba la marca de sus pies como un recuerdo imborrable. Tobías, el número dieciocho entre la rabiata de hermanos, pensó que ese atributo de la planta de los pies se podía trasladar a la palma de las manos, porque él creía que siempre había algún recurso para enmendarle la plana a la naturaleza. Aplicó toda su dedicación a ese menester y lo consiguió a punta de sobar corontas calientes. Cuando empezó a ir a la escuela del caserío y la maestra lo llamaba para castigarlo con la palmeta por marrajo y curtido, él extendía confiado la mano abierta y al primer palmetazo la madera reventaba con un ruido de catástrofe. Esa mano rajatabla de la que hacía gala Tobías y que era motivo de admiración y envidia entre los muchachos de su edad, no tenía sin embargo un origen natural, se trataba más bien del truco de un imbunche embelequero.

Fernando muy calladamente asimiló la lección de Tobías y se retiró solo al muladar. Estuvo ahí matando sol, recogiendo misteriosamente vidrios rotos que volvía a romper con cautela, como un tallador de diamantes, sin explicarle a nadie sus afanes de brujidor. Ese fue el recurso artificial que le sirvió luego para afeitarse la pelusa de las verijas con la ambición de lucir prematuramente una pelambre más convincente que ilusionara a las muchachas aunque a la hora del veredicto tuviera que orinarles un poquito adentro de la güergüenza para que pensaran que él ya tenía también los porongos bien cargados con agua de arroz.

El único que aprendió bien la lengua nativa de los gentiles fue Ananías. En esa lengua dulce cantaba huainos de penas y amores, algo que sorprendía a la gente mayor, porque debido a la traza de zoquete que tenía Ananías, nadie iba a imaginarse que ya andaba, con todos los ademanes de galán, adetrás de las muchachas pidiéndoles que le dieran a probar del dulce más dulce que el dulce. Para entonarse mejor la voz chacchaba hojas de coca que las endulzaba con toccra que él mismo preparaba con ceniza de yuyo macho y malahoja de plátano morado arrancada en buena luna.

Antes de aprender a deletrear el silabario, Jesucristo, el veintiuno en la retahíla de hermanos, ya se había vuelto un empedernido fumador. Echaba el humo por la nariz como la gran cosa y se quedaba sentado en una piedra, cavilando, sin acordarse del juego y menos de la machaconería del abecedario. Tiraba una piedra al agua del manantial y después otra, mientras fumaba unos cigarros apestosos de tabaco cimarrón mezclado con boñiga de burro. Si alguien le preguntaba qué hacía ahí como un viejo, Jesucristo le respondía sin cambiar de semblante que estaba tirándole piedras al agua.

Teodolindo asumió con ganas el papel de cascabel alegre y para no darle gusto a la sequedad descolorida se esmeraba en pintar gambusinas de colores en el aire sofocante del atardecer. Con el tiempo las gambusinas se convirtieron en el entretenimiento preferido de los lugareños y en el ensueño deslumbrante de los forasteros. Pánfilo que un día anocheció como un monigote sin oficio ni beneficio y al día siguiente amaneció cantando y convertido en un artífice de la alfarería, fabricó por propia iniciativa unos cántaros barrigones y de gran boca que se transformaron en el instrumento imprescindible para internarse en la aventura vesperal de las gambusinas. Entonces por primera y única vez renació en Cahuachi la devoción por la alfarería que había sido palabra mayor en el tiempo de los gentiles.

De tanto que había salido al fresco para demostrarle a los curiosos que su voz de pajarito era solamente eso, una voz de pajarito, Obdulio adquirió una desenvoltura feroz para repartir golpes, aunque él decía que nada más era cuestión de cálculo, buen ojo y conocer los puntos flacos del género humano. El puntapié en la mera costura del culo, el rodillazo en los huevos, el cabezazo en la cara, eran para Obdulio la barbarie difundida por el cinema de escasa imaginación. Los verdaderos golpes de gracia no pasaban de una sutileza apenas visible para los profanos.

Cresencio, el últimas telas que cerró el horno de la descendencia, asistió con asombro al desembalaje del primer camión que llegó a Cahuachi. Era un camión amarillo, todavía con el olor de una máquina recién salida de la fábrica. Cresencio lo vio a través de las lágrimas de la emoción como un juguete enorme que flotaba sobre un desbarajuste de tablas que iban a servir luego para hacer las barandas. Cuando preguntaron quién iba a manejarlo, Cresencio no tuvo la menor duda y dijo que él.

Cahuachi era en aquel tiempo un caserío de ranchos de carrizo, algunos de adobe, con el envejecido cascarón de la casa hacienda a un costado. Los huarangos protegían al caserío de las inclemencias del sol y del desierto. Al pie de los últimos arboles centenarios comenzaban los médanos. Y en la aridez abierta se alzaban los inmensos promontorios de la ciudad enterrada, el Cahuachi antiguo, cuyo esplendor de adobe se había lucido en la época de los gentiles. Los encomenderos primero y los hacendados después, habían desbaratado el orden productivo de esa tierra que siglos atrás alimentó a miles de pobladores. De ese suelo feraz sólo quedaba una franja de cultivos de algodón y de viñedos, a cada lado del río seco de aguas intempestivas.

El camino natural estaba aseñalado por el curso del río que bajaba de los Andes hacia el océano Pacífico. En todo el recorrido del río, desde las alturas hasta la orilla de la playa, existían pequeños poblados que sobrevivían de la agricultura de panllevar y de la crianza doméstica. En épocas remotas por ahí era el tránsito y el comercio de aquellos que bajaban de las comunidades de Lucanas con sus recuas de llamas para intercambiar sus productos en Nasca, en Achaco, en Soisongo, en Ayapana, en Cahuachi, en Estaquería, en Tambo de Perro, en Chiquerillo, en San Juan, en Lacra, en Cabildo, en Coyungo, en Puerto Caballa.

Más abajo de Cahuachi estaba Estaquería y la famosa explanada cubierta por cientos de clavazones de huarango, cortados con candela, que los gentiles habían plantado ahí en espiral, meticulosamente, no se sabía con qué finalidad. Algunos afirmaban que podía tratarse de un calendario que dividía el tiempo desde miles de años hasta un mínimo suspiro. Otros sostenían que tal vez aquello no tenía una explicación cabal porque precisamente representaba el misterio infinito de la sabiduría humana. Después de Estaquería, bajando hacia el oeste, se encontraba Tambo de Perro, tierra de médanos y de toñuces cuyo nombre indicaba posiblemente que ahí había existido una pascana importante por donde pasaba el camino real de los gentiles que después los españoles convirtieron en la ruta de Huayurí.

Más lejos, en la dirección del mar, estaban los huarangales enmontados de Uzaca. Luego Atarco, Jumana,
Aguasalada, asentados en un mundo de olvido del cual
sólo llegaba a Cahuachi el perfil azul ceniciento del
volcán de Jumana y el rumor de la Piedra Gorda que
giraba eternamente.

Esclavos y cimarrones III

La comisión punitiva encabezada por el general don
Martín Zamora y en segunda instancia por el hacendado don Francisco Mogollón de Tudela, fue rápidamente puesta en entredicho, campaneada a los cuatro
vientos y desacreditada de boca en boca, de tal forma
que a los responsables visibles de la estrategia para el
escarmiento, a los susodichos personajes de tan ponderado rango, no les quedó otro camino que salir al ruedo
para intentar, por dignidad, siquiera echarle unos ca-
pazos al toro de la rechifla. Pero antes, con el objeto de
mostrar que no se habían quedado a la espera de que el
higo les cayera en la boca, sino que conocían precisamente los artilugios de la guerra, convocaron de urgencia a un escribiente de cálamo almibarado, a quien
solicitaron, perentoriamente, que en nombre de Dios
nuestro Señor, y de las fuerzas del orden, redactara un
llamamiento para que los cimarrones del palenque de
Huachipa meditaran a conciencia y luego se sometie-
ran pacíficamente al real deseo de la justicia que los iba a
juzgar con benevolencia, sin sevicia ni rencor, de modo

que enseguida, después de purgarles la mala entraña, volverían para su propio beneficio al yugo enmendador.

El llamamiento mechado de buenas intenciones, a pesar de su índole promisoria, cayó en saco roto, en barril sin fondo. No quedaba duda que la comisión punitiva estaba pregonando en el desierto y arando en vano en el proceloso mar océano, pues en lugar de mostrar humildad y arrepentimiento, el palenque de Huachipa levantó bandera de guerra, un lienzo colorado que flameaba en el aire, por encima del árbol más alto. Así, suficientes y llenos de soberbia, se habían vuelto los esclavos que antes doblaban el lomo calladamente y sin decir palabra. De tan humildes y acomedidos como eran al principio, se habían trocado ahora en gente respondona y de pico duro. Ahí, en el cobijadero de Huachipa, habían aprendido todo género de insolencias.

En una de las escaramuzas relámpago que ocurrían con frecuencia entre las avanzadillas de los cimarrones y la expedición punitiva, el general don Martín Zamora, visible para cualquier ojo gracias a sus corimbos de oropel, resultó herido por un zurriagazo con cadillos de hierro que lo alcanzó entre oreja y quijada. El general don Martín Zamora había visto el centelleo demoníaco de una mirada encandelada, luego el aletazo de un pájaro-serpiente, así como el loromachaco, y fue entonces en ese mismo instante que sintió en la cara la mordedura feroz de un latigazo. Catalino Advíncula, el lugarteniente de Antuco Lucumí, manejaba el tronador con una destreza eximia. Sacaba chispas con los cadillos de hierro, rasgaba el aire, partía las piedras, enderezaba caprichos, hacía llorar a la propia natura.

La represalia contra el palenque de Huachipa fue dura y prolongada. El mentado reducto de los cimarrones fue cañoneado con saña nunca vista, pero las columnas de la expedición punitiva no se atrevían a hoyarlo, tal como anunciaron al comienzo. Se detuvieron en los bordes pues corría la leyenda de que estaba protegido por cierto maleficio ponzoñoso que flotaba en el aire. Muchos cimarrones murieron despedazados. Los heridos preferían degollarse ellos mismos con el chafarote para no caer prisioneros. A quienes todavía podían valerse de sus propias fuerzas, Antuco Lucumí les ordenó que se desparramasen en pequeños grupos, sin perder de vista a sus respectivos cabecillas. Les aseñaló que esperasen atentos el silbido misterioso del chaucato para volver a juntarse cautelosamente. Unos iban a permanecer hundidos en las ciénagas, así como los bagres. Otros que aguardaran sepultados bajo tierra, igual que los sapos en tiempo de sequedad. Aquellos que dominaban las magancias del cuerpo y del espíritu que disimularan donde mejor pudiesen convertidos en perro carachoso, en descalabrado burro viejo, en gallo chilposo, en gallina papuja, en pollo moquillento, en pájaro apestado, en zorrillo, en muca, en gallareta azul.

Mientras el cabecilla mayor Antuco Lucumí daba la orden de dispersarse sin más preámbulos, alguien le avisó que Domitila Avilés, una de las combatientes más astutas y corajudas, una peleadora de lengua y espada, pues en los dichos y en los hechos no tenía cotaja; ella, Domitila Avilés, se hallaba gravemente herida y atacada por la desesperación de la muerte; tanto que se habían visto obligados a sostenerla enfardelada con una manta, como la camisa de fuerza que se usaba para contener a los locos bravos. Al verse inútil, inerme, sin su brío de potranca chúcara, Domitila Avilés había querido rematarse. Ella tenía una garrancha de dos filos, una charrasca de fierro noble que era un prodigio de la artesanía bélica, llevada a la Ciudad de los Reyes desde Toledo posiblemente, pues ahí era entonces la

Meca de las espadas más ponderadas del mundo. Domitila Avilés la había hecho suya en un audaz asalto al salón de armas que cuidadosamente mantenía en su casona don Antonio de Osambela. Desde entonces Domitila Avilés le agarró camote a dicha cimitarra toledana de fina factura. La manejaba con tan impecable habilidad que la espada parecía hecha adrede para sus manos que sabían de finuras y de delicadezas. En cada lance Domitila Avilés se daba el lujo de jugar con el contrincante; lo encandilaba primero con la vistosidad del arma y luego lo enloquecía con el preciosismo de su esgrima.

Cuando Antuco Lucumí la vio inerme, envuelta en una manta, se dio cuenta que Domitila Avilés ya no era negra retinta, con el lustre que le daba su propia vivacidad, sino de un color pizarriento. Carajo, le dijo, para despertarle el valor, pero Domitila Avilés le contestó, con los ojos llenos de lágrimas, que no era por falta de ñeque el motivo de su desolación, sino que ella no quería convertirse en un estorbo, en una carga que en lo sucesivo tuvieran que lamentar. Ya más calmada pidió, con su voz ronca de negra cantora de malató, que le aflojaran la manta que la mantenía atrincada. Con naturalidad se levantó el ruedo del vestido de cotona y mostró la entrepierna derecha, sombreada de vellos apretados. El balazo la había herido en la ingle, un lugar generalmente de necesidad mortal.

Antuco Lucumí encomendó que preparasen una parihuela de totora bien reforzada. De aquel modo lograron llevar a la moribunda. Pero al tercer día Domitila Avilés deliraba con la fiebre que la abrasaba por dentro y por fuera. Por más que le aplicaban en el cuerpo compresas de vinagre para bajarle el calor y en la parte herida rodajas de papa cruda, no conseguían librarla del tormento de la calentura. Entonces, Catalina Advíncula dijo que no les quedaba otro camino que buscar un médico, pero uno bueno, de aquellos reconocidos por el alcance de su ciencia y que eran capaces de quitarle de las manos los agonizantes al Dios de los cielos, para devolverlos de nuevo, muy campantes, al meneo de la existencia terrenal. Pasaron revista de los nombres más encumbrados. Finalmente eligieron al bachiller don Ramón Aranda, cirujado de brillante foja de estudios en la escuela de medicina, pero también fervoroso partidario clandestino de los conjuros, esos recursos de birlibirloque que le permitían resucitar a un muerto colocándole encima una batea de lavar ropa; también era fiel usufructuario de las ventosas, desde aquellas del tamaño de una bacinica hasta las minúsculas que se podían comparar con un dedal y cuya utilidad el bachiller don Ramón Aranda prefería dejarla en tela de juicio. A pesar de sus antecedentes académicos y de sus curas providenciales, las familias pudientes de la Ciudad de los Reyes le regateaban méritos, no tanto por la impureza de sus métodos sino por su falta de abolengo.

El bachiller don Ramón Aranda diría después, en el tribunal de la Real Audiencia que lo había convocado a juicio, ante una pregunta suspicaz del oidor de turno, que sí, que efectivamente le habían puesto no sólo un cuchillo en el pecho sino otro más grande en los riñones, un chafarote de destazar reses, y así, de aquella manera dispuesta para elegir entre la vida o la muerte, fue que los cimarrones lo pusieron en el compromiso de prestar de urgencia el auxilio de su menester.

Burlando la vigilancia que las fuerzas del orden ejercían en las cuatro entradas de la Ciudad de los Reyes, los facinerosos fugitivos de la esclavitud se habían dado maña para llegar sigilosamente hasta el domicilio del bachiller don Ramón Aranda. Después de aparecer misteriosamente en el interior de su alcoba, al pie de la cama, lo vistieron comedidamente, lo acicalaron como correspondía a su condición profesional, y luego lo sacaron al patio de la casa de la manera más natural. Ahí tenían una mula bien enjaezada con arneses de lujo y palio arzobispal. Lo montaron en vilo.y al instante la acémila se echó a caminar con rebotado trote de muliza. Del rumbo que siguió la mula, don Ramón Aranda dijo que no podía dar razón cabal, no por capricho ni testarudez, sino que tan pronto lo pusieron sobre el lomo de la bestia, inmediatamente le habían colocado una venda en los ojos; una venda suave pero espesa; una venda como para jugar a la gallinita ciega.

Cuando después de una caminata incierta la mula se detuvo, él ni siquiera tuvo tiempo para apearse o pedir explicaciones. Lo abajaron en peso, como si él fuese una señorona de espumosas carnes, y entonces recién le quitaron la venda de los ojos para que reconociera el mundo con la desconcertada inocencia del recién llegado. De buenas a primeras se encontró con el cuerpo postrado de una mujer de raza negra que deliraba con la calentura de la fiebre. La mujer, que después en el tribunal se supo que era Domitila Avilés, tenía una herida de bala en la ingle, al lado de la chucha. Así, de tal modo mostrenco, aunque luego se hizo una cruz en los labios, tuvo que expresarse el bachiller don Ramón Aranda, ante el pleno del tribunal de la Real Audiencia. Tuvo que decir chucha con todas su letras porque así se lo reclamó el oidor de turno. El togado de enrulada peluca postiza miró al acusado con severo gesto y le advirtió con el dedo indice que fuera explícito en la descripción de los hechos y que se dejara de metáforas, pues según los cánones de la justicia real, los cimarrones no merecían ninguna consideración si tenían que mencionarse en público sus partes íntimas. En efecto, dijo el bachiller don Ramón Aranda y prosiguió su relato, señalando al por menor que el proyectil no había comprometido órgano vital alguno, pero eso sí, la herida estaba infectada y representaba en dicho momento un riesgo inminente de muerte. Entonces, vigilado por los cimarrones que permanecían armados con escopetas y catanas, el bachiller don Ramón Aranda le aplicó a la indeseable paciente, como a un simple costal de huesos, los medicamentos que indicaban las circunstancias, el vademecum de la farmacopea y la experiencia propia de la profesión.

Más adelante, en el desarrollo del juicio, el bachiller don Ramón Aranda argumentó, con el corazón en la mano, que no pudo hacer menos, aun queriéndolo, porque cualquier escamoteo intencional del auxilio médico iba en desmedro del sagrado juramento hipocrático; al cual, en todo caso, hubiese tenido que renunciar por anticipado, pero desgraciadamente, confesó el bachiller don Ramón Aranda, el no era adivino. Para atenuar de alguna manera su complicada situación, dejó sentado, ante los oidores de la Real Audiencia, que cuando se retiró del lugar donde se encontraba la mujer herida, que nuevamente lo habían trasladado con los ojos vendados, la tal cimarrona Domitila Avilés todavía continuaba delirando con la fiebre de la infección. A ojos vistas parecía que no iba a pasar con vida de aquella noche. Si luego sanó, alegó el bachiller don Ramón Aranda, y reempezó los latrocinios del cimarronaje, ese alivio misterioso podía haber sido obra de satanás antes que el efecto paliativo de la ciencia medicinal.

A pesar de su bien urdido alegato de inocencia, pues él también había sido víctima de la soberbia de los cimarrones que entraron hasta su alcoba, el bachiller don Ramón Aranda fue reconvenido públicamente y amenazado, ni siquiera advertido, con el dedo índice de la justicia real, que no era agua de borrajas, por haberse prestado, con sospechosa docilidad, a la indecencia incalificable de manosearle la naturaleza a una mujer de color modesto que, para mayor agravante y condena, había trasgredido las ordenanzas reales sobre la institución de la esclavitud.

Parcona

El polvoriento caserío de Parcona, cuyos empecinados pobladores fueron rebautizados de malaleche, pero en buena hora, con el mote de los mataprefecto, tenía reconocida su jurisdicción a poca distancia de la solariega ciudad de Ica que otrora fundara el hijodalgo español Gerónimo de Cabrera. Parcona era entonces una comunidad indígena costeña de pequeños agricultores yungas que, bajo el rumor de huarangos centenarios, conforme al saber agrario de los gentiles de la antigüedad, cultivaban pallar, maíz, zapallo, calabaza, alguna planta de vid, algún árbol de mango, todo para el consumo doméstico, para compartirlo con los compadres, con las amistades.

La Achirana, el canal de regadío que construyeron los gentiles siglos atrás, aún continuaba brindándoles, durante el verano, agua nueva que bajaba de los Andes cargada de ayapana, el limo sustancioso que le devolvía a la tierra la fertilidad. Pero para utilizar el agua de la Achirana en cada temporada de riego, los comuneros de Parcona tenían que enfrentarse duramente con los matones que enviaban los hacendados de Ica con el propósito de acaparar todo el caudal de agua; a veces tenían que pelear contra la propia gendarmería del estado que con el mayor descaro se prestaba para respaldar el abuso de los gamonales cuya ambicia no tenía llenadero ni contento.

En la historia escrita en los libros se aseñalaba que el portentoso canal llamado la Achirana había sido construido casi por un acto de milagro y en el soplo de unos cuantos días, por obra y gracia del inca Pachacútec. El incarrey de los quechuas había bajado desde las alturas del Cusco, con su ejército de millares de soldados, y de cientos de sabios orejones que le daban oportuno consejo, y columnas de hermosas vírgenes que cantaban y danzaban para su holganza y placer. El motivo de dicha empresa real era bien claro: incorporar la región de Ica, a las buenas o a las malas, dentro del dominio territorial del imperio inca del Tahuantinsuyo. El reyezuelo de Ica fue conquistado y convertido en súbdito del emperador quechua. Para lograr aquel cometido al inca Pachacútec le bastaron los halagos. Sin embargo no pudo someter bajo el imperio de su insaciable pasión el amor de la princesa de Tate. Ella le dijo que no, definitivamente que no, porque el dueño de su corazón de urpi era un joven de Coyungo, feo pero de voz diáfana como el silbido del chaucato. Ante la soberana lujuria del poderoso monarca, dueño de mil vírgenes, la princesa de Tate gritó que prefería la muerte. Los sabios orejones soltaron en el oído del inca el consejo oportuno que lo dejaría limpio del estigma venéreo y ennoblecido de las más ponderadas virtudes para toda la eternidad. Entonces fue cuando el inca Pachacútec mudando el desbocado ardor en bondadoso gesto le dijo a la princesa de Tate que le hiciera el honor de aceptarle una gracia. La joven, corazón de paloma cuculí, pensó no sólo en su amante feo y coyungano sino en todo el pueblo de Ica que era de su misma lengua y de su misma sangre y pidió agua, agua para reverdecer la tierra. El poderoso Pachacútec, incarrey de los quechuas, que gobernaba el mundo desde la ciudad del Cusco, ombligo del universo, movió un dedo y en el acto, casi de milagro, un ejército de trabajadores había empezado a construir la Achirana, aquel prodigio de ingeniería hidráulica cuya perfección seguía causando asombro a pesar del transcurso de los siglos. Pero en la cruda realidad de los hechos, cuya mención no figuraba en los libros corrientes, la Achirana era el resultado inconfundible del saber agrario de los gentiles nativos de Ica, cuyos descendientes de entreverado acervo, y a pesar del interminable despojo a través de centurias, aún continuaban sobreviviendo en esas tierras. Aquellos yungas pelo duro, de hablar cantarino, culo seco y pecho de cilindro, habían calculado al mínimo, con procedimientos más convincentes que la propia geometría, la construcción impecable de la Achirana que no era el resultado de un acto milagroso sino el producto paciente y sabio para resistir sin penurias en los arenales del desierto.

Abrir una acequia en la arena muerta parecía imposible. Sin embargo en esa tierra suelta y sin agarradero los gentiles de la antigüedad habían logrado encajonar un conducto grande por donde corría el agua de regadío como si estuviese en un canal encementado. Los costados habían quedado afirmados por champas de grama que fueron colocadas como parches. Los entendidos más acuciosos resultaban paralizados de asombro ante el hecho maravilloso de que dicha acequia tendida en el desierto casi nunca se arenaba, calamidad de suyo tan frecuente e irremediable en las acequias modernas abiertas con la ayuda del teodolito y toda la ciencia de ingenieros y de topógrafos. Después de la primera riada de agua nueva era seguro que los canales modernos quedaban enterrados por la arena. La Achirana resistía soberanamente frente a tales catástrofes porque de trecho en trecho contaba con el artificio invisible de unos "jaladores" que hacían correr la arena, cumpliendo su cometido con matemático rigor a través de los siglos. En buena cuenta la Achirana no era simplemente una acequia. Se trataba, así como las siete maravillas del mundo, de una proeza de la imaginación que se había convertido en tangible realidad. Por eso los conocedores de la ciencia hidráulica, el día que conocían la Achirana, se quedaban con la boca abierta, contemplando incrédulos el discurrir del agua por un cauce que no parecía nada extraordinario. Pues la Achirana también tenía eso: a los profanos podía parecerles la acequia más común y humilde, estropeada sin contemplaciones por la barbarie de la civilización.

Para socorrerse en cualquier tiempo con algún dinero contante los comuneros de Parcona trabajaban como jornaleros en las haciendas algodoneras del valle de Ica, o viajaban lejos, a Piura, a Camaná, a Chanchamayo, en cuadrillas y bajo contrata, algunas veces en condiciones de a verdad tentadoras, generalmente para labores que requerían de mucha destreza en el manejo de la lampa, ya fuese derecha o de cubo, y de la segadera de chapodar la mata del algodonero. Para abrir o limpiar acequias, desenmontar sembríos, chapodar o tumbar algodoneros, nadie lo hacía mejor que los jornaleros iqueños, aunque en dichos menesteres los piuranos, especialmente los de Shalaco, tampoco se dejaban pisar el poncho y eran igualmente solicitados en uno y otro confín del Perú.

Los comuneros de Parcona que salían en cuadrillas a jornalear en lejanos valles, viajaban solos, sin familia y ni siquiera perro que les ladrase; pero llevaban una olla casera y bastimentos de distinta laya para el consumo de dos o tres semanas, pues eran convocados para trabajos urgentes. Llegaban a esos pueblos remotos, bien empingorotados, vestidos con andularios como para una fiesta, pijes y elegantes de pies a cabeza, con todo el esplendor inconocido de sus indumentarias domingueras; y el pelo oloroso, bien aceitado con brillantina Reuter, pues se daba el caso patente que ellos también, aunque fuesen de chacra, se gastaban su prosa y le daban pábulo a la palanganada. Luego de exhibir con soltura sus fachas vistosas de afuerinos remotos, para despertar la curiosidad especialmente de las mujeres, se retiraban sosegados y de buena gana a reposar en los galpones que les habían asignado como alojamiento. Después que se mudaban las prendas de lucimiento y terminaban de acomodar sus bártulos de guerra, reaparecían irreconocibles, pero muy campantes, listos para empezar la faena, convertidos en unos espantapájaros ensombrerados, cubiertos de mil parches y sin zapatos.

En el momento que reventó en Ica la trocatinta campesina por la jornada de las ocho horas, Parcona se convirtió ahí mismo en el centro del alboroto, donde se arrejuntaban los jornaleros que llegaban desde distintos rumbos para tomar sus acuerdos. Entonces había en Parcona a toda hora un relente a pisco con pólvora. Bastaba llegar al caserío y ya se trascendía en el aire caliente ese humor fuerte que llenaba el pecho de coraje.

En la ranchería de Parcona no existían patrones ni mandamases, menos aún puesto policial. Era un caserío comunal de gente corriente, donde algunos podían tener más tierra, mejores sembríos, frutales, animales domésticos, pero nadie ejercía imperio de ninguna clase. Eso sí había gente que se distinguía porque encabezaba los reclamos ante las autoridades del gobierno, frente a los hacendados que cometían abusos. Juan Pévez, oriundo del lugar, joven comunero en esos años, era uno de los más sobresalientes a pesar de su juventud. Enterado y sagaz, leído en gran medida pues hasta había calentado banco de colegio, estaba con la cabeza llena de ilusiones y se propuso organizar a los peones del campo para poner atajo a la ambicia de los gamonales. Juan Pévez pertenecía a la estirpe de aquellos hombres y mujeres de pensamiento adelantado que sembraron la rebeldía entre los oprimidos, no sólo con palabras y de la boca para afuera sino poniéndose a la cabeza de las protestas que entonces hacían temblar de rabia a los poderosos.

Para contemplar dicha situación que ya se estaba tornando mortificante con su jediondillo a hormiga colorada, el prefecto de Ica, Julio Rodríguez, piurano para más señas, se encerró en el despacho de la prefectura con don Víctor Elías, el hacendado más poderoso de Ica y que por lo consiguiente era también el más abusivo. El prefecto Julio Rodríguez se tomaba a pecho el protocolo que le reconocía el papel y la investidura de representante en Ica del presidente de la república; pero toda su presumida autoridad estaba al servicio de los hacendados. Encaminada en derechura para cumplir su cometido, la primera autoridad del departamento le informó al mandamás entre los terratenientes de Ica que la prefectura tenía a la mano dos buenos galifardos que podían ser muy útiles en el acto de ajustarle las clavijas a la peonada levantisca. Los susodichos sujetos tenían alma de zalameros y por fortuna conocían bien los planes que andaba urdiendo la peonada que se reunía con tanto afán en el caserío de Parcona. Como si fuera negocio propio de ellos, los dos mentados elementos tenían meticulosamente registrado todo el ajetreo en el que se movía el escurridizo Juan Pévez y, así mismo, se habían tomado el trabajo de desenredar el venenoso empeño doctrinero y de odiosa violencia que andaba atizando Manuel Félix Hernández, el cabecilla de la federación que agrupaba a los obreros de las fábricas. En Ica para ninguna persona del común resultaba un misterio la soberbia de la que hacía gala don Víctor Elías que sólo alternaba con los elegidos por su antojo supremo. Aun a ciertas autoridades que estaban a su servicio no las toleraba y les ponía intermediarios, tanto para darles instrucciones así como para recibir los resultados de alguna gestión, o para agasajarlas con unos tragos, con una comilona. Pero en el caso de Temístocles Rocha y de Octavio Nieri, que eran los dos galifardos tan ponderados por el prefecto, don Víctor Elías, el cogotudo y poderoso gamonal iqueño, se mostró condescendiente y asumió el aire campechano que utilizaba en las campañas electorales para reelegirse senador de la república.

Temístocles Rocha, joven y lisonjero, sutilmente se había convertido en el madadero preferido de los hacendados, y por supuesto eso le permitía hincharse de vanidad. Octavio Nieri, por su lado, mantenía cierto recato en su tarea de impresor y periodista, sin embargo se despintaba y hasta quedaba embarrado del peor modo cuando para contentar a los hacendados desacreditaba con maledicencia los reclamos de los trabajadores, desde *La Voz de Ica,* con la consabida retórica de la sobonería: "...a estos nefarios que azuzan el desmedido apetito salarial de los trabajadores debe castigárseles en forma ejemplar, pues por obra de ellos la prosperidad de las haciendas y de la industria, y por ende el desarrollo local, corren un peligro inminente..."

Ambos personajes, pensaba don Víctor Elías, tan proclives a la adulonería, podían desempeñarse con gran utilidad en el entripado que debía gestarse para desbaratar la asamblea que los jornaleros pretendían realizar en Parcona. El prefecto coincidía con dicho parecer: aquel par de galifardos eran los perros de presa, cazadores de huanacos, que iban a saltarle al cuello a todo aquel que anduviera metiéndoles ideas disociadoras a los humildes chacareros que toda la vida habían sido gente resignada y devotos cumplidos del Señor de Luren, el Cristo crucificado, hecho de madera negra de corazón de huarango, que con tanto fervor se veneraba en Ica.

Nadie sabía a ciencia cierta cómo había aparecido en medio de la situación el susodicho Temístocles Rocha con su carita lavada y su mirada de préstame medio, envuelto en una elegancia dudosa que se apoyaba en el relumbre ostensible de unos zapatos de charol con punta afilada. Para entonces esa moda de pisahuevo aparte de tardía resultaba ridícula. Aquella propensión había sido, años atrás, el lujo de pacotilla que impusieron en Los Papayos, la solariega casa de tolerancia que regentaba la Condesa II, los músicos acafichados que recalaban en Ica con la historia de que eran oriundos de Panamá, sólo que en el puerto de Pisco habían perdido el buque de lujo en cuya orquesta de salón ejercían el oficio. Desde el principio, sin ningún atisbo de duda, Temístocles Rocha se recostó hacia la banda de los ricos y se convirtió, por lo consiguiente, en el preferido de los gamonales cuando se trataba de llevar a cabo atropellos y despojos contra los pobres. En poco tiempo hasta le cambió el semblante, se le veía con mejor color y más empatado con respecto a la envergadura. Para darse aires de grandeza empezó a usar chaleco con bolsillos de pompa. Sólo faltaba, Dios mediante, que en cualquier momento apareciera vestido de blanco, con dril americano y sombrero Panamá, tal cual era la cojuda costumbre de los hacendados costeños, de punta a cabo, que se creían propietarios ingleses dichosos en los trópicos del Caribe. Poco después Temístocles Rocha salió con otra palanganada: andaba armado y le gustaba que la gente lo supiera, pensando que había descubierto la pólvora, cuando en verdad se trataba de una pistola de detective que en los tiempos de la guerra había sido moneda corriente en Ica por obra y gracia de las mujeres de la vida que se recurseaban en Los Papayos. Ellas la usaban como cosa de todos los días, no para defenderse en las riñas, que siempre fueron a botellazo limpio, sino para pegarle tiros por puro gusto a los frutos que como reverendos cojones brotaban sin cuento en uno y solamente en uno de los dos papayos que adornaban el burdel desde que lo fundara la primera Condesa, doña Sofía de Rizo Patrón, quien a mucha honra detentaba el título de Condesa de Pujartiago. Aun cuando andaba armado, Temístocles Rocha jamás cometía un atropello él solo. Siempre tomaba la precaución de presentarse bien acompañado, rodeado de los matones que los ricos ponían a su disposición.

Muy pocos recordaban en Ica la fisonomía de aquel muchacho que en algún recodo del tiempo había sobrellevado el apodo de Putilla, pero eso sí, les quedaba claro el recuerdo del menester que tal mozo ejercía con complacencia: era el mensajero puntual entre los hacendados y la Condesa II cuando a los primeros se les calentaba el antojo de revolcarse sin freno ni medida en los meandros de la perversidad, para lo cual, con la venia de la conductora de Los Papayos, se encerraban bajo llave abandonados a la aventura del instinto, en la mentada casa de la tolerancia cuyo nombre corría con gusto en boca de todo el mundo. El referido mancebo había aparecido con una forma de hablar que pretendía ser modosa y luciendo unos tirantes elásticos, en lugar de correa, para sostenerse el pantalón. Había aparecido justo en el momento que Pedro Mayurí les decía a los cuarentones de Ica que se reunían en una banca de la plaza de armas, frente al bar El Trocadero:

—Pensando en la vejez no estamos gozando la mancebez.

En cada oportunidad que el mencionado muchacho pasaba hacia Los Papayos llevándole a la Condesa II el mensaje de los gamonales, la chiquillada de la calle Paita le silbaba acompasadamente la melodía de esa canción que decía: arroz sin sal, arroz sin sal, límpiate el culo con un costal.

El mozo de marras se hacía el mosca muerta mientras estaba al alcance de quienes lo zaherían y se alejaba con indiferencia, sin proferir réplica alguna, pero cuando se hallaba lejos, amparado en la impunidad que le aseguraba la distancia, soltaba todo el muladar de palabras que había aprendido en Los Papayos. Por lenguaraz y sesgado era que lo habían apodado Putilla; también porque ante los desafíos cara a cara inmediatamente sacaba navaja, una cuchilla con guardadera de nácar falso, de aquellas que las meretrices avezadas guardaban bajo la liga. De repente desapareció y pasado el tiempo solamente alguna gente llegó a reconocer en Temístocles Rocha la relamida fisonomía del olvidado Putilla.

Apegado a las órdenes que le dictaban los ricos, Temístocles Rocha se bautizó él mismo en el papel de adulón y perro guardián. Su primera hazaña, comentada en las tertulias de relumbre y premiada de modo pródigo, fue una incursión violenta y abrumadora contra la escuela nocturna que había empezado a funcionar en el caserío de Subtanjalla. Como si el mobiliario fuera una fiera y los materiales de enseñanza alimañas ponzoñosas, Temístocles Rocha desató contra tales enseres una ferocidad inexplicable. Los matones bajo su mando hicieron trizas cuanto encontraron en el local donde había empezado a funcionar la escuelita mataburro. Todo ese desbarajuste lo cometieron mientras echaban balazos para atemorizar a la gente del caserío. Desde lejos el presidente del comité de pobladores de Subtanjalla, don Isidro Orellana, meneaba la cabeza desilusionado de la creencia de que todos, ricos y pobres, eran peruanos. Don Isidro Orellana sabía, sin un ápice de duda, que los hacendados de Ica, tan honorables en sus discursos cuando hablaban de la patria, eran los que estaban adetrás de la mano ejecutora de los atropellos. Tembloroso, pero sin ánimo de retroceder, el patriarca de Subtanjalla dirigió los pasos hacia el lugar donde se encontraba Temístocles Rocha. Entonces encaró al cabecilla de los matones y le pidió sosegadamente que explicara por qué tanta saña contra una humilde escuela nocturna de un caserío olvidado. La respuesta de Temístocles Rocha fue echarle encima a los matones para que le quitaran de la cabeza el afán de mesurado interpelador.

Después de aquel bautizo alcanzado sin tropiezos, Temístocles Rocha le tomó confianza a la impunidad y sacó en limpio que aquella laya de comisión, bien respaldada con armas y matones, podía convertirse en un negocio muy rendidor, tanto como para ponerle los peldaños de la escalera que necesitaba para alcanzar, algún día, la altura de las torres más altas.

Por eso sintió que el higo maduro le caía en la boca cuando se enteró que los pobladores del caserío de Guadalupe habían invitado a un joven que estudiaba en la famosa universidad de San Marcos de Lima para que los ilustrara y les diera luces con una charla. Temístocles Rocha se sobó las manos y en el acto, con desen-

107

voltura de galgo corredor, se encaminó por propia iniciativa al club social donde los hacendados se encerraban muy orondos a timbear. Les soltó el buscapique de que en el colmo de la pretensión los pobladores de Guadalupe habían salido con la novedad de que querían ilustrarse, y tanto insistían en ese afán repentino que ya tenían comprometido como conferencista a un universitario de aquellos lengua larga que predicaban irresponsablemente la supuesta igualdad que debía existir entre los ricos y los pobres. Ese antojo, se adelantó a señalar Temístocles Rocha, era nada más que un manido pretexto que encubría las verdaderas intenciones de los disociadores que andaban sembrando la discordia.

Los gamonales no sólo le dieron licencia para que impidiera las dichosas charlas sino que hablaron con el comisario rural y con el gobernador del distrito y les demandaron, en términos perentorios, que apoyaran resueltamente, en mérito al cargo que ocupaba cada quien, las acciones altruistas de Temístocles Rocha. El voluntarioso cabecilla de los atropellos no se conformó con todo aquel respaldo y solicitó además, sin ninguna renuencia, el amparo y la protección de la divina providencia por intermedio del Señor de Luren, a cuya iglesia Temístocles Rocha tuvo el cuajo de ir a persignarse.

La pandilla de matones que actuaba bajo el mandato de Temístocles Rocha se mantuvo al acecho, en espera de que la charla organizada por el comité de pobladores de Guadalupe empezara. Efectivamente, ni bien sonaron los aplausos de la concurrencia para recibir al universitario invitado, la horda de malhechores irrumpió con balazos al aire, mientras el cabecilla Temístocles Rocha gritaba que esa actuación tal por cual, tendenciosa y política, estaba prohibida por orden superior. Los dirigentes pidieron a la concurrencia que mantuviera la serenidad y con tranquilo proceder emplazaron a Temístocles Rocha para que les dijera a qué autoridad representaba y desde cuándo las ordenes se daban a balazos. En ese preciso instante, como si el pensamiento del interrogado los hubiese dibujado en el aire, aparecieron el comisario rural con sus gendarmes armados y de remate también el gobernador del distrito. Ambos ratificaron que en efecto la conferencia había sido prohibida por orden superior.

—¿Orden superior de quién? —preguntó don Cecilio Vizarreta, presidente del comité de pobladores de Guadalupe.

—De la superioridad, señor —dijo el comisario rural.

—¿Cuál superioridad?

—La superioridad superior, carajo —respondió el gobernador del distrito.

Frente a tanta coincidencia que ya parecía ajustada por Perla Bustamante, la relojera sin par que calibraba al milésimo el tictac de los Longines de tres tapas que se usaban en Ica; frente a tanta concertación que no podía ser casual, los dirigentes del comité de pobladores de Guadalupe comprendieron que cualquier reclamo ante las instancias respectivas del gobierno iba a caer en saco roto. Pero por eso mismo se emperraron en elevar una denuncia ante el agente fiscal y justicia mayor del departamento de Ica; sólo para perder el tiempo, para enredarse en gestiones inútiles. Un gasto de papel sellado que luego iría a engordar los expedientes infinitos.

El agente fiscal don Ezequiel Sánchez Guerrero, natural de Cajamarca, terno de lana espiga y antiparras de cristales amarillos, con un aire severo de gallo giro, acogió a los dirigentes de Guadalupe con firme disposición. Abrió el libro de ocurrencias y registró la denuncia punto por punto, con una caligrafía tan embelesada en su propósito enmendador que ya de por sí resultaba una quimera. Y el asunto no quedó ahí, en el puro papel, sino que se convirtió en un intento de enderezar entuertos. Un proveído venenoso, redactado por el agente fiscal Ezequiel Sánchez Guerrero, señalaba que el atropello perpetrado por Temístocles Rocha en connivencia con el comisario rural y el gobernador, había sido movido por intereses bien conocidos que a la hora de la sanción el ojo de la justicia no debía ignorar. Entonces los hacendados de Ica hicieron sus amarres por lo alto para tener la impunidad y cagarse en la tapa del horno. Así fue como se entrampó el curso de las buenas intenciones. El expediente que pedía justicia para los pobladores de Guadalupe se hizo humo y humo se hicieron igualmente las viviendas de los dirigentes del comité, pues Temístocles Rocha tomó represalia inmediata, apenas supo que el agente fiscal don Ezequiel Sánchez Guerrero había sido trasladado a la jurisdicción de Puno por necesidades urgentes del servicio.

Después de aquella fecha Temístocles Rocha comenzó a usar leontina de plata, aún no de oro, en el chaleco con bolsillos de pompa. Para distinguirse, pues había visto que don Víctor Elías tenía unas manías muy propias, rascarse los huevos cuando daba una orden, Temístocles Rocha se imaginaba que una mirada de perdonavidas iba bien con la leontina de plata, pero nunca se atrevió a ensayarla en el club social, delante de los hacendados. Sólo años después, en sus tiempos de gloria, cuando los periódicos de la capital del Perú se afanaban en publicar su retrato como si él fuese la gran cosa, el inigualable político que cautelaba con sutileza la seguridad interna del estado; sólo entonces pudo usar a su libre antojo ese mirar aciago.

Si por aquella época esa era la senda por donde caminaba Temístocles Rocha, no resultaba muy diferente el camino que seguía Octavio Nieri, que era la otra mano siempre dispuesta para echarle sahumerio a los hacendados y hasta para tenderles la cama en caso de que así lo pidiesen. Octavio Nieri siempre estaba pidiendo, desde las páginas de *La Voz de Ica,* garrote contra los reclamos de los trabajadores; pero era al revés cuando se trataba de los ricos, a ellos los halagaba de una manera sumisa. La menor gestión que realizaban los ricos era motivo para que *La Voz de Ica* los adulara: "Una comisión de distinguidos iqueños residentes en Lima, formada por los señores hacendados Boza y Olaechea, se constituyeron ayer en Palacio de Gobierno para conferenciar con el señor Presidente de la República acerca de la inconveniencia de la jornada de las ocho horas para los trabajadores del agro..." El periódico de Octavio Nieri, a pesar de su prosapia en las letras de Ica, nunca exhibió la entereza de otros periódicos sin mucho renombre, como en el caso de *La Revista Iqueña* que no era la tribuna de los jornaleros ni tenía mayores vínculos con ellos, sin embargo sabía hincarles a los gamonales en el pellejo de la desidia debido a que derrochaban las enormes ganancias que obtenían con el alto precio que alcanzó el algodón en los años de la guerra: "...nuestro oro blanco ha quintuplicado su valor; nuestro aguardiente ha pasado de la decena a la centena en el precio; a Ica le ha caído pues uno de los premios gordos de la guerra. ¿Cómo se consume e invierte esta fortuna que la casualidad de una contienda arrojó casi de manera brutal sobre nuestra vida económica? En paseos al extranjero, en autos de lujo, en celebraciones versallescas. Sólo unos cuantos han invertido capital para mejorar sus industrias e instalaciones..." Pese a las adulonerías a favor de los hacendados, Octavio Nieri se quedó únicamente en el papel de plumífero; en cambio Temístocles Rocha comenzó a trepar disimuladamente para entroncarse con el poder, incluso por encima de la influencia de sus favorecedores.

La dorada oportunidad de su vida se le apareció a Temístocles Rocha, monda y lironda, cuando los hacendados le ofrecieron como premio la alcaldía. Una vez hecho alcalde de Ica desplegó sus artimañas de zalamero para vincularse por su cuenta y riesgo con los políticos de mucho copete que gobernaban desde la capital de la república. Solamente con obsequios de pisco selecto, de aguardiente iqueño de primera calidad, consiguió que muchos hombres importantes del gobierno lo tomaran en consideración y recordaran bien su nombre. Envanecido y sacando pecho Temístocles Rocha satisfacía con gusto cuanto le solicitaban: pisco puro, pisco Italia, pisco quebranta, pisco acholado, pisco moscatel. Ni siquiera le costaba a él algo, solamente tenía que darse el trabajo de recorrer la campiña de Ica con su patente de autoridad municipal y remojarse plácidamente el gañote para reconocer calidades. A veces llevaba para tal efecto al Marqués de la Campiñiña, quien fungía de fino catador sin contrincante aparente en la ciudad de Ica. Los pequeños destiladores de aguardiente, que en definitiva eran quienes alcanzaban las más altas calidades, sutilmente y sin mediar palabra se habían encompinchado con el Marqués de la Campiñiña que sabía ponderar con términos eruditos cada muestra que probaba. Los destiladores maliciosamente ponían en las manos de Temístocles Rocha un calamaco artero que luego él, con gesto ceremonioso, se lo alcanzaba al catador para que diera el veredicto. El Marqués de la Campiñiña empinaba el codo con estudiada elegancia y opinaba con énfasis de experto en líquido elemento que se trataba de un aguardiente tan sublime como el néctar que embriagaba a los dioses, pero apenas el alcalde daba la vuelta en busca del recipiente para envasar el obsequio, el Marqués de la Campiñiña comentaba por lo bajo:

—Buena mierda que es.

A pesar de los sacarroncha que los destiladores le metían a veces de contrabando, Temístocles Rocha se hizo famoso en Lima, gracias a las bondades del pisco iqueño. Cuando los gamonales de la región despertaron de sus sueños de grandeza, ya el susodicho burgomaestre había ganado tanta fama en el tinglado de la política que sin mucho trámite se encumbró por encima de ellos, pues no se trataba únicamente de celebridad sino del hecho tangible de haberse convertido también en terrateniente, en dueño y señor de la hacienda La Blanco. Ya con tierras propias Temístocles Rocha puso aun más empeño en la utilización del pisco como carta de presentación. Advirtió que todos sucumbían ante los encantos del espirituoso aguardiente de uva y decidió que se destilara en la hacienda con el mayor celo y dedicación. El mismo, al igual que antaño doña Epifanía del Carmen, vigilaba puntualmente la destilación y para que nadie dudara que aquel selecto producto se debía a su talento y laboriosidad, lo bautizó con su propio apellido: Pisco Rocha, estampado con letras verdes.

Con el respaldo y la buena voluntad de los poderosos de Lima, Temístocles Rocha fue reconocido cacique indiscutible de la región. Alcalde varias veces, prefecto en repetidas oportunidades y, al final, para honra de la república, fue elegido senador ante el Congreso Nacional. En la cumbre de su carrera política, ya con leontina de oro en el chaleco y automóvil Cadillac blanco para llegar al palacio del gobierno, se hizo compadre espiritual del general Manuel Odría, presidente de la república por la vía expeditiva del cuartelazo, y entre copa y copa de pisco, y sus respectivos jalones de pichicata, fue nombrado ministro de Gobierno y Policía para que cautelara con la experiencia de perro guardián que había adquirido en Ica, la seguridad de la dictadura militar disfrazada de constitucional en amañadas elecciones. Durante la gestión ministerial de Temístocles Rocha fue que asomó por primera vez en las calles de Lima la pintoresca y bárbara maquinaria para romper manifestaciones que la gente bautizó con el nombre de rochabús.

La anunciada reunión de jornaleros de todos los rumbos que iba a realizarse en el caserío de Parcona ya era un hecho. La candela estaba encendida. Ahí iban a juntarse para meter más leña a la fogata los propietarios de pequeñas parcelas de panllevar que trabajaban también como asalariados en las haciendas, y los jornaleros que para ganarse la vida únicamente contaban con la fuerza de sus brazos, y los partidarios, y los locatarios y, en fin, todos aquellos que se rompían el lomo en las faenas agrícolas de las haciendas algodoneras. Tanto los meros peones así como los parceleros sufrían el abuso de los hacendados que ni siquiera querían aceptar el cumplimiento de la ley dada por el gobierno que establecía la jornada de las ocho horas, a pesar de que se trataba de un gobierno que los gamonales admiraban y mencionaban pomposamente.

Los ricos de Ica alegaban, aconsejados por Temístocles Rocha y Octavio Nieri, que dicha ley solamente comprendía en sus alcances a los trabajadores de las fábricas. Pero la peonada tenía bien en claro que recibía salario, que ellos también eran obreros cuando se trataba de jornalear en chacra ajena, entonces el tiempo del lomeo había que medirlo, ¿acaso ellos no conocían la hora ya fuese medida con reloj o mirando el sol aunque estuviera nublado? A todas luces el alegato de los hacendados constituía nada más que una triquiñuela. Además el estudiante de medicina Manuel Matienzo Pardo, que después como médico se especializó en partos para ayudar a los pobres, lo había explicado con limpio razonamiento que no dejaba lugar a engaño porque lo hizo con la ley en la mano, la ley que había dado el gobierno que los ricos adulaban. Sin embargo los gamonales y sus acomedidos defensores continuaban erre que erre, metidos en el capricho de torcerle el pescuezo a la razón, y argumentaban en los periódicos y hasta en los tribunales de la justicia, con el mayor desparpajo y sin ninguna vergüenza, que la peonada que laboraba en el campo debía hacerlo de sol a sol, de acuerdo con el horario natural establecido por la ley de Dios, y a golpe de campana conforme al deber que había impuesto la costumbre.

El día lunes desde temprano empezó a llegar la peonada a la ranchería de Parcona con la ilusión de la asamblea retratada en el semblante. A las diez de la mañana el hervidero de la concurrencia resultaba tan nutrido que ya parecía día grande. Hacia el mediodía de aquel caluroso verano, a fines de febrero loco, el gentío rebosaba las dos mil personas. En el lugar donde iba a realizarse la reunión ya estaba puesta la mesa con mantel de paño verde oloroso a naftalina y una garrafa de agua para que los pico de oro se remojaran el gañote después de echar sus discursos, y los mulones lengua mocha también, aunque fuera para no desentonar. La puerta permanecía abierta de par en par y una bandera peruana anunciaba que se trataba de un acto cívico. La peonada aguardaba el inicio de la asamblea dando vueltas remolonamente por la ranchería, curioseando la mínima diferencia en cualquier cosa que encontraban al paso, porque la alverja china, chata, con forma de pancora, era muy diferente al alverjón que pertenecía a la misma familia del pitipuá y de la alverjita, pero estaba claro que cada cual tenía su tamaño y forma particular y hasta un gusto señalado, pues para un seco de cabrito no había nada mejor que la alverjita, en cambio la carne de res reclamaba alverjón, y la de cordero pitipuá, y el pato obligatoriamente alverja china. En tales digresiones embromaban el tiempo mientras esperaban el comienzo de la ansiada asamblea.

Entre tanto en la ciudad de Ica, sombreada por ficus infestados de gusanos peludos y estremecida por el rumor de las ánimas en pena que salían a vagar en las calles desesperadas por el calor de las doce del día, el prefecto Julio Rodríguez hacía los preparativos del caso para cumplir la palabra empeñada ante los hacendados: tumbar la asamblea de Parcona y dispersar con escarmiento a la peonada para que les quedara el miedo en la memoria. Para tan importante propósito el prefecto había convocado de boca y de oficio a las fuerzas del orden, a todos los guardias que conformaban el contingente de la comisaría. Además como refuerzo, en previsión de cualquier urgencia, y de paso para tenerlos al breque, solicitó también el concurso de los detectives de la policía secreta que andaban en Ica vestidos de paisano, creyendo que pasaban de incógnitos, cuando la verdad era que la población entera los tenía bien marcados como soplones. El prefecto Julio Rodríguez no se conformó con la gente que ya tenía a su disposición y reclamó la presencia de Germán Quiroga, el fotógrafo y amanuense de la prefectura.

—Tú te encargarás del enlace entre la autoridad política y las fuerzas del orden —le dijo.

El fotógrafo y amanuense que siempre andaba con la sonrisa en los labios se volvió sombrío y finalmente el desaliento le derrumbó la jeta.

El comisario de guardias, mayor Genaro Cevasco, no sentía el menor entusiasmo por aquel encontronazo con toda la peonada que por lo visto se iba a reunir en la asamblea de Parcona. Para él, escaldado en mil experiencias, la incursión en el mero lugar donde se habían convocado los jornaleros era igual que ir a provocar a las avispas en el propio avispero y justamente cuando el calor las tenía alborotadas. Ese operativo no era precisamente santo de su devoción, más aún si no le insinuaban por ningún lado un estímulo tangible. Desalentado y para desfogar un poco la amargura de la insatisfacción, decidió ir a su casa con el pretexto de almorzar. El mayor Genaro Cevasco, debido a su condición de servidor errante del estado, conocía bastante bien la calaña de las personas que ocupaban las prefecturas y las subprefecturas en los pueblos del Perú. No sólo las conocía; alternaba con ellas en comilonas, en francachelas, en actos sombríos, en protocolos, en corruptelas, en sobornos, en silenciosos repartos. Casi siempre se trataba de personas pretensiosas, pero sin oficio ni beneficio y proclives al relajo. Por esta última razón el mayor Genaro Cevasco abrigaba la esperanza de que con el cuento del almuerzo y su ausencia de la comisaría podría enfriarse la situación y quedar para otra fecha incierta el operativo contra la peonada. Sus cálculos iban por mal camino. El prefecto Julio Rodríguez se había tomado a pecho el compromiso. Todo su afán estaba metido en dicho asunto y en ningún momento le había perdido el paso al comisario. Por eso, y para tener al pájaro en la mano, fue personalmente a buscarlo, pues cierto pálpito le indicaba que el comisario quería cabrear la situación.

—¿Qué ocurre, mayor? —le dijo con cierta malicia.

—Nada, señor prefecto, solamente que iba a almorzar.

—Ya no hay tiempo. Fíjese la hora.

El prefecto Julio Rodríguez se mostraba decidido y autoritario, pero ese cariz no era natural sino el efecto de las copas de pisco que los hacendados le habían hecho apurar para que no fuera a recular en la decisión de tumbarles la asamblea a los jornaleros. El prefecto había ido a la casa del mayor Cevasco conduciendo él mismo, con mucho empaque, un automóvil Studebaker que era el señuelo con el cual los hacendados lo habían encandilado como a muchacho en pascua. Julio Rodríguez le pidió al comisario de guardias que subiera al auto, pues tenían que apurarse. Luego enrumbó hacia la plaza de armas, cada quien con un codo afuera de la ventanilla para que la gente los viera echando prosa en un automóvil ajeno, pero que brillaba por todos lados y causaba admiración. Se detuvieron en la plaza de armas, con gran aparato y despliegue de maneras, para saludar a un grupo de conocidos hacendados que se encontraban en los portales bebiendo y exhibiéndose en el bar El Trocadero del pretensioso hotel Colón. Los que más se hacían notar por los aspavientos chabacanos de potentados mediocres, sin mayor roce social ni categoría, eran José Olaechea, Miguel Razzeto, Julio Cabrera de la Quintana, José Picasso y Antonio Malatesta, quienes para desgracia del género humano tenían al pie a sus alcahuetes que les celebraban cada peregrina ocurrencia. Alentado por la candela del pisco y la chabacanería de los hacendados, el prefecto asumió la misma guasa y soltó a voz en cuello que a punta de carajazos iba a desbaratar la tan mentada asamblea de la peonada que se quería juntar en Parcona.

—Ya están rebasando los límites de la tolerancia —dijo.

—¿De la casa de tolerancia? —preguntó en plan de

chacota Julio Cabrera de la Quintana, pero los otros hacendados que se burlaban de sus embustes de coleccionista de piedras misteriosas lo hicieron callar.

Temístocles Rocha que había permanecido arrinconado y en silencio, intervino modosamente para adular al prefecto y meter carbón contra los trabajadores.

—Es el momento de bajarles la soberbia a los instigadores como ese Juan Pévez que anda sembrando la subversión —discurseó.

El prefecto, alentado por la mirada de Octavio Nieri, prometió que esa tarde quedarían apaciguados los ánimos de la peonada de Ica.

La puerta de la comisaría que aparecía marcada con un escudo de la patria que anunciaba la riqueza en los tres reinos de la naturaleza, se había convertido en el allegadero de cuanto vehículo disponible existía en Ica. Ahí estaba el camión colorado, marca Hudson, de la hacienda Tacama; también la góndola San Martín que prestaba servicio de la ciudad hacia los alrededores y viceversa; igualmente había llegado una camioneta que tenía pintado un letrero que decía: Negociación Agrícola Ocucaje; y como escolta vistosa se hallaba ahí con todo su lujo el automóvil Packard de don Víctor Elías. La hilera de vehículos, haciendo cada uno diversa figura, se había constituido para los crédulos en el preludio de una nueva forma de procesión que iba a mezclar la comparsa de la reina de la vendimia con los festejos de la virgen del Carmen para que en Ica no llegara a faltar el agua de regadío.

A las dos de la tarde del día lunes 18 de febrero de 1924 que iba a quedar marcado para siempre en el rescoldo de la memoria, entró al caserío de Parcona, con el auto Studebaker adelante, la caravana de vehículos repletos de gente y de guardias armados. El local de la comunidad donde se iba a reunir la peonada permanecía todavía casi vacío. Sólo estaban ahí los encargados de los archivos y de la disciplina, gente que vivía en la misma Parcona. La mayoría de la peonada estaba desparramada en el caserío, reposando el almuerzo, pues el artífice de la olla común, a la hora que lo aplaudieron y lo vivaron como premio por su prodigiosa faena de haberle dado sabor de olla a la comida de paila, dijo muy ceremonioso que les iba a pedir un gran favor, a toda la concurrencia, y el pedido fue que echaran una siesta breve para que luego no fueran a dormirse en la asamblea. Añadió que ya lo había visto en otras ocasiones y eso le parecía una vergüenza.

—¿Dónde está la consideración y el respeto? No es posible que mientras unos se devanan los sesos y gastan saliva en echar luz sobre la discusión, otros se la pasan cabeceando como burros con sueño.

La recomendación fue recibida con aplausos. El tal artífice de la olla común dijo entonces que se llamaba Diosdado Barahona, natural de Acarí, pero que trabajaba en Coyungo. Había aparecido en Parcona muy temprano, cuando la comisión de la olla común estaba empezando su trabajo. Ya casi se había decidido que el almuerzo fuera un solo nudo, como dijo doña Teresa Junchaya. Un tacutacu de pallares con lonja de puerco. Diosdado Barahona llegó por donde se había emplazado la olla común como caído del cielo. Miró el laberinto de trastos y víveres que rodeaban los innumerables fogones al aire libre e inmediatamente se ofreció de voluntario. Empezó rasqueteando las pailas y peroles con tanta conciencia que al final los dejó más limpios que el copón divino de la sagrada eucaristía. Luego pasó a otro renglón sin darse respiro.

—La limpieza es básica en la comida —dijo.

La olla común iba cobrando una armonía que parecía pintada. Pero Diosdado Barahona no se detuvo ahí. Señaló que en el arte culinario y en el pensamiento había que ser fecundos. Propuso, en base a los víveres que estaban a la vista, una cazuela florecida donde se regodearan todas las legumbres disponibles y algunos tolondrones olvidados. Como plato de fondo sugirió un espesado de pallares con pellejo de cochino. De entorno un arroz amarillo perlado de choclo y cancato verde. El postre sería un dulce de guayaba. Y para prevenir cualquier pesadez digestiva habría al final, a discresión y sin límites, un asentativo de agua de pacuato con su punto de comino.

La caravana con el cargamento de guardias armados se detuvo ruidosamente en el local de la comunidad donde todo estaba preparado para la hora de la asamblea. El primero en apearse fue el prefecto Julio Rodríguez; adetrás suyo bajó asustado el amanuense y fotógrafo Germán Quiroga. Enseguida asomaron recelosos los detectives vestidos de paisano que resultaban inconfundibles, pues todos llevaban un cargamento de oro encima del cuerpo: comenzaba en los dientes, continuaba en los dedos, proseguía en los puños de la camisa, en las muñecas, en el ojal del saco, en la corbata. El mayor Genaro Cevasco, otros oficiales de menor rango y el contingente de guardias permanecían alertas repartidos en tres vehículos.

Luego de pasear la mirada con gesto de desprecio por el recinto donde se iba a realizar la asamblea, el prefecto le ordenó al mayor Genaro Cevasco que bajara con el contingente y requisara los libros y los archivos que se veían en el local. Después se dirigió de malos modos a los peones que se encontraban ahí presentes para que le dijeran dónde se hallaba el cabecilla de la reunión, el tal Juan Pévez. En dicho momento, con el debido respeto y como si tuvieran la respuesta que buscaba el prefecto, se presentó en el lugar un grupo de mujeres muy desenvueltas. Ellas le buscaban con la mirada la cara al prefecto, pero la primera autoridad política ya se había dado cuenta y se hacía el muy concentrado en su propósito de llenar de improperios a los trabajadores que tenía delante. Ellas hasta se limpiaron la carraspera del pecho con unas toses que ya parecían la peste convulsiva; sin embargo el prefecto Julio Rodríguez no se dignó mirarlas. Aquello ya no era una forma de disimular, a la que cualquiera tenía derecho, sino la ceguera y la sordera del abuso. Además qué iba él a contarles a ellas ese cuento de hacerse el distraído. Todos esos recursos del detalle y la malevolencia los conocían de paporreta. Estaba en su derecho, sin duda; podía ser ciego y sordo; pero nadie le había dado licencia, por más que fuera el prefecto de Ica, para que se expresara como lo estaba haciendo. Se hallaba en casa ajena; podía ser mucho prefecto, mas ahí sólo era visita y los trabajadores que tenía delante los dueños de casa. Por eso las mujeres rompieron el protocolo y le señalaron que tuviera moderación en sus palabras, tal como correspondía a la investidura de alguien que representaba al presidente de la república en la ciudad de Ica. El prefecto se puso serio. La enmienda que le hicieron no le gustó. Miró a las mujeres con desdén y empezó a burlarse y quiso hacer escarnio de la solicitud que le pedía comedimiento en las palabras. Al final soltó una grosería aderezada con ajos y cebollas. Entonces doña Manuela Escate que era una mujer brava y pico duro se le plantó delante, lo midió con la mirada de pies a cabeza, y achinando los ojos pregonó en silencio lo que podía valer el prefecto con toda su prefectura. Claro que si hubiese estado ahí presente don Indalecio Chávez, rey de los tajamares y el decimista más pintado de Coyungo, no se iba a aguantar para soltar sus versos cantados: lo mismo que vale mi burra/ con toda su matadura. Pero doña Manuela Escate todavía no había dicho palabra. Primero se escuchó un rechinido de dientes como si la bendita mujer estuviese mascando piedras. Luego con lentitud y arrastrando ásperamente las palabras le dijo al prefecto Julio Rodríguez que entendiera que no estaba en un potrero.

Era las dos de la tarde y media de aquel ardiente 18 de febrero de 1924 y doña Manuela Escate arrebatada por la fiebre de la ira, juró por la divina luz del sol que alumbraba desde el firmamento que a ella no le iban a faltar palabras de vituperio para revolcar al prefecto en la inmundicia. Doña Aurora Fernández y Rosa Anicama tuvieron que calmarla con la creencia de que el prefecto iba a entrar en razón. Pues si se trataba de competir, ya se sabía que para respondonas y lenguaraces había que buscar a las iqueñas pata en el suelo; en dicho menester ellas no tenían coteja. Manejaban con destreza el arte de la ofensa, así como la artimaña de tomar cachina en pocillo sin perder los estribos de la ponderación.

El hablar filudo lo sacaban a relucir a veces por pura diversión; pero en otras oportunidades ocurría porque el demonio se les metía en la sangre por cualquier controversia. En el primer caso eran costeantes, con una vena interminable y jamás perdían la correa por más que el contrincante fuera un hueso duro de roer. Cuando se trataba de deslindar algún entripado entonces sí resultaban feroces; mascaban las palabras con el veneno del tártago y luego las escupían convertidas en víboras contra el rival. Aquella habilidad de lengua la conservaban como el último remanente del antiguo idioma yunga nativo, anterior al quechua, que ya se les había extraviado en los enredijos de la existencia.

Si al prefecto le soportaron las majaderías durante tanto rato, no sucedió aquello porque las mujeres de

Parcona fueran resignadas y devotas del martirio sino por algo muy sencillo: no existía sobre la faz de la tierra, así lo buscaran alumbrándose con la lámpara maravillosa, sujeto más necio y testarudo que el cholo iqueño cuando estaba borracho. Terco, peor que una mula, y cerrado como una tapia, y bruto, tanto o más que un zopenco. Por donde le decían que no, por ahí quería entrar. De modo que a ellas ya les había salido callo en la paciencia y sabían sobrellevar la necedad y le daban hilo a la cometa, cordel al peje, rienda suelta al burro mañoso. Si el aludido se ponía hablador, dejaban que soltase su discurso, nunca le atajaban las palabras ni le ponían estorbo alguno, al contrario, le decían amén para ayudarlo a que prosiguiera con su cantaleta. Al final, ya sabían, el cholo borracho, rendido por el peso de su propia majadería, enterraba el pico.

A pesar de la paciencia con que lo soportaban, el prefecto continuaba con las procacidades, basado en que tenía el respaldo de todo el contingente armado. No se conformó con requisar libros y archivos. En una muestra de soberbia hizo apresar a los vigilantes del local comunal. Ordenó que los amarraran y así atrincados de pies y de manos fueron introducidos en el camión de la hacienda Tacama. Las mujeres le suplicaban que no cometiera tal abuso, le pedían con verdadero sentimiento que soltara a esos peones indefensos. Como no accedía, lo rodearon para que revocara la orden. Ante el asedio cerrado y la exigencia cada vez más dura, el prefecto perdió el control de los actos y empujó a las mujeres que estaban a su alcance. Miró a los guardias y les ordenó que buscaran de casa en casa y capturaran a Juan Pévez. Además que tomaran preso a todo aquel que se resistiera al allanamiento. Esa fue la gota que derramó el agua del vaso. Las mujeres soltaron un clamor de protesta que remeció el recinto y sembró un ramalazo de desconcierto. El prefecto Julio Rodríguez se lanzó a fuetearlas y les dijo a los guardias que también las agarraran, las amarraran como a gallinas, y las echaran a la góndola "San Martín".

El brote maligno de esa brutalidad inaudita que lindaba con la cobardía le revolvió la sangre a doña Manuela Escate y pegó un brinco de mujer enrazada y le paró los machos en seco al arrogante prefecto. Lo agarró del pecho, diantre, lo estrujó como a un estropajo mientras le decía su vida y milagros, demonio, lo zamaqueó para que se le asentara la conciencia y no fuera a creer luego que se trataba de un mal sueño, y entonces lo mechoneó, lo cacheteó, le reventó la boca de un sopapo igual que a borracho con diablos azules que necesitaba controlar su locura. Ahí fue cuando comenzó la balacera. Pero en el acto una oleada de gente, como hormigas, se volcó desde todas partes hacia el lugar donde iba a realizarse la asamblea. El prefecto era peloteado de un lado para otro por el cerco de mujeres. Alguien le había arranchado el revólver en el momento que lo extrajo con intenciones de disparar. Para librarlo del tumulto, el amanuense Germán Quiroga sacó su arma y disparó a quemarropa contra las mujeres. Quien se ladeó malamente herido fue el prefecto Julio Rodríguez. El fogonazo paró al instante el desbarajuste. Los guardias y el mayor Genaro Cevasco quedaron desorientados. Entonces la peonada aprovechó para envolver al contingente y en un cerrar y abrir de ojos lo redujo a la condición de prisionero. Ante el forcejeo inútil de algunos guardias, el mayor Cevasco ordenó que entregaran las armas. Todo el contingente quedó dominado. Algunos guardias resultaron magullados, con las costillas sumidas; cuatro jornaleros tenían herida de bala. Pero ambos bandos estaban completos. El único que se quedó en el sitio, tendido, despatarrado, muerto, ya sin remedio, fue el prefecto Julio Rodríguez.

Quienes habían padecido incontables veces el atropello y el abuso, sintieron un rescoldo en el pecho y querían vomitar todo el rencor para que sirviera de ejemplo, pero los dirigentes pidieron cordura y generosidad. Habló Juan Pévez con su menuda apariencia que sin embargo le daba más firmeza a su palabra. Él, que se había fogueado desde muchacho en Lima, en Puno, como delegado campesino, y que conocía y conversaba de tú y vos con Pedro Zulen, con José Carlos Mariátegui, pensadores que tenían como suya la lucha de los trabajadores; él, Juan Pévez, exigió a su gente calma y responsabilidad.

En tres columnas bien apretadas, adelante de los vehículos que llevaban a los guardias cautivos, la peonada se encaminó hacia la ciudad de Ica para dar los pormenores de lo ocurrido a las autoridades competentes, principalmente al juez. Era las cuatro de la tarde cuando cruzaron el Puente Viejo y entraron a las primeras calles. Entonces en tales circunstancias dio la casualidad que se encontraron cara a cara con los manifestantes de la federación que agrupaba a los trabajadores de las fábricas. Ellos se habían reunido para exigir control en el precio de las subsistencias y la construcción de un mercado regulador. Cuando se enteraron de lo sucedido en Parcona y vieron a los guardias prisioneros, amontonados dentro de los vehículos, y las armas en tercios como leña, los manifestantes dieron vivas a la justicia y con la fuerza del torrente de un río embravecido se unieron a la marcha de la peonada que iba en busca de alguien a quien darle cuenta de la desgracia que había acontecido.

Era la primera y única vez que Ica se veía remecida por un hecho de semejante naturaleza. El prefecto muerto, asoleándose en Parcona seguramente como cualquier perro sin dueño; los guardias cautivos, enjaulados en los vehículos; los jornaleros llenando las calles de la ciudad, dueños de las armas y de la situación. Temístocles Rocha y Octavio Nieri sembraron el pánico y alertaron al cuartel militar de Ica con la historia de que la chusma ignorante que había llegado de Parcona estaba sedienta de sangre y que luego de asesinar al prefecto iba a acuchillar a los ricos, para entregarse luego al vandalismo, al saqueo, al incendio de toda la ciudad.

El río de gente iba por la calle Paita echando vivas a la justicia. De repente empezaron a salir disparos del techo de la imprenta Nieri donde se había parapetado un grupo de hacendados con Temístocles Rocha y sus matones. La peonada retrocedió para huir de los disparos, pero fue atacada desde la retaguardia por un pelotón militar al mando del alférez Jesús Vegas, un joven a quien sus superiores empujaron con pisco y promesas de ascenso. En aquel ataque artero cayeron muertos dos jornaleros, Higinio Pisconte y Zenón Escate, ambos comuneros del caserío de Parcona.

A partir de entonces de desató una cacería ciega contra los jornaleros de Ica. Los hacendados aumentaron el contingente de sus matones armados. Además de Temístocles Rocha, llamaron para que lo auxiliase a Paulino Donaire que fungía de gobernador de Los Molinos. Luego los propios hacendados, con sevicia y ventaja, dirigieron a las bandas armadas para que saquearan e incendiaran Parcona, sin respetar ni siquiera la iglesia. Tres días después, cuando todo parecía consumido por la codicia de los ricos, llegó desde la capital de la república el batallón Nº 13 con todos sus arrestos de guerra. Al frente de dicho batallón del ejército estaba el teniente coronel Guillermo Sáenz, vestido con uniforme de campaña y casco de combate. Ese mismo jueves 21 de febrero, en medio de la resolana de las tres de la tarde, Parcona fue cañoneada y repasada sistemáticamente durante dos horas. Al final, de la ranchería de comuneros sólo quedó el cascarón ennegrecido de la iglesia. A partir de entonces sus pobladores fueron perseguidos sin tregua a lo largo de veinte años. Las tierras comunales pasaron a engordar las haciendas colindantes y Temístocles Rocha alcanzó los más altos honores de la república: senador de Congreso Nacional, ministro de estado y compadre espiritual de dos mandatarios que sucesivamente, por turno, ocuparon el palacio del gobierno.

Esclavos y cimarrones IV

Para acabar definitivamente con el mentado palenque de Huachipa y sus engarruñados brotes de soterrada resistencia que se engrampaban en la tierra del
mismo modo que la raíz malévola del carrizo garrapatero, y que estaba haciendo escarnio de la autoridad
real; para alcanzar el cruento final tan ansiado, el visorrey y los oidores de la justicia mayor resolvieron entregar el mando del escarmiento directamente a las fuerzas
imperiales acantonadas en la Ciudad de los Reyes. Ya
no se trataba solamente de una campaña punitiva doméstica, que no trascendía allende los mares; ahora se
trataba de una guerra abierta y sin cuartel; una guerra
hasta el aniquilamiento definitivo del enemigo, así fuese
insignificante, que amenazaba el orden que debía reinar
en el imperio colonial en aras de la prosperidad. Además, la situación era propicia y de polendas pues, bien
manejada, podía otorgarles, al visorrey y a los oidores,
el poroto que necesitaban para reclamar luego, al retornar a la madre patria, las retribuciones y los privilegios que merecían quienes habían cautelado con talento

y celo los intereses de la corona allá en ultramar. Tal vez, con la ayuda de la divina providencia y el peso convincente del oro de Indias, hasta podían alcanzar el honor prominente de que sus nombres quedaran inscritos en los pergaminos de la historia.

El general Enrique de Osma, jefe altanero de las fuerzas de la corona acantonadas en la Ciudad de los Reyes, se gastaba la fama de alguien muy tesonero en sus propósitos, cuya mejor virtud era la obstinación; de modo que cuando tenía un capricho, ahí se quedaba, al pie del cañón, sólo que en muy raras ocasiones se trataba de un pieza de artillería, pues la mayoría de las veces lo que el general Enrique de Osma tenía entre manos era el cañón del congreso, pero de un congreso que nada tenía que ver con asamblea parlamentaria sino única y exclusivamente con los arrestos del ayuntamiento carnal porque, en buen romance, congreso también quería decir ardencia y arrebato, esa impenitencia que tanto cautivaba al general Enrique de Osma.

Como profesional castrense tenía orlados pergaminos que daban fe de su carrera y rango. Había estudiado la logística bélica en la academia militar de Madrid; tenía, por tanto, bien asimilados los cánones de la guerra. El vencedor, decía el general Enrique de Osma, adquiría la patente para cobrar los réditos que dejaba la contienda. Entonces, los recursos que se gastaban en un conflicto constituían nada más y nada menos que una legítima inversión. Apoyado en dicho criterio, el general Enrique de Osma consiguió caudalosos fondos para iniciar la campaña de una guerra total contra el cimarronaje. Desplegó ambiciosos planes, pasó por alto las instancias intermedias y no quiso detenerse en contemplaciones de menor cuantía. Decidió entenderse directamente con el visorrey para eludir a los oidores parlanchines de la Real Audiencia, adictos sin remedio al vicio de las discusiones bizantinas.

En corto plazo desencadenó todo el poderío de su ejército contra el oscuro y escurridizo enemigo que amenazaba pervertir el obligado respeto y la sagrada obediencia que los esclavos le debían a sus amos. No se trataba de un enemigo franco, que daba la cara y aceptaba entrar en batalla frente a frente; era más bien el animal dañino que huía después de causar perjuicio; la fiera que atacaba a traición; la plaga que caía de sorpresa; la pedrada artera; el verduguillo innoble. Pero el general Enrique de Osma mantuvo invariable el cartabón de su estrategia, convencido de que tenía a su favor el viento de la lógica.

Despachó un nutrido contingente para que rodeara el palenque de Huachipa y no descuidase ningún resquicio. Había llegado la hora, decía el general Enrique de Osma, de quitarles incluso el aire para que se consumieran en sus propios pellejos. Después del prolongado cerco ordenó que le echaran candela al carrizal que rodeaba el palenque. Sucesivas filas de arcabuseros tomaron posición para cazar como a ratas a los cimarrones que intentasen fuir de la quemazón.

Cuando el abominado palenque de Huachipa, que había sido el principal antro del cimarronaje, quedó completamente arrasado, convertido en rescoldo humeante, todavía los sitiadores, por orden expresa del general Enrique de Osma, tuvieron que permanecer vigilantes día y noche, bajo la amenaza de pagar con las dos orejas el menor descuido. Finalmente, a los cuarenta días clavados, antecedidos por un colorido ceremonial de parada cívico-militar, procedieron a regar sobre el cenizal muerto, la sal de la maldición y los orines podridos del vilipendio.

Pero algunos cimarrones, a pesar del rigor ineludible del aniquilamiento, no se sabía ni cómo ni cuándo, habían logrado, al parecer, escabullirse. El caso era que daban visos de existencia por otros lados. Corría la sospecha de que oportunamente, los más artificiosos y duchos en la resistencia, se habían transformado en alimañas de bajo tierra y así, con dicha magancia, habían podido escapar, algunos porque se especulaba que tenían alianza con satanás. En el caso de Domitila Avilés, ella se había enterrado justo adebajo de las raíces entrapadas de un matojo de carrizo y, después, investida con otra apariencia, fue muca de galería subterránea que durante semanas no conoció la luz; sobrevivió, entonces, apenas con un puñito de aire y con el jugo, y un poco el bagazo, de la rizoma del carrizo que había ardido por encima. Por adebajo Domitila Avilés curruchaba con sus dientes afiladísimos, como de muca verdadera, la raíz soasada. Había gente que atestiguaba y echaba juramentos, por la divina hostia, que cuando Domitila Avilés se escurrió de la candela que arrasó el carrizal del palenque de Huachipa; que en dicha ocasión apremiante, la susodicha cimarrona, que era diestra en artimañas, ya no tenía la apariencia humana. Lo mismo había ocurrido con otro cimarrones igualmente endemoniados que en un cerrar y abrir de ojos se convirtieron en sapos de bajo tierra. Por eso, tate ahí, de tanto mirar en la pura oscuridad de las tinieblas, muchos tenían, como Catalino Advíncula, los ojos saltones y una mirada vidriosa, y comían cualquier bicho menudo, de aquellos que paría la propia tierra, gusanos, lombrices, muymuyes terrestres, mosquitos, ñucos de humedad, y todo aquello que tuviera un poco de jugo y de sustancia, aunque causara la peor repugnancia. Otros cimarrones con mayores magancias, aquellos que tenían pacto de tú y vos con el demonio, tanto que el rastro que dejaban no parecía huella de pie humano sino la pisada de una pezuña crispada; aquellos marrajos se transformaron en hormigas negras y con tal artificio arrastraron el cuerpo desgonzado, pero todavía con aliento, de Antuco Lucumí que había caído mal herido. Luego, con el hilo de voz que le quedaba, Antuco Lucumí los había obligado a que se fuesen para que continuaran la resistencia y mantuvieran vivo el hervor del cimarronaje. A él, que ya no tenía remedio, pidió que lo dejasen oculto entre unos matorrales, en la orilla del río Rímac, a la altura de Chacrapuente, para aguardar ahí, tranquilamente, la llegada de la muerte.

Precisamente ahí mismo fue donde lo encontraron, a Antuco Lucumí, los rastreadores especialistas, capaces de descubrir la huella en el agua, que el general Enrique de Osma había mandado contratar y traer desde Tucumán. Lo encontraron solo y agónico, vestido nada más que con una tosca indumentaria de cotona, pero lucía en la cintura una faja indígena tejida a mano, cuyos primorosos colores parecían copiados del esplendor venenoso de la víbora tanatana. A los rastreadores llegados desde Tucumán les costaba trabajo dar crédito al hecho de que aquel hombre agonizante fuese el mentado cabecilla y alcalde del arrasado palenque de Huachipa. Desde hacía tiempo el nombre de Antuco Lucumí había corrido de boca en boca y hasta en Tucumán se hablaba que con su osadía había encendido entre su gente los tizones de la rebelión. Los gauchos rastreadores entendían perfectamente la situación, sin embargo se atuvieron al compromiso que habían adquirido con el general Enrique de Osma y enviaron a un propio para que diese cuenta del ansiado hallazgo.

El jefe de las fuerzas de la corona acantonadas en la Ciudad de los Reyes brincó de contento cuando recibió el informe. Brincó de la cama al suelo, pero luego volvió a subir porque la buena noticia había llegado precisamente cuando estaba en media res, bate y bate el chocolate, y un gusto encima de otro gusto lo había hecho brincar con una desesperación de gusano. Luego salió a mata caballo para cerciorarse personalmente si tan importante hallazgo que le habían anunciado era verídico. Varios ordenanzas iban siguiéndolo con mucho despliegue de formas, como correspondía a su prestancia de general y jefe de las fuerzas de la corona acantonadas en la Ciudad de los Reyes. Cuando el general Enrique de Osma llegó, por fin, al lugar donde agonizaba Antuco Lucumí, paró el caballo en seco, a poca distancia del moribundo. Le buscó la mirada. Al distinguir un fugaz relumbre en el rostro oscuro de Antuco Lucumí, lanzó el caballo contra el moribundo y con precisión de jinete diestro lo detuvo a un palmo de distancia. Antuco Lucumí ni siquiera pestañó. Al contrario, encendió un poco más la mirada agónica y permaneció impávido, como si hubiese estado esperando ese encuentro de ensueño. Ningún gesto exagerado. Sólo el relumbre de la mirada.

Fracasado en su afán de jinete atarantador, el general Enrique de Osma echó mano de la sensatez y guardó sus recursos de lucimiento para mejor ocasión. Ordenó inmediatamente un frondoso despliegue de armas, una formación de vigilancia y otra de parada. Todo con el calculado propósito de darle el mayor realce posible a ese primer triunfo visible de las armas de la corona. Los ordenanzas se desparramaron para calcular el ámbito que debía abarcar el teatro de operaciones, ahí en la orilla del río Rímac, frente a Chacrapuente, aguas abajo de la Ciudad de los Reyes.

Cuando el general Enrique de Osma tuvo el escenario del triunfo preparado para la exhibición, envió una embajada mensajera, con estandartes y gallardetes, para que le comunicara al visorrey la buena noticia. Después, todavía embargado por la emoción, se sentó a esperar en una silla de campaña, así como las grandes mariscales de la guerra, el momento culminante que iba a dejar una raya sempiterna en el cielo de Lima. Mientras tanto, Antuco Lucumí, desbaratado por la fiebre de la infección, ni siquiera mostraba ánimos para espantarse las moscas.

El visorrey, con su polvorienta peluca de maniquí, acogotado por la rigidez de una golilla de abanico, embutido en unas calzas que le permitían lucir como la gran cosa sus huevos de potroso, montado a caballo y bajo palio pontificio, llegó hasta el lugar exacto, a la orilla del río Rimac, frente a Chacrapuente, donde se encontraba herido y moribundo Antuco Lucumí. El visorrey y el general Enrique de Osma, ante la presencia de un notario público llevado de exprofeso, conforme a las disposiciones de las ordenanzas reales, le pidieron al cabecilla de los cimarrones del palenque de Huachipa que se rindiera. Le cantaron en coro sus generales de ley y hasta su apelativo: Antuco Lucumí, alias Chavelilla, negro bozal de casta mina, renegado del sacramento bautismal, marcado en el pecho derecho con la "P" coronada de la Real Contaduría, y en la espaldilla izquierda con el número 12 del asiento de venta, y en los pallares de las orejas con sendos agujeros de arete, fugitivo de su amo y señor don José Dolores de Vaca. Luego le manifestaron oficiosamente que, en rigor de justicia, depusiera la rebeldía y mostrara humilde arrepentimiento. Antuco Lucumí no abrió la boca. Pero se mantuvo con los ojos aluzados y hasta parecía que había levantado un poco la cabeza. Entonces el general Enrique de Osma, con voz de pregonero, le repitió la demanda. Antuco Lucumí ladeó un poco el cuerpo y respondió sosegado, aunque ardía con la fiebre de la infección, que no se apensionaran por él, que lo mataran nomás sin ninguna clase de protocolo y de la forma que se les antojara, con garrote, a palos, o con bala si así les parecía pertinente. Les habló tranquilo y con un tono de sentencia, sin la menor pesadumbre. Después, para concluir, les cantó el credo de los cimarrones: que él no se iba a rendir nunca jamás, que ellos por sí propio debían darse cuenta y razonar que ya estaba viejo Pedro para cabrero; que él, Antuco Lucumí, era un cimarrón marrajo y curtido que no necesitaba el perdón y menos todavía la clemencia, pues no había lugar en su corazón para acomodar la dicha condescendencia. Además, les puso en antecedentes que él, Antuco Lucumí, ya no era el alcalde del palenque de Huachipa ni el cabecilla de los cimarrones, sino únicamente un moribundo que se estaba mosqueando ahí, a la orilla del río, mientras buscaba la mejor postura para estirar la pata. Les adelantó que a quien tenían que pedirle la rendición era a Domitila Avilés, pues ella llevaba ahora el mando y la voz cantante entre los cimarrones.

El visorrey simuló, a duras penas, una imperturbable dignidad. La acartonada golilla de abanico era peor que una tortura china, pero en su condición de dignatario supremo en el territorio colonial hizo de tripas corazón y mantuvo el gesto altanero. Con disimulo se arrancó un gargajo del pecho y lo escupió en el pañuelo de encaje que extrajo del puño de la camisa. Luego, como alguien que asumía por primera vez un severo ritual, insistió en la demanda de la rendición y el arrepentimiento. Antuco Lucumí lo tanteó de reojo, con inocultable malicia a pesar de la agonía; entonces, soltó un cuesco con repique y enseguida la risotada del delirio. Descontrolados por la rabia, el visorrey y el general ordenaron a las fuerzas reales, sin atender las reticencias del notario, que mataran al cimarrón a machetazos para no gastar pólvora en gallinazo.

Arena natura

Luego del penúltimo bocado, demorado intencionalmente, Gumersindo Guzmán dejó la cuchara adentro de
la fuente de peltre, ornada con un papagayo colorido, en
la que comía siempre, y levantó la mirada de toro hacia
el emparrado que se extendía sobre la ramada del comedor. Una avispa amarilla, con venas oscuras, revolo-
teaba afanosa, libando esencias entre las flores blancas
del cancato. El emparrado de la ramada había sido invadido por la exuberancia silvestre del cancato, aquel
frejol todavía cimarrón que florecía todo el año y que
los norteños de buen diente llamaban con sonoridad y
entusiasmo zarandaja. Los veinticinco hijos que llenaban tumultuosamente los contornos de la gran mesa del
comedor, quedaron en silencio, atentos a la mirada
paterna de Gumersindo Guzmán. Solamente Bartola
Avilés Chacaltana, la madre que había parido aquella
cordelada de hijos, continuaba moviendo trastos y
cucharas. Ella estaba ubicada en una de las cabeceras
y sin desesperarse se tomó su tiempo antes de preguntarse qué sucedía.

—Nos vamos —dijo Gumersindo Guzmán, inexpresivo, con cara de palo, todavía con la mirada puesta en el emparrado, en la exuberancia del cancato, en el revoloteo afanoso de la avispa amarilla de ardiente veneno.

Un suspiro de Bartola Avilés llenó ese instante vacío y dejó en la atmósfera del almuerzo un profundo hálito de tristeza, como si fuese octubre y el aire se hubiese enturbiado con la cerrazón del desconsuelo. Ella tenía las manos sobre la mesa y con la uña del índice iba siguiendo el perfil hendido de una hoja de parra estampada en el mantel de hule.

—Nos vamos a Lima —repitió Gumersindo Guzmán y el relámpago que brilló en sus ojos encendió la expectativa en el semblante de los veinticinco hijos— hay que acabar de una vez con la cantaleta de la mantención de la patria.

Bartola Avilés Chacaltana iba a decir algo sobre el gobierno y la beneficencia pública, pero prefirió tragarse las palabras y dejar que los crédulos se sacaran las uñas de los pies al tropezar con las piedras del camino, para que así, a golpes, aprendieran a distinguir el grano de la paja, como cuando se venteaba el frejol en la era. Ella estaba plenamente convencida que en muchos casos resultaba preferible que cada quien, a través de su propia experiencia, se desengañara de las quimeras.

Sin embargo no fue el quitasueño de la novelería, ni tampoco el arrebato de las ilusiones, lo que empujó la decisión de los Guzmán. Ellos se pusieron en el camino, igual que el bolondrón de la guerra, dispuestos a todo. Iban a internarse en la sequedad de los médanos para atravesar el desierto, tal como lo había hecho antes, pero al revés, el mentado hijodalgo español Pedro de Guzmán. De aquel peregrino modo pretendían, los Guzmán, alcanzar la orilla de la mar océana. Luego,

138

pegados a la playa, podían enrumbar hacia el norte, con el sopesado propósito de llegar, alguna vez, en tendalada a la ciudad de Lima, incluso al mero palacio del gobierno, donde moraba y despachaba el presidente de la república. No fue la novelería el motivo que los apuró sino ese tiempo de arena muerta y de presentimientos aciagos que la interminable sequía cirnió sobre Cahuachi. El mal año había empezado muchos meses atrás con los ventarrones de octubre. El firmamento parecía de vidrio descolorido. A la gente ya ni siquiera le quedaba el consuelo de sentarse a tantear cada día los matices del cielo.

Entonces los Guzmán, apegados a la brújula del sentido común, ya no le dieron más vueltas inútiles a la tuerca de la mantención de la patria. Dejaron con intencionada desidia que la atmósfera se mosqueara en la inercia del abandono. Si ellos tenían que matar el tiempo, resultaba mejor matarlo andando. Eso les parecía definitivo. La propia Bartola Avilés Chacaltana que iba a quedarse sola, aguardándolos en Cahuachi ni Dios sabía bien hasta cuándo, sentenció con entera convicción que perro andariego, así fuese que deambulara en la pampa pelada, siempre encontraba hueso para entretener el hambre.

Por tal razón los Guzmán ya no quisieron gastar más aliento ni saliva en la conversación para ventilar la quimera de la pensión vitalicia que regalaba el gobierno de la república. Hicieron un nudo ciego con aquella decisión, pero todavía no se quedaron conformes y voltearon la página del asunto, exactamente como lo hacían en la escuela cuando aprendían una lección en el silabario del profesor Astete. Después dejaron que la mente se les despejara, que el meollo cerebral se les serenara igual que el agua al atardecer. Luego tenían que calcular, sin equívoco, qué clase de toro se les iba a cruzar en el camino.

Dispuestos como para ir a la guerra, tranquilos y cada quien en su cabal entendimiento, los veinticinco hermanos se pusieron en fila, de mayor a menor, con todo el empaque que les cabía en el cuerpo y como si estuviesen en una vitrina de exhibición.

Quintín ocupó sin vacilar su lugar de primogénito, bien premunido del virtuosismo y de los dones que le había otorgado al nacer la suerte de la existencia terrenal, a pesar de que para dicho menester, para aquello de que iba a marchar a la cabeza de un batallón, no lo ayudaba mucho la contextura y menos aún la envergadura, pues al lado de la corpulencia de mulo montés que se manejaba Miguelón, al lado de aquella desmesura que no había forma de disimular, Quintín parecía una mascota de puro adorno, pero como buen silbador era también un experto en hacerse el desentendido, que ni la tos le daba aunque lo estuvieran aseñalando con el dedo, de modo que ahí se quedó, a la cabeza del batallón, bien empinadito y con la nariz levantada para que lo supieran mientras. A Cresencio le correspondía sin salvación cerrar la fila, sin embargo eso no lo inquietó. Ya había aprendido el desdén de la zorra que decía que estaban verdes cuando las uvas no quedaban al alcance de la mano como en el paraíso de Adán y Eva. En esa situación que iba a convertirlo en el último rabo de la cometa andariega, Cresencio no se sentía directamente aludido porque él se consideraba hombre de máquina antes que trotador de acémila. Adelante de la cabeza del batallón, como escolta única, se emplazó Gumersindo Guzmán, bien ajinetado y orondo encima de un macho romo, el único burdégano legítimo, hechura de caballo con burra, que existía en todo Cahuachi y en los alrededores del mundo terrestre. Ahí, aupado sobre aquella montura sin parangón, Gumersindo Guzmán tenía el aire de un verdadero abanderado de guerra. Su estampa de gallo giro y su barba de afrechillo le prestaban una distinción tan particular que ya lo hubiera querido tener Dios aunque fuera sólo por un día domingo en el contingente de su corte celestial.

Cada quien había conseguido, con esmerado afán, un burro cerril limpio de matangas y de recio cogote. Para no estropear a las bestias con el peso del fiambre escogieron, luego de sesuda averiguación, un menguado pero duradero bastimento compuesto de chancaca con coco Panamá, garbanzos y maíz tostados, carne seca de paloma cuculí, gelatina de las siete sustancias y una limeta de agua de gramalote para desinflamarse los riñones de los embates del trote. Aquello de la comida lo hacían más que nada por precaución, pues como había dicho Bartola Avilés Chacaltana con atinado criterio, más valía curarse en salud contra cualquier tropiezo que podía ocurrirles en medio de la carencia árida del desierto. El camino para atravesar toda esa vasta sequedad que se extendía hasta el mar estaba bien marcado y patente sobre el cenizal del suelo, sin embargo en plena luz del día y con los ojos abiertos mucha gente había acabado empampándose hasta perder completamente el rumbo. El sustento principal, durante la larga travesía por la orilla de la playa, pensaban que iban a poder sacarlo del mar. Calisto que conocía de memoria la opulencia escondida en la mar, tal y conforme lo había leído en los laberintos infinitos de los caracoles antediluvianos, había tejido con ciencia y minucia las atarrayas para la pesca, con el hilo y la cocada de acuerdo al calibre de los diferentes peces y en consonancia con la naturaleza variable de las aguas. Había preparado igualmente, con la ayuda de la inventiva inagotable de Atanasio, unos cordeles de pesca con ambigua capaces de engatuzar a los especímenes más reticentes, pues no ofrecían como señuelo un bocado comestible sino el encanto de las luces de Bengala de una iridiscente pluma de gallo ajiseco que dentro del agua salada de la mar resultaba aun más deslumbrante que el esplendor del ave del paraíso. Al fin y al cabo, con tanto despliegue de cacumen, Calisto y Atanasio terminaron inventando el espinel de los setenta y siete ramales que tan sólo con verlo cualquiera se convencía que de una sola tendida dicho aparejo era capaz de retener en sus tentáculos a un cardumen entero de peces. Cresencio que entendía de fierros se ofreció para fabricar con el yunque y la fragua y el concurso de la fuerza de Miguelón los mejos para desprender de las peñas lapas y barquillos. Pero por si acaso fallaba toda aquella parafernalia de aparejos de la ventura marina, Obdulio, el trompeador de la sutileza terrestre, metió en los bolsillos de su alforjón tronchos expeditivos de dinamita suficientes para voltear al revés las entrañas de la mar. A Espíritu le parecía que aún quedaban riesgos al descubierto y preparó para llevar consigo la sarta de alardes de su oficio de santiguador para poner a la expedición a recaudo de cualquier incertidumbre.

Antes que el batallón de los Guzmán asomara por la ranchería de Cahuachi como la barahúnda del fin del mundo, ya la voz aspaventera de Casilda Huasasquiche, ese pito más alarmista que campana de iglesia mayor, había desparramado la novedad hacia los cuatro vientos de la rosa náutica. De modo que cuando ellos entraron al trote en el cuadrado del caserío polvoriento, con el propósito de hacerle un adiós a la querencia, la gente los estaba esperando alborotada, haciendo arder más al calor de la sequía. El estiaje y la estrechez lo habían consumido casi todo, incluso el entretenimiento del choclón y la mesa de vivandera que Adelaida Contreras había heredado de su madre doña Eduarda Polanco, pero por suerte Pancho Diablo aún conservaba su guitarra de palisandro, mejor dicho de palo de guayabo colorado, adornada con una cabellera frondosa de cintas descoloridas, y como si hubiera tenido preparado ese número de antemano, salió al frente con todos los arpegios de su arte, echó al aire un tremolar de cuerdas que se derritió en el calor y luego con gran desplante, con una quimba de torero fino, se detuvo en seco.

—Ningrus, carajo, si van a la guirra —vociferó a todo pulmón.

Se echó para atrás la pelambre de cerdas con un movimiento de cabeza de cholo venteado y concentró toda su atención en las clavijas de la guitarra. Carraspeó fuerte y enseguida trenzó una pierna en la otra para apoyar mejor el instrumento y se puso a retemplar las cuerdas, a afinarlas no en baulín sino en temple diablo, ese ajuste especial, tan adrede para el huaino acholado o para cualquier otro zorongo amestizado que él los sabía cultivar con más desenvoltura que cuando le tocaba agarrar la lampa de jornalero. El calor se había quedado empozado encima de la trocatinta con su transparencia de vidrio hirviente. Pero ahí en ese rescoldo brotó la tambarria de la despedida, aunque llevaba por dentro un sostenido hálito de tristeza.

La melodía aún seguía flotando en el vaho asentado sobre la ranchería de Cahuachi cuando el batallón de los Guzmán enrumbó al trote para internarse en la lejanía humienta, en esa sequedad que se extendía más allá de los promontorios de la ciudad enterrada. Iban en cordelada, al paso trincado de los burros, Gumersindo Guzmán un tanto adelantado sobre el macho romo que orejeaba por ratos, desconcertado posiblemente con el mar de agua falsa que cubría el horizonte, o tal vez porque el aire seco y caliginoso le ponía en las narices algún olor, o nada más que por maña y consentimiento.

Ya habían dejado adetrás Estaquería y hacia la mano derecha se veían los toñuzales de Tambo de Perro. Cada uno de los veintiséis jinetes era un talante aparte, pero todos iban envueltos en las mismas cavilaciones, preguntándose por Bartola que se había quedado bajo el huarango sin soltar un suspiro. Entonces fue que la vieron, adelante, en medio del camino que se enlagunaba con el calor, como una visión de ensueño, montada a horcajadas sobre un burro azulejo. Se restregaron de los ojos las telarañas de la duermevela, y la visión seguía ahí, más patente conforme se acercaban. Había sido ella en persona de carne y hueso, y la notaron tan resuelta en su decisión de acompañarlos que nadie, ni siquiera Gumersindo, le pidió explicaciones. Se veía que eso no era un arranque producto de la desesperación sino algo que ella había madurado y cocinado a fuego lento.

—Si yo no voy contigo la gente puede decir que esta reata de negros te la has encontrado en el camino —dijo Bartola— ¿A ver que me lo digan a mí que los he parido a uno por uno?

Entonces con ella en la delantera entraron a la pampa abierta y se agarraron con la mirada del perfil azul y distante del volcán de Jumana para tenerlo siempre como referencia en esa rodondez emboladora de la tierra. El suelo parecía un cenizal muerto, pero Epifanio que conocía aun las minucias más tenues del desierto señaló unos lamparones sutiles que brotaban de la propia sequedad y dijo que aquello se llamaba comida de araña, una plantita rastrera, sin color, que perduraba eternamente, apenas sobrepuesta en las superficies más áridas, y que ahí tenían su cobijadero y sustento unas arañas cascarudas y cenicientas, casi invisibles, que servían a la vez de alimento a los pamperitos, unos pájaros que parecían hechos de arena y volaban corto, a ras del suelo, y vivían en esa naturaleza estéril sin necesidad de agua ni de sombra. Donde existía la comida de araña, no prendía el calato que prefería los cascajales, el pedrerío de las canganas, las huellas de las riadas de agua que habían corrido por el desierto en los años del diluvio. La monotonía estéril sólo lo era en apariencia, pues cuando se le clavaba la mirada con detenimiento, tal como ya lo había hecho Epifanio, cada trecho del desierto resultaba diferente, por un lado tendejales de arena, médanos labrados por el capricho paciente del viento, más allá mantas brotadas de caliche, espejos de sal viva, retazos grasientos y cundidos de una grama espinuda sin utilidad ni beneficio, rescoldos florecidos de polvo lunar en los que no cuajaba ni por casualidad la espina de Cristo ni el moho más mísero de la tierra. Y conforme era el género de su naturaleza hostil, el suelo cambiaba de coloración, unas veces más claro, otras más oscuro.

Lo primero que divisaron al llegar a la Pampa de Arrancatrapo fue el prodigio de la Piedra Gorda, esa mole maciza y redondeada, con dos cachetes opulentos, que todo el tiempo estaba dando vueltas infinitas, sin un mínimo reposo, dejándose pulir mansamente por la lengua del viento, moviéndose sobre sí propia con un meneo que más parecía que estuviera hecha de carne viva. Se decía que nunca jamás nadie la había visto quieta y que si alguien llegaba a sorprenderla detenida, entonces con el solo calor de la mirada la piedra iba a partirse en dos, pero que como contraparte la dicha persona causante de tal fatalidad moriría en el acto vomitando el corazón. El caso era que en la Pampa de Arrancatrapo jamás de los jamases anidaba la quietud. Ahí toda la vida entera, desde que existía el mundo terrestral, soplaba un viento imperecedero y licencioso, tan insistente en sus soplidos que hacía aullar a la tierra de desesperación y a la gente le arrancaba a jirones la ropa del cuerpo. Por aquella razón era que se llamaba Pampa de Arrancatrapo. Espíritu intentó parar el viento con sus triquiñuelas de santiguador, pero el soplido desbocado se las desbarataba aun antes que llegaran a cuajar. Casimiro que tanto paraba pendiente del ojo de Dios quería pedir misericordia, Señor, y echar cruces contra el demonio que actuaba encubierto en ese viento licencioso, mas toda su insistencia y su fe resultaban inútiles, pues las palabras se le desleían apenas despegaba los labios para pronunciarlas. En ese instante Casimiro hubiese querido tener el dominio para hablar con el estómago, igual que Gaspar, sólo que para Casimiro los ventrílocuos no eran otra cosa que un pozo de remordimientos. Entonces a los Guzmán no les quedó otro remedio que anticiparse a los hechos y quitarse del cuerpo todos los andularios que llevaban encima antes que el viento los fuera a dejar en pelotas. Siempre atenta a los mínimos detalles, y con un tino que podía pasar limpiamente por el ojo de una aguja, Bartola Avilés Chacaltana ordenó con el brazo en alto, con señales de mariscala de campo, que el batallón se volteara al revés antes de empezar a desvestirse. Cresencio quedó a la cabeza y Bartola al final de la cordelada para volver a la naturalidad y evitar la vergüenza y el impudor, pues ella que los había parido podía verlos desnudos y culunchos sin ningún sonrojo. Se despojaron de los vestidos y los guardaron doblados adebajo de la carona. Esa tendalada de prietos con las vergüenzas al aire y montados en aquellas acémilas cerriles parecía un batallón de diablos salidos del infierno. Conforme se iban internando en la Pampa de Arrancatrapo empezaron a sentir lo que era verdaderamente ese viento tan mentado. No sólo los lamía hasta casi despellejarlos sino que les metía la lengua en los recovecos del cuerpo como si hubiera dejado ahí algo escondido. Sin embargo ellos estaban seguros que el pellejo aguantaba más que la tela de sus vestidos y se sentían de alguna manera recompensados, especialmente Bartolomé, porque para él ese soplido feroz resultaba nada más que como una lija que le estaba puliendo su cuero de verraco y, entonces, por primera vez se sintió en la gloria y dejó, feliz y contento, que el viento lo zarandeara de pies a cabeza. A Bartola no le causaba mucha gracia eso de ir montada en un burro exhibiendo sus vergüenzas así fuera ante los ojos de nadie, pero hizo de tripas corazón y tiró palante con los ojos cerrados.

Así fue. De aquella manera consiguieron atravesar la Pampa de Arrancatrapo sin echar a perder sus vestidos que los necesitaban para entrar al mero palacio del gobierno. Y todo les resultó bien, una ganancia redonda, porque se quedaron con la soga y con la cabra, ya que salieron enteros después del encontrón con ese viento de mala madre. Estaban con sus órganos completos y hasta como lavados en seco, volteados al revés y al derecho, limpios de polvo y de paja, y con la pimienta del pelo escarmenada y dispuesta para que Reimundo, el más disforzado de los hermanos, ensayara con soltura todos los peinados de la venteadez y la palanganada. Una vez que se sacudieron de los estragos que les dejó el zarandeo de ese viento embravecido, con disimulo y sin darle mucha luz a la lámpara para que no se rajara el tubo, empezaron a vestirse, a tornarse en gente habituada a la civilización para que nadie fuera a confundirlos con una manada de diablos que podía haber salido de las tinieblas de la condenación eterna para asolearse en ese rescoldo tan ardiente como el propio infierno.

Como una culebra que pretendía morderse la cola, así se enroscó y luego se volvió a extender en la sequedad del desierto el susodicho batallón de los Guzmán para que la cabeza tornara nuevamente a la delantera, con Bartola en primer lugar, después, en segundo término, Gumersindo y en seguida la tendalada sucesiva de hijos, desde Quintín, el silbador y primogénito, tan pagado de su suerte, hasta el último calabrote de la estirpe que era Cresencio, el camionero de gran empaque. Avanzaron sin prestarle mayor atención al arrebol candelejero de las musarañas que brotaban en el caleidoscopio del espejismo y sin dejarse envolver tampoco por la modorra del mixolidio que le arrancaban a los médanos las pezuñas acompasadas de las acémilas. Veían en el terreno real y palpable que efectivamente la tierra era redonda, tal y conforme lo afirmaban el silabario de colores y los libros intrincados de la geodesia, y que por lo consiguiente daba vueltas, así como lo habían sostenido obstinadamente los andarines de la antigüedad, aunque no parecía a la vista corriente que tuviera la forma de una naranja, sino más bien el aspecto de un plato enorme que giraba y giraba incansable sobre la ménsula del existir. Ellos iban caminando hacia el poniente que resultaba en la lejanía apenas una raya curva y continuada que no tenía aseñalado por un lado a dónde empezaba el mediodía ni a dónde en el otro extremo comenzaba el septentrión. Pero entre la sarta de alardes de la adivinación que Espíritu había llevado consigo para poner a la expedición a recaudo de cualquier incertidumbre, conservaba justamente en el alforjon, vivita y apuntando, una ninfa crisálida que para el menester de indicar el rumbo certero resultaba mucho más eficaz y tangible que la aguja magnética que usaban los navegantes de la mar y morena. Había que agarrarla de la cabeza y preguntarle con voz tronante, porque a veces se hacía la sorda, a dónde quedaba tal sitio, y entonces la ninfa crisálida principiaba a menear el culito que terminaba en una punta de tornillo y al término de la meneadera se quedaba quieta, apuntando el derrotero exacto por donde había que enfilar el rumbo. Espíritu desplegó con aspaviento y tomándose su tiempo los embelecos de su oficio, antes de preguntarle nada a la ninfa crisálida calibradora empedernida del cuadrante terrestre. Al fin la tomó cuidadosamente con tres dedos, mientras con la otra mano la cubría del sol, y luego le soltó a boca de jarro la consulta para que señalara a dónde era Lima. La ninfa crisálida no demoró para responder ni lo que duraba para desvanecerse en el aire un suspiro de amor loco. San José miró de soslayo, empecinado en la suficiencia de que no era santo sencillamente porque no le daba la gana. Reimundo se fue por las ramas, con el pensamiento de que había que ponerse guantes antes de agarrar a ese bicho que apestaba a trementina. Santiago buscó en el aire ese hedor para cotejarlo en su memoria con otros hedores igualmente turbios y recalcitrantes. Gumersindo no dijo nada; Bartola por lo consiguiente; pero Melanio primero, con su clarividencia silvestre, y Calisto después, premunido de su antelada ilustración náutica, apoyaron con cerrada convicción el veredicto de la ninfa crisálida. En definitiva todos estaban de acuerdo con la respuesta de la ninfa crisálida. Creían con fe ciega, porque la conocían bien, que esa castaña viviente constituía un oráculo que nunca se equivocaba. De manera que la reticencia apuntaba sólo contra Espíritu, para que no se imaginara que había descubierto la pólvora. Sin embargo eso mismo era lo que pensaba Espíritu, que tenía en su poder la rosa de los vientos y la patente para vender dichos acertijos al menudeo y al por mayor de acuerdo a la demanda y a la solicitud de los interesados.

Enfilaron el rumbo cargándolo hacia la derecha. El volcán de Jumana iba quedando hacia la izquierda, cada vez más lejos, mientras ellos se abrían para otro horizonte. Bordearon los espinales de Uzaca, ese paraje de naturaleza hostil como la propia sequedad, tanto que los ojos no encontraban ahí un descanso para apoyar la mirada sino únicamente las crispaduras del martirio. Y si a la distancia resultaba así, de cerca era aún peor, pues ahí cada palmo del suelo estaba mechado de alguna acezante amenaza. La misma tierra, el polvo árido, esa ceniza que parecía muerta, hervía de unos aradores menuditos que cuando se pegaban en las verijas de la gente o de los animales ya no las abandonaban jamás, se convertían entonces en el rascarrasca sempiterno que continuaba de largo con su prurito de la desesperación aun después de la muerte. La maraña espinuda de los uñegatos con flores de candela y garras en cruz era un ensartadero feroz donde encontraban el fin de sus días pájaros malagüeros, rapaces nocturnas, cabezas voladoras. Los lagartos de la sequedad que llevaban en la cabeza la piedra del predominio, cuando estaban en celo resultaban más temibles que el basilisco, pues no mataban con la mirada sino con un mordisco fatal, un desahogo de la arrechura que en el acto el interfecto del perjuicio comenzaba a hincharse con el embarazo expeditivo de la aventazón hasta que en pocas horas reventaba como una chirimoya remadura. A cada paso esperaba al acecho la lucacha, esa araña culona, roja y negra, con aspecto inconfundible de putaza redomada, cuya picadura misteriosa retorcía a la persona sin misericordia y la dejaba convertida en un irremediable nudo humano de tormentosa agonía. El acerillo que envenenaba con su resplandor. La salamanqueja de arena que junto con el ardor de su beso dejaba el recuerdo de su ponzoña eruptiva que hacía estallar las cuadernas de las coyunturas con un pedorrea loca de cohetecillo chino y la víctima terminaba dando coletazos de reptil y literalmente descuartizada a conciencia y sin desperdicio. La pancora de tierra que no tenía telaraña ni patas peludas, pero sí un tósigo fulminante que mataba en segundos, sin espectáculo alguno, simplemente como un soporífero, y luego a la carne y a la osamenta del occiso las reducía, con minucia de comején, a menudo polvo del olvido. Los huarangos, tendidos sobre la aridez como macamacas del estiaje, no daban ningún fruto, sólo espinas y de yapa estaban ardidos por la gusanera de la calamidad. Y los toñuces infestados por las avispas de la gangrena. Y el aire con un olor torcido a cacho quemado. Por eso los Guzmán se hicieron los de la vista gorda y pasaron de largo, arrecostándose para el lado de los cerrillos de Medialuna y la crestería de Componte. Iban masticando en silencio un puñito de garbanzos tostados con unas hilachas de carne seca de paloma cuculí.

Al día siguiente llegaron a una llanura tan pulida y lisa que les daba verdadera lástima estropear con el paso triscado de las acémilas ese suelo dichoso que parecía una loza de convite. Jesucristo que se había quedado absorto frente a la planicie perfecta no pudo resistir la tentación de algo que lo empujaba por dentro y se apeó del burro. Ardía de ansiedad, pero no hizo ningún aspaviento. Se arrodilló en tierra y escribió con el dedo sobre la superficie virgen: poesía. Ninguna otra palabra ni signo ni nada. Atanasio pensaba que tal vez con el auxilio de la triangulación infinita, esa ciencia que habían llevado hasta Cahuachi los andarines pagados que tenían el encargo de levantar el mapa del planisferio terrestre, iban a poder atravesar la planicie perfecta sin hoyarla con el tremendal de un centenar de pisotones de burro. No poseía una idea exacta de los principios científicos de la triangulación infinita, pero se imaginaba que su aplicación práctica era como un salto con garrocha que se comía de un aventón distancias de siete leguas. Sólo que si esperaban hasta que Atanasio lograra echar a volar las mariposas de su inventiva, la canícula de las doce del día les iba a consumir la mollera. Tampoco podían esperar que ocurriera un milagro del cielo como quería Casimiro que vivía pendiente del ojo de Dios. Marcelino, a pesar de que andaba con el demonio en la conciencia, tenía razón. No les quedaba otro camino que cerrar los ojos y estropear con el centenar de rastros la planicie perfecta. A los crédulos, dijo Marcelino, les restaba por lo menos el consuelo de que mañana o más tarde, en la víspera de la muerte, iban a desandar y a borrar esos pasos del estropicio.

—Eres aciago —dijo Bartola Avilés Chacaltana.

El único que la entendió cabalmente en el meollo de su decir fue Jesucristo porque a su turno él mismo también disponía, aunque fuera calladamente, de un abanico bien surtido de palabras de lucimiento. Melanio con su análisis silvestre apenas si intuyó el sentido de ese vocablo tan áspero que de sólo escucharlo daba sed. Gumersindo que se suponía que debía saberlo todo, disimuló con altura su ignorancia. Miguelón peló los dientes por puro instinto para decir que había entendido. Los demás buscaron en el fondo del alforjón la limeta con el agua de gramalote. Entonces Bartola hizo con el brazo de mariscala de campo la señal para continuar la marcha y retomaron el paso con la mirada puesta en la lejanía. Ahí fue cuando comenzaron a sentir un escalofrío insólito, primero como si les brotara del propio cuerpo, pero luego se les echó encima una atmósfera helada, y sin embargo arriba en el cielo el sol era una bola de candela. Desbaratados en un santiamén por el violento catarro que les produjo esa inclemencia repentina, con los velones de los mocos colgándoles de la nariz, convertidos en un pollos moquillentos, se aferraron con los talones a la panza de las acémilas y así, mocosos, tiraron para adelante, seguros de que más caro les iba a costar la curiosidad si se detenían para averiguar cuál era la razón de aquel contraste. Después que avanzaron un buen trecho, la misma situación en la que se encontraban, embarrados de mocos hasta la coronilla, los hizo caer en la cuenta de que aquella planicie frígida no podía ser otro lugar que la mentada Pampa de Mocos. Para convencerse ya ni necesitaron la ayuda de la minucia terrestre de Epifanio ni el auxilio de la clarividencia de Melanio, les bastaba con mirarse el semblante los unos a los otros. Estaban cenizos por el frío, como gallinazos en puna. Y el único lugar con tal clase de inclemencia era sin discusión la Pampa de Mocos.

Apenas salieron de aquella correntada glacial, en el instante, antes de que pudieran limpiarse las velas que les adornaba la cara, ya el calor les había dejado en la fisonomía unos emplastos resecos que parecían brochazos con cola de carpintero. Pensaron estremecidos de espanto que aquel cambio tan brusco del frío al calor les iba a reventar los pulmones, que ahí en dicho lindero que separaba la frigidez de la ardencia se iban a quedar boqueando como unos pollos apestados. Felizmente sucedió que en aquel momento crucial entre la vida y la muerte Rodulfo, el tercero de los hermanos Guzmán, recurrió a su atributo de mano santa y repartió, señalándolos con el dedo, el conjuro certero contra la pulmonía fulminante.

—Si no era por ti hubiéramos tenido que comer caca —dijo Reimundo, el rey del disfuerzo y la palanganada.

—La pulmonía no se cura con cacana de gente como la mordedura de la víbora —replicó Gaspar sin mover para nada los labios— sino con mierda de chancho.

—Por qué tienen que hablar cochinadas —se quejó el rectilíneo Genovevo que todo quería verlo encarrilado en los rieles de la normalidad.

—Porque la vida es ansí —contestó Gaspar que podía hablar con el estómago, dándole así cuerda y desarrollo a sus artilugios de ventrílocuo de nacimiento, pues tenía esa debilidad: permanecía callado, en otro mundo, pero cuando se le presentaba la oportunidad de meter su cuchara estrambótica en la conversación, entonces había que soportarlo. Como hablaba con la boca cerrada, nada le impedía terciar en lo mejor de la plática con el cuchareo de sus atingencias insólitas.

En la agonía del atardecer bajaron desconcertados a una hoyada que parecía verdaderamente la antesala del sosiego infinito. Todo se mostraba en una perfecta quietud, suspendido en una calma como después del eclipse. Pero esa misma placidez de la atmósfera producía una sensación extraña. Hasta los burros sentían esa inminencia de la catástrofe y descendían con las orejas paradas, en alerta, dando soplidos nerviosos. Cuando llegaron al fondo de la hoyada y luego avanzaron un trecho se dieron cuenta que aquel presentimiento no había sido en vano. Ahí se encontraron cara a cara con una tendedera de huesos, una huesería que por la forma de la quijada y la partidura de la pezuña todos coincidieron en señalar que era de llama, de una piara completa de esos auquénidos de carga que bajaban de los Andes, río abajo hasta el mar, para cambiar coca, quesos, por cochayuyo y pescado seco. ¿Por qué las llamas habían llegado hasta dicha hoyada que se encontraba lejos del curso del río? ¿Por qué se habían desviado tanto hacia el norte, cuando la pezuña de la llama no estaba hecha para caminar en los médanos? ¿Qué explicación iban a dar Melanio o San José? ¿Qué decían Calisto, Epifanio, Jesucristo, Adelfo, Atanasio, que tanto les gustaba romperse la tutuma con las elucubraciones?

Mientras reconocían el hallazgo fueron atando los cabos sueltos de esa historia que ellos habían escuchado retaceada por los tijeretazos del tiempo y los borrones de la memoria. Desde hacía muchos años los pescadores que transitaban por esa pampa para salir a Palpa, a Ica, relataban que en las noches, desde la altura de Montegrande, viniendo de la playa se veía arder una llamarada alta en ese lugar pelado donde todo era arena. Quienes trajinaban en arrieraje hacia Puerto Caballa y la Punta de los Ingleses contaban por otro lado que alguna vez que habían perdido el rumbo, o que andaban buscando la ruta para bajar a Coyungo, se habían encontrado de buenas a primeras con una rumazón de osamentas de llama. Se decía que una piara de llamas cargadas de oro destinado al rescate del inca Atahualpa había bajado de los Andes por el camino de Nasca y luego siguió río abajo para salir a la mar y de ahí continuar el rumbo hacia Pachacámac donde esperaban los atesoradores enviados desde Cajamarca por Francisco Pizarro. Aquella piara de llamas cargadas de oro no llegó jamás a su destino. Los indios arreadores se enteraron a través de mensajes secretos cifrados con granos de maíz pinto y hojas de coca que el inca ya había muerto ejecutado por los conquistadores españoles. Entonces abandonaron el curso del río para perderse en la inmensidad del desierto y enterraron el tesoro en algún lugar desconocido, luego mataron a las llamas con rituales de ofrenda, ahí en esa hoyada tranquila que parecía la antesala del sosiego infinito. Desde tal fecha de la antigüedad fue cuando comenzó a verse una llamarada que ardía en las noches nadie sabía bien dónde, aunque resultaba evidente y definitivo que en aquellos alrededores no existía ninguna chamiza que pudiera servirle de alimento a la candela. Años más tarde, ya en los tiempos de otra dominación, cundió entre los terratenientes más ricos de la zona el afán por encontrar ese tesoro de los gentiles. Andaban metidos en dicha empresa como si sus madres les hubieran dejado en herencia dicho entierro. La huesería de la hoyada les servía de referencia y desde ahí tentaban la búsqueda ansiosa esparciendo al tuntún agua bendita de los siete manantiales del paraíso terrenal que oficiosamente les proveía en garrafones y a precio de ocasión el párroco de Nasca. Ese despliegue de tanta necedad y ambicia le avinagró el ánimo a don Toribio Maldonado, huesero de manos certeras y conocedor palmario de las antigüedades de los gentiles, de modo que afiló bien su lengua de aguafiestas, apoyado en el crédito que todo el mundo le concedía a su argucia de pontífice, y soltó pausadamente, con el consabido tono de sentencia, todo el florilegio irrebatible de su erudición de huaquero curioso pero también de oficio y de ciencia. Y así les desbarató la ventolera a los hacendados, sembró entre ellos la cizaña de la duda, el incordio del malestar, y los empujó para que fueran más bien a rascarse las bolas en la holgura de la molicie. Señaló que aquella bolsonada de huesos que tanto apetito despertaba no era ningún rastro del tesoro imperial sino sencillamente un osario de llamas que estaba ahí en el desierto porque antes que llegara el burro a esas tierras, la llama también se había criado en la costa y a la hora que le tocaba morirse, el propio animal se dirigía con sus pies al moridero que le habían asignado, pues en el tiempo de los gentiles cada cosa tenía un orden y una disposición. Con ese cataplasma de palabras don Toribio Maldonado les pasmó la fiebre a los buscadores del oro de Atahualpa y de paso dejó suelta la hebra del ovillo de la historia para que día a día la enredaran más las habladurías de la gente y la truculencia de los estudiosos de mucho timbre. Así era don Toribio Maldonado, manos de seda para enderezar cualquier desbarajuste del esqueleto, conocedor acucioso del antiguo esplendor de los gentiles y maestro en dicha ciencia del memorioso Candelario Navarro. Don Toribio Maldonado, guía de científicos y de andarines infatigables que nunca se cansaban de asombrarse de la sabiduría indescifrable de los gentiles que poblaron en la antigüedad los valles áridos de Nasca.

Desde el altozano de Lomo de Corvina vieron abajo el mar azul verdoso como pintado en la arena. Era exactamente tal cual se lo habían imaginado: infinito, todopoderoso, pero con un olor profano y carnal que presentaba una promisoria confianza. Apenas llegaron a la orilla, antes de apearse de las acémilas, cada uno lanzó al agua con fuerza el hueso que había llevado escondido en el alforjón para pagarle al mar el tributo de aquel encuentro primerizo. Luego, ansiosos pusieron pie en tierra y entonces por fin respiraron a todo pulmón, hicieron tronar los conejos de las coyunturas y se soltaron sin pensión en el vergel del alivio. Sólo después de algunas horas de reposar a pierna suelta sacaron al aire las atarrayas para la pesca, los cordeles de chispa y de pluma de gallo, los espineles de los setenta y siete ramales, los mejos para mariscar en las peñas y hasta los tronchos de dinamita de alegre e inofensivo color. Desde esa primera pascana playera podían ver, si volteaban hacia la derecha, el empinado peñasco donde se asoleaban los cóndores que bajaban de los Andes para tonificarse con los placeres de la mar y dejar ahí las plumas viejas, la roña de las vicisitudes. La bajera de aquel paraje más conocido como el Bañadero del Cóndor estaba enchapada de conchas pateburro, macizas y rotundas, de modo que las lapas y los barquillos fueron mirados igual que carne de cogote. Hacia la izquierda, la orilla de la mar, cubierta de cochayuyo, se perdía en una revuelta que iba a dar a Puerto Caballa y luego a la Punta de los Ingleses. El cochayuyo crecía con tanta exageración que su verdor era más bien azulado y tornasol.

A pesar de que habían llegado bien a la orilla del océano y hasta daba la impresión de que todo el monte era orégano, ellos sabían positivamente que recién estaban en el comienzo de la travesía. Y de todo el camino que les quedaba por delante, sólo había un punto que les decía algo: Pisco, ese puerto con su muelle de fierro que era el puente más largo que ellos se podían imaginar, de acuerdo a lo dicho en Cahuachi por Teófilo Advíncula. El puente se metía en la mar como si buscara alcanzar el otro lado del mundo. Pisco tenía también su tren de carbón, y sus enormes canchones donde el gobierno acumulaba el huano de las islas, ese fertilizante para la agricultura que se exportaba al extranjero. En Pisco, había dicho Teófilo Advíncula, abundaba el bonito, aquel peje azulado que los negros llamaban franjazú. Todo lo que los Guzmán sabían acerca de Pisco había salido de la boca del andariego Teófilo Advíncula cuando regresó a la ranchería de Cahuachi con mucho reloj pulsera y diente de oro, pero lleno de sarna. Entonces hablaba de Pisco y de las islas huaneras y del peje franjazú que era el único auxilio que tenían los trabajadores para completar la merienda durante los meses que abarcaba la temporada del huano, pues hasta el agua abombada que llegaba en buque cada quince días y la coca y los cigarros y el arroz y el azúcar, la oficina del gobierno se los descontaba del salario a precio de lujo. A pesar de que les exprimían el salario, quienes se privaban completamente de los vicios y de la concupiscencia con los maricas administrados por los caporales del estado, al término de la campaña huanera alcanzaban algún remanente pecuniario. Entonces podían regresar a sus terruños con diente de oro y reloj pulsera y terno de casimir y zapatos con suela volada; y los más venteados, con la pelambre trastrocada. Si eran indios, con las cerdas encarrujadas por la ondulación permanente. Si eran negros, con las pimientas planchadas por la cosmética ineluctable de la química. Sobre el puerto de Pisco habían escuchado, repetidas veces, dicha leyenda. Apenas le daban coba a Teófilo Advíncula, inmediatamente se soltaba con su retahíla de historias, algunas tan licenciosas y sicalípticas que cuando las contaba, arrimado en el mostrador de la pulpería, a cada momento estaba intercalando en la conversación el sonsonete: con el perdón de los presentes, con la dispensa de la concurrencia, sin ofender el oído de nadie.

En cambio, sobre los otros lugares que tenían por delante, los Guzmán no conocían la menor referencia. Sin embargo tenían bien claro que les quedaba mucho pan que rebanar. Hasta entonces sólo habían desbrozado los médanos para salir al camino grande.

Demoraron ahí, en el inicio del orillaje, más de lo previsto. No por remolones sino porque encontraron el hilo de un líquido oscuro y espeso que se perdía bajo la alfombra de cochayuyo. Luego resucitaba lejos, en la rajadura de un murallón grasiento que olía a combustible de máquina. Cresencio que fue el más empecinado en rastrearlo hizo un torzal de trapo y cuando le acercó un fósforo encendido la mecha humedecida empezó a arder con una candela amarilla, arrebatada y humienta. Recogieron una muestra del líquido denso y la guardaron como algo precioso en un cuenco de erizo que Atanasio se encargó de sellar con una soldadura que inventó para el caso a base de colapez y huevo de angelote. Para recordar el lugar donde renacía dicho descubrimiento que los hizo pensar en la fuente y en el origen del combustible que alimentaba la luz artificial y los calderos de los nuevos inventos, hicieron una seña en el peñón del Bañadero del Cóndor y midieron con pasos de tranco largo la distancia hasta la rajadura tentadora que destilaba esa hebra aceitosa. Luego recogieron los bártulos de la aventura, aparejaron las acémilas tonificadas con pienso de cochayuyo y retomaron el rumbo por la orilla de la playa con dirección al norte.

Esclavos y cimarrones V

En pleno hervor de la república, después que los cimarrones engrosaron las huestes patrióticas, la servidumbre y la esclavitud seguían constituyendo en el Perú, sin ninguna cortapisa, el mejor negocio para el beneficio exclusivo de los criollos ricos que tanto se habían llenado la boca de palabras, hablando y pregonando la revolución contra la corona española. Sin ninguna vergüenza ni bochorno se ventilaban en público los mercadeos de siervos y de esclavos, incluidos en el renglón de los bienes semovientes y anunciados como mercancías en los avisos pagados que publicaban, con la mayor naturalidad y sin hacerse mala sangre, los periódicos que se decían liberales. Dicho negocio de especímenes del género humano tenía la fe y el respaldo de las leyes del estado republicano que se decía democrático y defensor de los intereses del pueblo.

Entonces fue cuando ocurrió una mentada permuta de esclavos por alhajas. La facilidad y el cinismo con que se trocó gente por adornos convirtió a la susodicha permuta en motivo de conversación. Ahí salieron a la luz del sol todos los pormenores del hecho, aun cuando aquel suceso había ocurrido en un polvoriento poblado del desierto, muy lejos de la Ciudad de los Reyes.

La permuta se realizó en la plaza de armas de Nasca, entre un lote de esclavos, propiedad de la virgen del Perpetuo Socorro, y un puñado de alhajas que ofreció como contraparte doña Epifanía del Carmen. Ella era muy conocida en todo el valle. Tenía un talante altanero y dichoso que precavidamente siempre lo llevada consigo. Andaba así, bien empinadita, todo el tiempo engallada como un verdadero gallito chichilí; y jamás de los jamases perdía el paso que, además, no era de polka trotona como el de las criollas nasqueñas sino de suave valse vienés. En persona o pintada en retrato siempre se la veía igual, majestuosa y pisando encima de las nubes, con más pompa que la reina de Inglaterra. Era alabastrina, coronada con un matojo arduo de cabellos enrubiados con agua de menguante que se los enroscaba soberana para arriba como si fuesen las onzas de oro. Pero el vivo adorno que más lucía en su estofado regio y que le llenaba el ojo a cualquiera, incluso a los insípidos de perogrullo, era que se manejaba, para su bien y su gloria, un culo divino, diantre, un culo inventado por la imaginería de Dios y que anunciaba la buenaventura sin necesidad de bullarengue, un molinillo que se le movía al vaivén del godeo y que le mecía la cola de sus vestidos de seda lo mismo que si fuese una legítima batallona de artificio.

Todos los andularios que doña Epifanía del Carmen usaba encima de su cuerpo resultaban intencionalmente coludos, como la pájara pinta, y estaban hechos de una seda muy fina, seda original del bosque de la China seguramente. Casi siempre sus vestidos lucían siguemepollos de aliño y un acampanado vueludo con apariencia de bóveda azulada bañada de ambrosía. Pero

162

una vez que se le jeteaba la campana del ruedo de seda, ella fruncía el gesto, se tornaba hocicona, peor que negra malgeniada y entonces, sin mirar a nadie, echaba la indumentaria de seda con toda su farandola a la candela; ahí, en el patio del caserón de Cahuachi, en aquel almizcate donde estaban en cordelada las lavanderas de servidumbre y de esclavaje, indias y negras, hirviendo la ropa blanca y la mantelería de Holanda en grandes bocoyes, con tarsana, choloque, jaboncillo, sal de soda, lejía de ceniza. Llegaba muy pagada de su suerte, envuelta en soberano desplante y, zas, arrojaba el vestido jeteado a la candelada hambrienta de aquellos fogones de campaña.

Doña Epifanía del Carmen, tan mentada, que hasta le habían hecho, en socavón, una canción cascabelera que la entonaban con acompañamiento de sonsonetes y raspamates. La canción decía en su argumento que ella, la doncella del prado, batía el culo blanco como una batea llena de espuma; y que de consumido hasta el tuétano por dicha batidera de socotroco fue que se le murió el marido, don José Antonio de Olaechea, el que otrora llegó a ser dueño de las estancias de Cahuachi, de Estaquería, de Tambo de Perro, no del fundo Ayapana que en su momento propicio siempre perteneció a los Pereira, esos serranos colorados, pucapicantes, que alguna vez bajaron empolainados y alindongados de diablofuerte desde las alturas de Lucanas, con taleguitas de oro nativo en los alforjones, que así fue como luego, con dicho capital, más efectivo que la lampara de Aladino, compraron tierras en el valle de Nasca.

Todos los jornaleros que lomeaban en esas pampas áridas, ya fuesen indios, ya fuesen negros, mestizos o notentiendo, cantaban la susodicha canción. La ocurrencia les había brotado con tanta concordancia que daba pábulo para que alguien pensara que todos los jornaleros habían estado encompinchados en la urdimbre de ese menester licencioso que se desparramó de la noche a la mañana y, tilín, dejó sentado que don José Antonio Olaechea había muerto de tanto bate bate el chocolate y muele muele la canela. Pero para no dejar ningún cabo suelto que se prestara a equívoco, la canción aseñalaba meridianamente, y luego ponía el remache, que fue doña Epifanía del Carmen, en pleno dominio de sus apetitos, quien lo envició en la incontinencia de la carne cruda. Resultaba que la dicha señora había cogido la maña curiosa de meterse una flor de chamico morado en la mera raja peluda del zapallón y después, en la noche oscura y misteriosa, le ponía al marido, adebajo de la almohada, esa flor desgonzada, trasminada de un manido hedor espeso, denso como el aroma del licor de la menta.

Con esa picadura de la tarántula que lo alanceó a él, tate, ella envuidó pronto. Luego, gracias a la florescencia de la viudez, a doña Epifanía del Carmen se le redondeó más el batán, se le enruló el gramalote cual una benedición, le creció un pizco de papada, los pechos se le llenaron como melones de barbecho y le brotaron en los sobacos, a pique de criar golondrinos y cangrejerías, champas de lechuga silvestre que brillaba a la luz del sol cuando ella alzaba los brazos para enroscarse el cabello. A nadie le quedó duda entonces que doña Epifanía del Carmen se había convertido en el buscado vellocino de oro.

Por el lado de su padre ella era Rizo Patrón, hija y hechura de don Próspero Rizo Patrón, aquel cogotudo señor que había sido uno de los encomenderos más poderosos de Lima y luego minero por extensión, propietario de la codiciada mina Sol de Oro, en la jurisdicción de Nasca, y también de la Caudalosa, el boquerón ubicado en la quebrada de Ingenio, conocido desde el tiempo de los gentiles, que aún continuaba botando oro aunque fuera a puchos.

Los cuatro esclavos de la mencionada permuta pertenecían a la virgen del Perpetuo Socorro, la imagen que se veneraba en el templo de Nasca, que en estricta verdad no era imagen sino una pieza bendita en bulto, de yeso de buena ley, yeso de Yuracmarca, pintado a pulso con una perfección cautivadora. Los cuatro esclavos permanecían sujetos, en poder de don Enrique Pereira, pero él únicamente los tenía en depósito, en el fundo Ayapana, eso sí con derecho a usufructo, conforme lo establecía el convenio, para compensar de tal modo la mantención diaria que les daba, un sango de maíz entreverado con manteca rancia, manteca de puerco que por aquellos años constituía casi una industria.

En aquel entonces en Nasca quedaban pocos esclavos, aunque los jornaleros, por medio salario y una chufla que recibían al mediodía, tenían que deslomarse en la pampa, lampa en mano, igual que antes, tal y conforme ocurría en los tiempos más duros de la esclavitud, porque los caporales, vendidos por un real a los intereses del patrón y lameculos por vocación, metían ronzalazos primero, en silencio, y sólo después echaban afuera los carajos de la advertencia. Pero los cuatro esclavos de la indicada permuta eran propiedad saneada de la virgen del Perpetuo Socorro, conforme aparecía asentado por escrito en el registro patrimonial de la provincia, con todas las aseñaladuras respectivas que los esclavos llevaban en el cuerpo y en la costumbre, todo al corriente y en orden, conforme a la usanza inveterada de la escribanía, pues en aquel menester del manejo de la pluma y del tintero los padres curas de la parroquia de Nasca estaban perfectamente adiestrados, conocían todos los almajaneques del papel sellado y de las cláusulas contractuales, tanto que más que ministros del Señor parecían unas verdaderas arañas de pleito y letrería.

Y ¿quién iba a ponerse a porfiarle a la santísima virgen del Perpetuo Socorro? Unicamente doña Epifanía del Carmen. No porque ella fuera una artificiosa pico de oro, pues el oro ya se sabía que ella lo llevaba en otro lugar, sino por la sencilla razón que a doña Epifanía del Carmen sus caudales le daban la base y el alcance para empinarse hasta cualquier altura. Aunque verdaderamente no necesitó tanta urdimbre de palabras para alcanzar la atención de la virgen. Lo que hizo doña Epifanía del Carmen fue proponerle a la venerada imagen la entrega de un lote de alhajas sobrantes que guardaba en un baulito de bambú a cambio de los cuatro esclavos. Doña Epifanía del Carmen aseguraba que en el instante que le preguntó a la virgen del Perpetuo Socorro si aceptaba la permuta, la santísima señora había contestado que sí. No salió, por supuesto, palabra alguna de la boquita pintada de la virgen y, además, ni siquiera se movieron sus labios beneditos, pero había hecho una señal afirmativa con la cabeza, un asentimiento, como si el cuerpo de yeso, pintado primorosamente, hubiese cobrado en aquel momento vida natural.

Entonces quedó transada la permuta. Supuestamente cerraron el trato de mutuo acuerdo, en términos de tú y vos. La virgen recibiría el lote de primorosas alhahas y doña Epifanía del Carmen se quedaría en compensación con los cuatro esclavos del caso para sacarles de los lomos el importe y los réditos de la filantropía que ella iba a sacar limpiamente del baulito de bambú.

Así fue. Hasta se anunció con bando la permuta. Con tamboril redoblante y requinto. Con pregonero de largo aliento y ondulaciones en la melodía. Para tal efecto llevaron expresamente desde Coyungo al mentado llamador y gallero don Joaquín Figueroa que hacía retumbar los cerros con la voz y si se le antojaba abría brechas en el cielo que ya parecía que iba a llover candela como en Sodoma. El pregón del bando se había esparcido primero en la plaza de armas de Nasca. La tan ponderada plaza de armas era, por aquellos años, sólo un terral desguarnecido, adornado apenas con un jacarandá raquítico que no servía ni para amarradero de burros. Luego se repitió el pregón en cada esquina. Don Metreque Candela, el tamborilero, era un experto en amarrar el macho, en embromar el tiempo, en prolongar hasta el infinito las faenas que no eran a destajo. Después volvieron a montar el espectáculo del pregón con todo el ceremonial pertinente, a la entrada, y a continuación a la salida, del antiguo Puente de Palo, maravilla de la geometría empírica tendida sobre el río Tierras Blancas, un río seco y pedregoso, por donde el agua corría sólo de milagro en algún extraviado día de febrero loco de un año bisiesto. Enseguida echaron el ancla del pregón frente a la puerta de la famosa cantina El Palenque, cuyas culebronas del oficio no tenían parangón, pues la morocha Grabiela Arechua, que así era su nombre correcto, Grabiela, las había adiestrado a la perfección en todos los perendengues del meneo sublime. Entonces la chacarrachaca del bando que anunciaba la permuta empezó con un redoble del tambor. Don Metreque Candela, rataplanero de nacimiento y talabartero por necesidad, se lucía a su antojo con las baquetas y los cueros. En el momento justo entraba a tallar la chirimía de don Eleuterio Chacaliaza, un requinto producto de la inventiva andina; no estaba hecho de ébano sino de palo de molle dulce y en lugar de lengüeta de bambú llevaba en la boquilla una de cañabrava. Una vez que se floreaba cada instrumentista y tenían pendiente la atención de la gente, entonces soltaba su perorata don Joaquín Figueroa, midiendo el trueno de su voz para no rajar el cielo como iba a ocurrir en el día del juicio.

Así, de tan ceremoniosa manera, la noticia de la permuta se hizo pública. El edicto mismo que anunciaba el trato fue redactado con todas sus vírgulas y sus detalles. Después, para coronar el asunto y de paso para hacer alarde de su pudencia, doña Epifanía del Carmen contrató y pagó para que el bando no se quedara sólo en un decir, en un pregón que podía llevárselo el viento. Entonces para que quedara un testimonio efectivo de su existencia, mandó que el bando se publicara letra a letra, en página especial, y además con orlas y fifilíes de relevancia. Salió publicado en *El Mercurio Peruano,* el periódico de los próceres de la independencia, bajo el título de Edicto de Permuta. Al parecer los próceres de la Sociedad Amantes del País, tan preclaros en la defensa de la libertad, no cuestionaban en la práctica el tráfico de siervos ni el comercio de esclavos. Para ellos la independencia era un negocio que beneficiaba sólo a los criollos ricos; por lo tanto indios y negros no tenían cabida en dicho asunto. Doña Epifanía del Carmen se sintió muy satisfecha con la publicación del bando. Los letrados de la capital iban a saber de buena fuente que en el poblado de Nasca también existía la filantropía.

168

Mar oceana

Todos los ventarrones que florecían en la mar brotaban raudos por el Boquerón de Correviento y luego se desparramaban como galgos hambrientos por los médanos del desierto. De aquella arrastradera de vendavales sempiternos cuajaba enseguida la paraca, esa cerrazón ventosa y hórrida que cubría de polvareda el horizonte, después del mediodía, y que parecía el preámbulo de la ruina. Los remolinos no. A los remolinos que se erguían desde el suelo, en torbellino, hasta casi topar la bóveda del firmamento, los formaba el diablo con su propio aliento. De eso estaba convencido Calisto que había rumiado y especulado durante horas enteras acerca del hálito marino que bullía adentro, en el laberinto infinito de los caracoles antediluvianos. Los remolinos eran, a todas luces, el engendro del tufo sofocante que echaba afuera el demonio para desfogar el rencor. De modo que la mentada adivinanza que decía alto como un pino y pesa menos que un comino resultaba certera y exacta en su atingencia. El remolino tenía, sin duda, ese origen oscuro y tenebroso; en cambio la paraca, conforme a las más claras evidencias, se originaba en la arrastradera de los vendavales que cubrían el desierto.

Los Guzmán habían escuchado desde lejos el bramido de los ventarrones que salían por el Boquerón de Correviento. Mientras se acercaban al lugar, estremecidos por la incertidumbre de aquel fenómeno, Melanio había analizado minuciosamente la cadencia del bramido que soltaban los ventarrones y, muy seguro de sí, con la suficiencia de un sumo pontífice, aseñaló que en el referido clamor de los vientos existía un instante de respiro, una pausa en la cual soplaba desde la mar únicamente el rumor de una brisa sosegada. Melanio estiró el mentón y movió la cabeza como un lagarto para remachar altivamente lo dicho; sin embargo todavía percibió en la mirada de sus hermanos cierta reticencia que lo obligó, entonces, a echar mano del rigor filudo de su raciocinio para zanjar que por algo él, Melanio Guzmán Avilés, había nacido después de una paciente maceración de casi once meses.

Igual que si estuviese escrito en el almanaque Bristol, el pronóstico de Melanio se cumplió, así como los eclipses, al pie de la letra. En ese lapso de calma el batallón de los Guzmán cruzó a galope tendido aquel trecho de la playa llamado el Boquerón de Correviento.

De ahí podían haber continuado de largo en dirección a Laguna Grande; pero, más por novelería que por forzada obligación, decidieron recalar en Puntacaimán, una cuchilla de tierra peñascosa que penetraba con exageración en la mar serena y azul. Desde el principio intuyeron que Puntacaimán era el allegadero predilecto de los lobos marinos. Por precaución se apearon de las acémilas y las amarraron en los peñascos para que se hartaran de cochayuyo. Enseguida se internaron a pie, hacia el extremo de la peñolería donde se asoleaban en apretados racimos los susodichos especímenes de agua y de tierra. Puntacaimán se llamaba de tal manera porque en dicho lugar abundaban los caimanes. La palabra caimán no se refería al pariente del cocodrilo, como cualquiera podía pensar, sino al lobo padrillo, al semental que ejercía imperio sobre un serrallo entero de lobas; hembras que seguramente resultaban muy perniciosas, pues siempre tenían humedecida de baba la boca de abajo y nunca paraban de tentar al caimán con los disfuerzos del encelo. Santiago, memorioso para las mañoserías y para los hedores perversos, inmediatamente recordó la historia que muchas veces había relatado Teófilo Advíncula, en Cahuachi, acerca de los peones que trabajaban en las islas huaneras, quienes desesperados por la larga abstinencia en medio de la mar, asediaban en las noches a las lobas para satisfacer con el halago de ellas el apetito carnal. Y ahora ahí estaban las lobas, bajo el imperio del caimán, asoleándose al borde del agua.

Gumersindo, Bartola y la mayoría de los hermanos Guzmán se dispersaron entusiasmados por la abundancia de pesca y de mariscos. Las conchas de abanico formaban promontorios adentro de la mar. Abundaban las almejas, también conocidas como chucha blanca, y los mejillones, llamados de otro modo con el mote de chucha negra, y cangrejos pancora. Ya ni siquiera necesitaron calar la diversidad de aparejos para la pesca que habían llevado consigo; el bajerío de las peñas se veía cundido de pejesapos, de manera que les bastaba el mejo marisquero y una capacha de redecilla para cosechar docenas de ese peje de carne sublime que figuraba entre los peces más apetecidos de cuantos se criaban en los siete mares del mundo, aseñalado incluso como fino bocado de cardenal por los cánones que regían el arte de la culinaria en la casa de Lúculo.

Frente al resbaloso pejesapo que se volvía colorado como el camarón cuando estaba cocinado, el bendito salmón resultaba apenas una lorna mejor pintada; el besugo, una mojarrilla agigantada; el lenguado de dos caras, nada más que un rival meritorio. Pero Santiago, obstinado en la perversidad, permaneció en el allegadero de lobos, contemplando absorto al más hermoso de los caimanes, un padrillo de dos pelos, armado de colmillos como puñales, que vigilaba y protegía a una manada de hembras. Santiago ignoraba que, encendidos por el misterio, Marcelino y Adelfo no lo perdían de vista. A los cateadores les parecía imposible que alguien pudiese acercarse a las lobas; sin embargo, la vehemencia de Santiago iba ganando terreno; un paso, luego otro; la mirada puesta sobre el lobo padrillo, mientras cantaba risueñamente en pos de sus oscuras intenciones:

—Caimán, caimán; caimán no come caimán.

Se dieron cuenta de que se aproximaba el invierno porque una mañana la playa amaneció envuelta en una humazón fría que se quedó detenida a ras del suelo hasta que el sol de las diez la volvió nada. En cuanto a lo demás, no había mayor diferencia entre las cuatro estaciones del año; ni siquiera cuando se trataba de comparar el verano con el invierno, porque en cualquier temporada del año podía sentirse el calor más quemante y así mismo el frío más gélido. El frío o el calor no dependían de la estación sino que cada cual tenía horas determinadas y lugares marcados donde anidaba con extrema hostilidad, no se sabía si era con el premeditado propósito de atormentar al género humano o sencillamente ocurría así por un mero capricho de la naturaleza.

Cuando divisaron ese remanso del océano que se llamaba Laguna Grande, a los Guzmán no les quedó ninguna duda de que habían vuelto a nacer y que Dios los había puesto en el paraíso. Entonces el sentido común les dijo que no debían perderse en la frondosidad del árbol de la ciencia del bien y del mal; lo sensato era aprovechar únicamente el cogollo de todas las delicias supremas que ofrecía la mar de Laguna Grande. Si se trataba de pescado tenía que ser ojodiuva, dijo Gumersindo, porque la sabrosura del ojodiuva dejaba lejos a las bondades de la corvina dorada. Pero todos los Guzmán se encaminaron más hacia el renglón de los mariscos y ahí encontraron verdaderas maravillas que ellos toda la vida habían pensado que existían sólo en las leyendas que venían desde la antigüedad.

El primer hallazgo notable fue cuando se encontraron cara a cara con el legendario caracol del incarrey, una espiral cónica de doce vueltas, exactamente del tamaño de un corazón humano, más grande o más pequeño según el caso, y del mismo color encarnado, con lamparones blancos y venas azules de lapislázuli legítimo. Dicho caracol se llamaba así, caracol del incarrey; así con ese nombre aparecía asentado en el repertorio que registraba la fauna de todos los mares del mundo. Era un especimen tan apreciado y escaso que en la antigüedad existía una norma que señalaba puntualmente que si alguna persona encontraba un caracol del incarrey, en el acto debía entregarlo al cacique del pueblo para que este lo hiciese llegar en pocas horas al Cusco, a la mesa del emperador incarrey. Para tal efecto el cacique utilizaba el servicio de los chasquis que formaban el rapidísimo correo imperial. El incarrey era el único que podía comer el rarísimo y delicioso caracol que, pese a la vastedad de la mar del sur, sólo aparecía, a la muerte de un obispo, en la playa de Laguna Grande. Ese ponderado marisco, el caracol del incarrey, fortalecía el valor y ennoblecía los sentimientos. Los Guzmán habían encontrado un manojo y se sentaron para compartir dicho manjar con parsimonia y plena conciencia, aunque no faltaban quienes, en su fuero interno, abrigaban pensamientos subalternos con respecto a las virtudes de tan sublime alimento. Después que hallaron el caracol del incarrey se quedaron con la mecha encendida para los descubrimientos y entonces pudieron comprobar que era verídico que existía la concha pata de león, una variedad de concha de abanico grande y rotunda, cuyas gordas lenguas de carne transparente tenían los siete sabores de la tentación. Siempre había existido la creencia de que la concha pata de león constituía una pura habladuría de la gente para hacer escarnio de la suculenta concha pata de burro. Todavía les alcanzó la mecha para encontrar la concha nopal o tuna de agua.

Una vez que los Guzmán subieron al cielo de los bocados regios ya no querían abajarse para recoger una lapa, una almeja. Querían reservar el estómago únicamente para los especímenes de lujo, tanto que dudaron si se agachaban o no para coger unos caracoles palma de rosa y luego vacilaron también cuando se toparon con aquella variedad de concha de abanico que se llamaba gloriosa, y que mostraba por afuera, en las valvas, un color morado con iridiscencias de plata, y por adentro, en la divina carnosidad, tenía de ese mismo color encendido la medialuna que en otras conchas de abanico era de matiz colorado. Pero todos los Guzmán se amontonaron alborotados cuando descubrieron una mancha de mariscos que todo el tiempo estaban enseñando una pichula apeñuscada, ni más ni menos que una pichula de niño, sólo que era correosa y tenía una rigidez como aquella que no la producía el ardor del gusto sino el mero frío inclemente. Ni el análisis silvestre de Melanio, ni los conocimientos náuticos de

Calisto, ni la fe mística de Casimiro, ni la sarta de alardes ni los artilugios de la adivinación de los que hacía gala Espíritu sirvieron para sacar en claro de qué especimen de marisco se trataba. Pero Jesucristo que se remontaba hasta los confines de la poesía sin hacer ningun aspaviento dijo que el misterioso marisco de cariz obsceno se llamaba percebes y era propio de otros océanos y muy escaso en el mundo entero. Añadió que posiblemente algún ejemplar del susodicho marisco había llegado desde el Mar de los Sargazos pegado en el casco de algún navío y que después de recorrer la mar y morena, y de atravesar el Canal de Panamá, había seguido impertérrito su aventura incierta por los mares del sur hasta que sintió la delicia de las aguas seductoras de Laguna Grande, entonces había caído en la tentación de quedarse en esas aguas tan distintas del Mar de los Sargazos.

Después de un jornada que se les perdió en las reminiscencias del ayer, los Guzmán, trotando sobre las acémilas reconfortadas por el tónico del cochayuyo, arribaron a la Bahía de la Independencia. La mar serena aparecía ahí, exactamente como la había pintado en la escuela Tobías Guzmán, en su cuaderno de Vida Social. En ese entonces Tobías era un parvuliche curtido y rajatabla, colmado de mañas, que encendía los dibujos escolares con el clamor colorido que les arrancaba a los lápices Mongol mojándolos con saliva. Hacía esa indecencia a pesar de la amenaza perentoria que le recordaba a cada instante la maestra Alcira Morón, blandiendo ante sus ojos la palmeta del castigo. Ahí, en sus dibujos de colores delirantes, se veía la mar azul añil, la playa de arena dorada, las palmeras verdes, el cielo de humo celeste con una bola de candela, y más lejos los médanos barrigones, y todavía más distante los cerros color fierro oxidado. En la caja de lápices Mongol de veinticuatro colores, que misteriosamente poseía Tobías Guzmán, podía escoger a su antojo todos los matices del arcoiris. Pero en la Bahía de la Independencia no existían palmeras. Lo que había era tendejales de una hierba que Epifanio dijo, y Calisto asintió, que se trataba de la verdolaga marina que crecía en el fondo del mar y que como un aborto de la naturaleza estaba empezando a aclimatarse en la tierra árida.

En la lejanía del desierto, en el rescoldo de los médanos, se divisaban los penachos grises de las palmeras datileras. ¿Adebajo de qué palmera, entonces, había echado la siesta el general argentino don José de San Martín, cuando soñó con los colores de la bandera peruana?, preguntaba Genovevo Guzmán que siempre andaba preocupado de que las cosas rodaran por el carril de la norma. Gaspar, con su artilugio de ventrilocuo, lo mandó al carajo.

El general San Martín no había dormido adebajo de ninguna palmera, porque las únicas que crecían ahí eran espinudas y estaban infestadas de unos avispones más bravos y venenosos que el chiriringo. Lo que había visto el general San Martín, cuando se despertó y abrió los ojos, era una bandada de garzas con el pecho blanco y las alas coloradas. Dichas aves se llamaban parihuanas y bajaban desde los Andes para solazarse en Laguna Grande. El general San Martín las había visto cruzar el cielo de la Bahía de la Independencia y en el instante tuvo la corazonada y las aseñaló con el dedo mientras decía: esos son los colores de la bandera peruana. Así había sido, no como lo repetía el gobierno con una prédica de cachaco. El general San Martín había desembarcado ahí con sus tropas patriotas para hacerle la guerra al visorrey don Jaoquín de la Pezuela que gobernaba el Perú desde la Ciudad de los Reyes. En dicho lugar, sobre la arena caliente de la playa se había echado a descansar el general San Martín y luego se quedó dormido. Tobías lo había dibujado con unas patillas acabronadas y medio recostado en el tronco de una palmera, no por cursilería suya sino porque así aparecía en el libro guía escolar de Abraham Zorrilla de la Barra. Pero el incendio de colores Tobías Guzmán lo había sacado de su propia cabeza de tonco quemado, mojando la punta de los lápices con saliva, sin importarle los palmetazos de castigo, pues para eso se manejaba una mano rajatabla que la tenía bien curtida con ajo macho y la sobadera nocturna de corontas calientes.

Más adelante, en la playa abierta de Las Brujas, en donde al principio no advirtieron ninguna seña de vida humana, de repente encontraron un campamento extraño, tendido a la intemperie. Eran unos indios prietos que hablaban una lengua diferente al quechua. Estaban ahí, en ese campamento desguarnecido, armados de palas y con una cara de desconfianza que no daba pábulo para ninguna clase de trato. Ni siquiera pescaban, ni tenían atarraya. Tampoco mariscaban. Ni un mejo aparecía en sus manos. Sólo escarbaban la arena y sacaban muymuyes. Comían ese ñuco crudo con maíz tostado. Mascaban como gatos los cascarones del muymuy. Ananías les hablo en quechua, pero ellos permanecieron hoscos y le contestaron apenas en otra lengua que él dijo que era aimara.

—Entonces éstos son puneños, Dios mío —acotó Bartola— ¿Cómo han venido a dar tan lejos estos cristianos?

Uno de los indios miró a Bartola con cierta confianza y le dijo, en castellano, que habían llegado a pie, por la orilla de la playa, desde Mollendo, en la costa de Arequipa, bien al sur, en donde ellos se dedicaban a colectar machas que luego las pasaban por agua caliente, las secaban tendidas al sol, y después las mercadeaban en las comunidades de Puno, en la planicie del Lago Titicaca. Bartola Avilés los tanteó bien y advirtió que tenían la misma facha que Cirilo Machaca, un indio puneño que había aparecido en Cahuachi, como una visión, para luego quedarse ahí, aquerenciado, arrejuntado con una hija de Pancha Arenaza, pero siempre apegado a la música que le sacaba a unos canutos amarrados que soplaba con la vehemencia de la nostalgia.

—¿Y para comer ñucos han venido tan lejos? —dijo Gumersindo Guzmán, aseñalando los muymuyes que los puneños habían recogido con las palas— ¿Por qué mejor no se quedaron en Laguna Grande que es el paraíso?

—Aquí está paraíso, taita —dijo otro puneño, tan castellanista como el anterior. Luego agregó algo en aimara y sus compañeros soltaron la risa.

Ya no parecían tan hoscos. Ananías comentó que un poco más y le iba a pescar el hilo al aimara. En Cahuachi había hablado un poco en esa lengua con Cirilo Machaca. Intentó nuevamente entablar la conversación en idioma nativo, pero los puneños se rieron y le contestaron en castellano. Le hablaron del puerto de Mollendo a donde ellos llegaban para comprar sus víveres. Entonces hablaban en castellano con los pescadores costeños, especialmente con Estanislao Valdivia que tenía una máquina que hablaba como gente y echaba música. Ellos le llevaban un costalillo de machas secas y Estanislao Valdivia les hacía escuchar la música de su máquina que hablaba. El sueño de ellos era contratarlo para que llevara su máquina hasta Puno, pero Estanislao Valdivia les había contestado que eso valía por lo menos un toro. Que le llevaran un toro, les decía, y él iba con la máquina cantora si querían a la punta del cerro.

Los puneños relataron luego la aventura que, por fin,

había alcanzado un primer hallazgo. Desde Mollendo una comisión de propios había partido hacia el norte, por la orilla de la playa, y otra hacia el sur. Tenían que encontrar en algún lugar del litoral, desde la Tierra del Fuego hasta Guayaquil, el banco de machas que había desaparecido de la noche a la mañana de Mollendo. Aquella abundancia inmemorial se volvió humo en un cerrar y abrir de ojos, no por efecto de ninguna magancia. Ellos, los puneños recolectores de machas, sabían perfectamente la causa de aquel fenómeno.

Sucedió que unos veraneantes de la ciudad, empujados por una desbocada ambición, se habían puesto a sacar machas con palas. Los puneños que conocían desde la antigüedad los gajes de la mar, les advirtieron a los veraneantes que el metal de las palas iba a ahuyentar totalmente, como por encanto, todo el banco de machas que existía en Mollendo. A los veraneantes y a los propios pescadores de Mollendo les pareció una advertencia antojadiza y peregrina, una simple abusión de indios crédulos que podían conocer mucho de cerros y lagunas, pero que ignoraban los secretos del océano.

Sin embargo ocurrió exactamente como los puneños lo habían predicho. Al día siguiente no quedaba en toda la playa de Mollendo ni siquiera una macha. La arena estaba igual, limpia y con una brillo de acero, pero ya no escondía ninguna riqueza comestible. Según los más entendidos, el humor del metal había desatado una vibración que contagió a todo el cerro de machas y el banco entero de conchas se había desbarrancado hacia las profundidades del océano.

Entonces a los macheros de Puno no les quedó otro remedio que especular acerca de las fuerzas desencadenadas por la desgraciada ocurrencia de los veraneantes. Luego de meticuloso raciocinio sacaron en limpio que las corrientes de la mar iban a empujar el banco de machas hacia alguna playa del extenso litoral. Era más posible que la ruma de conchas avanzara hacia el norte; sin embargo no descartaron la posibilidad de que alguna fuerza recóndita lo llevara hacia el sur. Para mayor seguridad enviaron una comisión de propios rumbo a cada dirección.

Después de muchas jornadas y cateos en Chala, en Tanaca, en Lomas, en Yanyarina, en la Punta de los Ingleses, en la Boca de Ica, en Laguna Grande, los macheros de Puno encontraron el perdido banco de conchas en esa playa abierta llamada Las Brujas. Con el mismo desatino que cometieron los veraneantes en Mollendo, los puneños pensaban mover la montaña de machas. Si los alumbraba la suerte, el cerro de conchas se iba a echar a rodar hacia el norte, hasta la playa de Huanchaco, en Trujillo, y de ahí iba a doblar para altamar. Si eso ocurría la contracorriente empujaría al banco de machas en dirección sur para hacerlo recalar tal vez en Ilo o quizás en el mismo Mollendo. Si aparecía en Ilo para ellos sería incluso mejor. Desde la antigüedad de los gentiles las playas de Moquegua eran frecuentadas por los puneños.

Mientras los macheros aplicaban la ciencia de su menester, los Guzmán se miraron desconcertados, diciéndose entre ellos, pero en silencio, que todo lo que habían recorrido, auxiliados por el lomo de las acémilas, era insignificante en comparación con la caminata de los puneños. Se despidieron y enrumbaron en busca del destino que los esperaba en Lima.

Esclavos y cimarrones VI

Eran cuatro esclavos de diversa laya y catadura.
Cada quien manejaba la lengua bozal, el castellano
gorgoriteado de distinto modo y con diferente man-
ganilla. El uno hablaba como si tuviese un camote atra-
vesado en el gañote y el otro se iba en un pitido como el
silbido del chaucato que ya ni siquiera parecía gente.
Pero gente mismo era. Los otros dos diferían aún más.
El primero pujaba antes de cada palabra y luego soltaba
una reventadera de cohetes. El segundo hablaba en un
solo murmullo igual que el gallo cuando le echaba rueda
a la gallina. Sin embargo cuando se trataba de aprender artificios en el decir o palabras de vituperio, ahí sí los
cuatro parecían hechos con el mismo molde. Rápido
encabezaban la lección salaz y había que ver lo lenguaraces que eran. En cambio no ocurría lo mismo en el
momento de aprender a rezar el rosario o a repetir el
catecismo. Con el pretexto del sentimiento profundo y
de la gran devoción cristiana, apenas si rezongaban las
oraciones, sin pronunciar las palabras, y así salían del
apuro. Luego sin ningún empacho se quedaban abs-

traídos en las supuestas cavilaciones de la religiosidad.

De los cuatro esclavos el mejor plantado resultaba Juaniquillo Comecome, negro congo duango que, según aparecía asentado con menuda letra de garrapata en el registro patrimonial de la virgen, andaba por los 24 años y se le veía de buen semblante, alto y fornido, con la dentadura completa y bien pareja, sano de toda enfermedad pública o secreta y, por ende, sin ningún defecto ni tacha. Un añadido en el margen del registro consignaba que en el momento de la escritura el susodicho Juaniquillo Comecome mostraba buenas espaldas y una bien acentuada cintura de avispa. En ese instante doña Epifanía del Carmen tuvo el convencimiento de que se trataba de un buen especimen para aprovecharlo en el meneo de sacar camada. El tal Juaniquillo Comecome tenía la cara marcada por ambos dos lados y los pallares de las orejas agujereados, no para seña, sino como si en otros tiempos hubiese llevado colgandijos de ornamento. En el hombro derecho tenía las letras VPS que era la marca de la virgen.

Los otros tres esclavos cada quien sobrellevaba lo suyo propio, una naturaleza abierta y montaraz. Miguelillo Avilés tenía la carimba del hierro de la virgen en la paletilla izquierda. Aunque en la apariencia casi no se le notaba, en la realidad monda Miguelillo Avilés andaba rondando los 40 años. Pero para cualquier menester de maña o fuerza resultaba raudo como el gavilán. Si le otorgaban el papel de alarife, y le daban brazos suficientes, y materiales idóneos, y herramientas de cálculo, era capaz de erigir no sólo una catedral imponente, como la iglesia de San José, sino la mismísima torre de Babel a pesar de la oposición divina y la ira de Dios. Se desenvolvía, pues, en los menesteres de los siete oficios como el sapo en el agua. Podía trabajar bajo sombra y también a pleno sol, con buril y garlopa, con yunque y tenaza o, en la pampa, con lampa y machete; si se trataba de agarrar el hacha para tumbar un huarango y partir leña, le daba igual.

Pedrillo Camalango, en cambio, recién había cumplido 17 años. Era estirado y calancón. Hacía falta alimentarlo con un revuelto de afrecho de marrano y raspa de melaza para que agarrara cuerpo. Una ojeada de pies a cabeza convencía que ahí había madera y contextura. Como marca exhibía nada más que unas rajaduras hechas a la diabla en los pallares de las orejas. Lo habían aseñalado al paso, igual que a un puerco mostrenco. Parecía inútil y bobo, pues se enredaba en sus propias calancas y no sabía dónde iba a poner los brazos, sin embargo había que verlo en las labores de apaña y de cosecha de algodón. Entonces se volvía una araña que en un suspiro dejaba las matas limpias de madejas, aunque eso sí, siempre con su mirada de bobo y con una piedrecilla adentro de la boca, como caramelo, para no sentir fatiga ni sed. Nadie se explicaba cómo ni dónde había aprendido el laborioso oficio de trenzador de cuero. Pero tenía esa pericia y hacía lazos y cabestros con la misma virtud de un maestro artesano. Pedrillo Camalango nunca comentó que desde niño había trenzado sogas y tientos de malahoja, allá en el lejano campamento ubicado en medio de un carrizal montoso que había sido arrasado con candela y cañonazos.

Pancho Grande era un gigantón de 29 años, de pocas luces pero efectivo para el trabajo de pura fuerza. Arrumar troncos para la quema de carbón, cargar con pedrones los muertos y los tajamares en la orilla del río. Ningún peso lo arredraba; al contrario, mover una montaña constituía su más cara ilusión desde el día que vio el dibujo de un hombre que cargaba el mundo sobre sus hombros. Llevaba la marca de la virgen en el costillar izquierdo.

Al lado de aquella lustrosa mercancía humana, doña Epifanía del Carmen colocó como contrapeso su baulito de bambú, traído del bosque de la China posiblemente, y fue sacando, en público, una por una, ante testigos y notario, en presencia de la autoridad constituida, las susodichas alhajas adventicias. Doña Epifanía del Carmen, dueña y señora de la hacienda Cahuachi, estaba tan fachosa y emperejilada para la ocasión que, sin necesidad de que ella hiciera nada, los primores le florecían en el cuerpo con un aura tan cautivadora como las candelillas de enero. La sola presencia de doña Epifanía del Carmen resumía un aroma a ramillete de Constantinopla.

La propietaria de Cahuachi dio un paso y la cola de su vestido de seda empezó a mecerse con una palpitación eterna. Ella, doña Epifanía del Carmen, levantó un brazo y exhibió en el aire un rosario de rubíes granates que terminaba en una cruz de oro colorado, oro de gentil. Luego mostró un prendedor de oro blanco, ribeteado con oro rosado, que llevaba en el centro un carbúnculo sin facetas. Después enseñó una caravanita de diamantes con sus respectivos garrotillos y una hilera enhebrada de perlas pimienta. Finalmente, como corolario de tanta filantropía, hizo ver una gargantilla de fino lapislázuli, matizada de trecho en trecho con garbanzos de oro amarillo. Enseguida ella misma, empinándose y luciendo la cola de pavorreal de su vestido de seda, le puso a la virgen del Perpetuo Socorro la gargantilla sin par, azul y oro, para que desde aquel momento, con tan alto y divino auspicio, todo el monte fuera orégano.

Eso fue. Así ocurrió. De aquella manera, gracias a la generosidad y a la filantropía de doña Epifanía del Carmen, los aseñalados cuatro esclavos de la virgen del Perpetuo Socorro, nacidos unos en los contornos de aquella misma tierra polvorienta y otros sabía Dios en qué recodo del mundo, pero todos con el cuerpo y el alma en recova, sumidos en la vendeja. De aquella manera dichos esclavos recalaron en Cahuachi como por un desfogadero. Ahí, al borde de la antigua ciudad enterrada de los gentiles, se hallaba la heredad de doña Epifanía del Carmen, la sede principal del gobierno de sus haciendas, la casa grande, mentada en todo el valle por su grandiosidad de palacio, tanto que sola hacía más bulto que el caserío entero de indios y de negros.

La ranchería y la casa hacienda estaban rodeadas de huarangos centenarios, de algodonales, de viñedos que habían quedado ahí desde el tiempo de los jesuitas. Pero todo aquello no era ni la sombra, ni el pálido retrato, de lo que había sido Cahuachi en la antigüedad de los gentiles, en la época que la ciudad enterrada florecía y era un hervidero de gente que entraba y que salía por las cuatro puertas. Ahora, de aquel esplendor de los gentiles, sólo quedaban, como testimonios de cuerpo presente, los enormes promontorios que se alzaban sobre el desierto barrido por los vientos desaforados de la paraca.

Indios y negros laboraban de sol a sol y a golpe de campana en las tierras de doña Epifanía del Carmen. Trabajaban en diversas condiciones y según el trato establecido por la propietaria de la hacienda. Unos eran simples jornaleros que no poseían ni un lugar para caerse muertos. Otros eran yanacones o locatarios que tenían asignada una parcela. Pero la mayoría eran siervos y esclavos que no tenían derecho a ningún usufructo ni licencia para proponer alguna iniciativa. Sólo una parte de los trabajadores vivían en la ranchería; por esa razón Cahuachi resultaba, en definitiva, un caserío insignificante, aunque eso sí con mucha fama y renombre, pues la peste de los malos tiempos no había logrado aún arrasar el prestigio que había acumulado dicho poblado en la antigüedad de los gentiles.

Entonces, al llegar a Cahuachi, Miguelillo Avilés, el raudo gavilán de los siete oficios, maduro pero siempre soñador, pues le gustaba dejar volar las ilusiones, se dio cuenta que de toda la uva que se vendimiaba en Cahuachi únicamente sacaban cachina y ningún otro provecho. Los viñedos se cargaban de racimos como una tentación que ya la hubiera querido tener frente a los ojos el patriarca Noe. Y pisadores de uva sobraban. Cada negro se manejaba semejantes adobes en lugar de pies, de manera que exprimir un lagar repleto de racimos no resultaba un desafío sino apenas un entretenimiento.

La cachina, según los cánones que especificaban la nobleza del líquido elemento espirituoso, no era cualquier aguadija barata, ni aguapié, mi chacolí, sino un buen caldo de parras que ya valía la pena criar con mayor celo. Todo el tiempo no iban a repetir la misma fórmula, como si el sol se hubiese quedado detenido en el firmamento, como si el agua del río se hubiese quedado estancada. Si se hablaba en términos espirituosos, había que señalar que la cachina, con su aspecto de agua mansa, resultaba de la fermentación incompleta del mosto. Se dejaba que el caldo de parras se esponjara como el pavo en celo; entonces, tate, se le cortaba la viada, se le asujetaba con el concurso de cierto amague, un conjuro que algunos mantenían en secreto, y en lo sucesivo ya podía consumirse ese líquido elemento prematuramente espirituoso. Se le consumía turbio y conchoso, con toda la herrumbre del propio mosto, o traspaleado y cristalino como el mejor vino. Se le consumía de modo dispendioso, especialmente en las fiestas de carnaval, cuando Cahuachi recobraba su buena y mala fama y se convertía en la capital de la tambarria. Había que ver la cordelada de gente que llegaba desde todos los rumbos para encender la candela de la celebración.

Antes de sorber del calabazo recortado como cucharón una tragantada de cachina, Miguelillo Avilés había dicho, en tono de sentencia, que probar cada vez el mismo aguaje no estaba bien ni siquiera como vicio pedestre. Ahora, si de lo que se trataba era de contar con un bebestible de halago; entonces, en tal caso la insistencia de beber siempre cachina no tenía disculpa. Miguelillo Avilés se había demorado a propósito, paladeando la cachina antes de soltársela en el tragalar con el mismo empaque de los entendidos. Luego, aseñaló, como si lo estuviese leyendo en las fojas del libro de la ciencia del bien y del mal, que la cachina podía ser casi como la divina gloria; pero se notaba, sin equívoco, que le faltaba cuerpo y, por lo consiguiente, también espíritu. En ese aspecto, pensaba Miguelillo Avilés, la cachina guardaba cierto bochornoso parentesco con el alado querubín que adornaba la corte celestial. Ambos, cachina y querubín, según la conjetura de Miguelillo Avilés, tenían cuerpo flojo y espíritu menguado. Después de su perorata en tono de sentencia, que a ojos vistas era una maña aprendida antes que dejo natural de su manera de hablar, Miguelillo Avilés aseguró, con argumentos convincentes, que del caldo de uvas también se podía elaborar un aguardiente mucho mejor que aquel calamaco infame que en otros lugares sacaban de la cañadulce.

Ciudad de los Reyes

Como si ellos hubiesen sido precisamente los jonases vomitados por la ballena de la profecía, tal y conforme lo atestiguaba la hormiguienta escritura del dedo de Dios en los pergaminos de la historia sagrada; así, con dicha apariencia de convalecientes debocados y, por ende, vueltos a nacer; así fue que entraron a Lima, que se decía tres veces coronada, los susodichos Guzmán, todo un contingente terrestre de veintisiete congéneres. Llegaron hediendo a pescado y a mariscos, trasminados de ese hedor hasta los huesos, lamidos y escarmenados por el chiflón de los vientos cardinales, curtidos a fondo por el yodo y la sal del océano; pero eso sí, incuestionablemente vivos y con los tornillos de los cinco sentidos cada cual en su respectivo lugar y bien ajustados. Llegaron sin mengua sustantiva alguna ni pérdidas que lamentar. Toda la caterva de hermanos, los veinticinco marrajos berenjenudos, además de Gumersindo Guzmán, el hechor culpable de la estirpe, y de Bartola Avilés Chacaltana, la madre de armas tomar y cabecilla del batallón andariego, por mérito propio.

Habían permanecido tanto tiempo en los rigores de la intemperie, bajo el sol y el sereno, que el pelo pimientudo se les había puesto medio colorado por el chamuscón de la canícula. De paso habían comido tanto ñuco, tanto peje diverso, tanto erizo pernicioso, tanto cangrejo pancora y del otro peludo, tanto pateburro y macha y barquillo, que el relumbre del fósforo y los ardores de la concupiscencia les brotaba por los ojos. La prietez que exhibían la tenían de nacimiento, pero no cabía duda que el zarzaganete del mar los había oscurecido más.

Aún no salían del trabucazo embolador de la llegada, cuando tuvieron que enfrentarse, montados en sus acémilas, con el desbarajuste de la vida urbana. Pero ¡arza! por fin, ya que se encontraban a una legua del mentado palacio del gobierno, iban a soltarle de una vez, al presidente de la república, el gallo tuerto de la pensión de la patria. Ya el gasto y el esfuerzo estaban hechos, de modo que no les iba a costar mucho avanzar un poco más al norte como que cambiaban de temperamento. Les habían indicado y aseñalado que para llegar al caserón del palacio presidencial, asentado en la plaza mayor de Lima, tenían que seguir el rumbo orientándose no por el entrevero de calles y de avenidas, sino por la cruz que aparecía en la cumbre del cerro San Cristóbal, un cerro con aspecto de mojón de cura, pero que la creencia vana le atribuía la condición de volcán de candela, razón por la cual, desde los tiempos del coloniaje, los padres franciscanos, aquellos que se llamaban descalzos aunque usaban sandalias, habían amarrado al cerro con cadenas de buque, bien atrincado, y encima lo rociaron, como a criatura, con agua bendita de la pila del bautismo para pasmarle, dizque con aquella chanchullada, la soberbia y la bravura, de modo que no fuera a reventar y a convertirse de improviso en el cataclismo del fin del mundo. Pero qué iba a igualarse el cerro San Cristóbal con el volcán de Jumana que aparecía tan alto y azul en medio de la llanura descolorida del desierto.

Los veintisiete Guzmán iban con la mirada prendida de la cruz del cerro San Cristóbal, agarrados de esa seña y taloneando en el costillar de las acémilas, con el mejor talante y la mayor compostura que les dictaba la intuición y el buen juicio, para que de ninguna manera se les fueran a desparramar los ademanes montaraces. Cabalgaban alineados de uno en fondo, en una cordelada que daba trabajo y sed acabarlos de contar, pues llenaban toda una cuadra y todavía quedaba la cola que hasta parecía otro negocio.

Por donde pasaba el insólito regimiento de toda una negrada montada a burro, aparentemente sin qué ni para qué, inmediatamente se encendía en la gente el avispero de la curiosidad. Con sus fachas de cabalgantes requemados por el sol y el sereno, los Guzmán se convirtieron rápidamente en los imanes del alboroto y de las conjeturas. Los viandantes se amontonaban en las orillas de la avenida para verlos pasar aunque nadie se explicaba de qué se trataba. Muchos pensaban que dicho menguado regimiento, zarandeado por las inclemencias, estaba constituido por los sobrevivientes de la última guerra perdida por la república. Pero sobre la traza rústica del contingente se destacaba la vivacidad y el brío de Bartola Avilés Chacaltana, que en vez de ocupar el lugar de la rabona, que siempre iba adetrás del batallón, con las ollas y las vituallas del rancho, ella estaba bien acomodada a la cabeza de la columna, muy dueña del sitial de mariscala de campo, con la apostura y la gallardía de quien sabía que llevaba la voz cantante en dicha situación. A pesar de que la apariencia de cada uno de los Guzmán era un espectáculo particular, en especial Gumersindo con su aspecto de gallo giro y su barba de afrechillo, en todo momento quedaba en claro que era Bartola Avilés Chacaltana, con sus zapatos chancabuque y un trapo colorado amarrado en la cabeza, la que llevaba la bandera.

En el camino se encontraron de tropezón con el aeródromo de Limatambo, un terral desguarnecido en donde se asoleaba sin pena ni gloria un avión amarillo, con las alas templeques y lleno de varales y templadores, que más parecía un papalote para juguete de los vientos de agosto. Un letrero marcado con hisopo y aceite quemado indicaba que aquello era el Aeródromo Nacional y, efectivamente, ahí estaban empolainados, sudando bajo el agobio de sus indumentarias de cuero, alrededor del aparato amarillo, los aprendices militares del pilotaje aéreo para la guerra. Los Guzmán y Bartola Avilés Chacaltana se mantuvieron tiesos y con la mirada al frente, sobre el trote de los burros y del macho romo, intencionalmente ajenos al desconcierto de los avioneros que extrañados detuvieron sus prácticas de simulacro para preguntarse qué batallón perdido era aquel bolondrón de aparecidos que pasaba delante de sus ojos como una cordelada de musarañas. ¿Se trataba, acaso, de la legendaria mariscala de los montoneros descamisados y del Solitario de Sayán con sus calabrotes sobrantes de la última insurrección? Los avioneros no lo dudaron, a pesar de que alguien hizo la observación y señaló que el pueblo de Sayán quedaba en el norte y que los montoneros venían evidentemente del sur, no lo dudaron porque estaban convencidos que para el desbarajuste de las guerrillas de la subversión no existía el canón de los puntos cardinales y hasta podía ocurrir que la cola fuera pecho y el espinazo cadera, tal y conforme lo afirmaban las décimas de lo humano y de lo divino.

En cumplimiento de la parte que le correspondía a la

fuerza aérea en el tutelaje de la tranquilidad republicana, el comandante de los avioneros le ordenó al sargento de trasmisiones que comunicara inmediatamente al palacio del gobierno la susodicha novedad de los montoneros aparecidos, encabezados por una mariscala y el Solitario de Sayán. Mientras tanto la cordelada de jinetes polvorientos, montados a burro, con la excepción de Gumersindo que iba sobre un macho romo, continuaba su marcha. Iban internándose en el enredijo de la urbe, mareados por las innumerables bocacalles y por la trocatinta de los cruceros de cinco esquinas, pero eso sí, iban bien seguros de la ubicación de los cuatro puntos cardinales de la rosa de los vientos, porque si tenían el norte, tenían también el sur y ya el resto era cuestión de sacar la cuenta en el momento debido.

Primero fue sólo la reventazón del trote de los burros y la cadencia marcada por el macho romo lo que sembró la alarma en el centro de la ciudad colonial de quincha y de yeso. Las palomas de Castilla que competían con los gallinazos en churretear las torres de la iglesia catedral volaron espantadas y formaron un arco en el cielo, tan persistente y novedoso que los transeúntes se persignaban sin saber todavía bien el porqué. Entonces recién fue cuando apareció muy campante la tendalada de jinetes cerriles por enmedio del callejón de Petateros y desembocó de cuajo en la plaza mayor. No le habían pedido licencia a nadie, pero ya estaban ahí, en recua numerosa, como si fuesen la caterva de la ruina, el coletazo del fin del mundo.

La guardia de honor, apostada en la puerta del palacio, investida con sus alardes de alto penacho, sintió en carne propia el batacazo del calor llevado desde el desierto por aquel escuadrón insólito. Al comienzo la guardia de honor permaneció rígida, encuadrada en su compostura de relumbrón; luego, conforme pasaban los

193

minutos, ya no le quedó otro remedio que encarar la situación con las armas en la mano, porque para eso había jurado ante la bandera de la patria, el 7 de junio, defender a sangre y fuego la honra de la república. El vistoso pelotón salió a la plaza mayor con sus atavíos de oropel y el hierro de las bayonetas calado en los fusiles Máuser para pararle el macho en primer lugar a Gumersindo Guzmán, el cabecilla visible de la amenaza, pues un encontrón inicial con Bartola Avilés Chacaltana podía significar un menoscabo para el honor militar.

Pero los húsares con sus uniformes de ornamento y las bayonetas en ristre llegaron tarde a su destino. El so carajo rotundo de los veintisiete cabalgantes de espanto reventó al unísono y las acémilas pajareras clavaron los cascos al seco en el adoquinado de piedra que pavimentaba la plaza de armas. Las bestias resoplaban el cansancio de la travesía frente a las rejas de hierro del palacio, mas ya no avanzaron ni un solo paso. La brecha de vaho caliente que separaba a los húsares de los montoneros pasmó la situación y la masacre quedó suspendida en el olor a lubricante que salía de las bayonetas, un relente parecido al olor que despedía aquel hilo de líquido aceitoso que habían encontrado en la orilla del mar, cerca al Bañadero del Cóndor.

Entonces Bartola Avilés Chacaltana tomó la palabra para explicarle al oficial de los húsares el motivo por el cual el batallón de los Guzmán había llegado hasta la plaza mayor, luego de atravesar el desierto y de recorrer cien leguas a lomo de burro por la orilla de la playa. Las entendederas del oficial no alcanzaban a comprender de qué se trataba por más que Bartola le repetía el historial completo de cada uno de sus veinticinco hijos y le repetía que quería saber si era cierto que había una ley que los amparaba. Estaban en ese tira y afloja cuando apareció un edecán del presidente de la república, ornado con sus corimbos de gala, y ordenó a la guardia de honor que abriera de par en par las rejas del palacio. El caso era que la noticia de los montoneros del Solitario de Sayán, encabezados por un mariscala montada a burro, ya había llegado al oído del presidente, de modo directo, desde el aeródromo de Limatambo. El jefe supremo del gobierno, un militar cetrino, con fama de temerario y más rijoso que un chancho alunado, que se había apoderado del gobierno sin disparar un solo tiro, pegó un respingo de alarma al escuchar tan extraña noticia y luego se quedó lelo, rascándose la quijada con el coñoto del dedo que le faltaba. Ese nombre, Solitario de Sayán le decía algo, se trataba sin duda de un conspirador, pensaba para sus adentros el presidente. Acostumbrado a los juicios sumarios y a los exabruptos de toda laya, aunque estaba convencido que todo era puro cambalache y que gallinazo no comía gallinazo, el primer dignatario de la nación sentenció que al toro había que agarrarlo por los cuernos, al rábano por las hojas y al hombre, por pendejo, de los meros huevos.

—Si de a verdad son montoneros entonces tienen que estar con la revolución que somos nosotros —dijo.

—Ya están ahí afuera, en la plaza —señaló el edecán.

El presidente ordenó que de inmediato los hiciera pasar al patio delantero, con todos sus pertrechos de guerra para que ellos vieran que el gobierno les tenía confianza, y que luego él mismo en persona iría a pulsearlos, a preguntarles contra quién se habían levantado originalmente y qué cosa deseaban ahora que él había hecho la revolución para repartir la justicia mejor que altopadrino.

El edecán había salido a cumplir la orden del presidente y llegó a la puerta del palacio en el momento justo del tira y afloja entre Bartola Avilés Chacaltana y el oficial de los húsares. La guardia de honor acató el mandato y abrió las rejas. Entonces el edecán se empinó con la altanería de un gallito cantor, hinchó el pecho cubierto con recamaduras rutilantes y luego anunció con voz de pregón que los montoneros del Solitario de Sayán, presentes en la plaza mayor, podían pasar adelante por la puerta grande del palacio del gobierno. Así fue cómo, al fin y al cabo, los Guzmán entraron montados a burro a la sede presidencial para entrevistarse con el jefe supremo de la república. Entraron con honores y protocolo y, para coronar la faena, hicieron caracolear a los burros en el adoquinado del patio de preces, como si aquellos zopencos fueran verdaderamente unas cabalgaduras dignas de tan pagada exhibición. Luego los pusieron formados en medialuna, convencidos de que así lo mandaban los cánones de la parlamentería regia. En ese preciso instante apareció el presidente de la república, vestido como para sacarse un retrato rodeado de sus asistentes más acomedidos. Mejor que si lo hubiese ensayado para una velada de relumbrón, Bartola Avilés Chacaltana se apeó del burro en gran forma y brillante estilo. Hizo enseguida una seña y el batallón entero de los Guzmán la imitó al unísono, con tan impecable habilidad que los húsares de la guardia de honor se quedaron con la boca abierta y, entonces, por propia iniciativa, se acomidieron a sujetar las riendas de los burros mientras los Guzmán, empezando por Bartola, presentaban sus saludos al presidente.

Cada uno de los Guzmán y la misma Bartola Avilés Chacaltana, habían temido en secreto que al encontrarse con la grandiosidad del palacio presidencial, la mudez del bochorno les iba a amarrar la lengua y, en el momento que más necesitaban florearse con desenvoltura para explicar el motivo que los había llevado desde Cahuachi hasta la mera capital de la república, se iban a quedar amoscados como unos chunchos, sin poder decir una sola palabra. Sin embargo los alumbró la suerte, les estaban echando miel encima del hojaldre, y eso que Bartola Avilés Chacaltana no era la reina de Inglaterra ni ellos, los Guzmán, los duques de la Palata. El propio presidente de la república había tomado la iniciativa para preguntarles de sopetón que qué cosa era lo que es les ofrecía, que se lo dijeran con entera confianza. Entonces ahí fue cuando los Guzmán le soltaron al mandatario de la república el gallo de la mantención de la patria. El presidente pegó un brinco y se puso en guardia. La lengua se le había trabado adentro de la boca y lo que dijo lo dijo igual que el Gago Contreras, con un cacareo que no se le entendía ni jota, aunque eso no fue óbice para que ellos mostraran la expectativa más grande del mundo, que hasta se asustaron cuando el jefe supremo de la nación se dio un lapo en la frente como si ahí, en ese lugar, le hubiese picado un tábano, pero el asunto verdadero era que se había acordado que entre sus consejeros tenía al doctor Matías Manzanilla, eminencia del foro y de la palestra, para quien el enredijo de la jurisprudencia nacional no guardaba ningún secreto, porque cuando se quería y se podía siempre existía una manera de darle vuelta a la ley para acomodarla al molde que exigía la situación. El presidente lo mandó llamar con un edecán pintiparado y al término del tiempo y de la distancia apareció el doctor Matías Manzanilla, muy enlentado, con leontina de oro en el chaleco y medio piquichón en el modo de andar. Sonrió y todavía con el pellizco de la sonrisa meneó la cabeza con los ojos entornados ante la consulta peregrina del jefe supremo; luego habló embutido en la versación de aquél que conocía al revés y al derecho no sólo las triquiñuelas de la ley escrita sino así mismo el cariz de los hechos que habían sentado jurisprudencia; entonces dijo, resolutivo y sin ambages, que no existía ninguna disposición legal de tal especie, que toda aquella ocurrencia sobre el premio que otorgaba el estado a las proles de una docena de hijos varones, era sencillamente una leyenda, un rumor, una bola echada a rodar barranca abajo por los mentideros cotidianos desde el inicio de la república, porque hasta los próceres de la patria habían sido una tanda de chismosos, y que él como iqueño también estaba enterado de la existencia entre la gente pobre de esa quimérica creencia. El mandatario ya ni siquiera abrió la boca, únicamente hizo su consabido gesto de mangache mostrenco, y luego dejó caer los brazos en un ademán de desamparo. Los Guzmán sintieron de cabo a rabo el chicotazo de la vergüenza y se les fue el color, se pusieron cenizos como palo de higuera, la cara larga, la jeta caída. Pero Bartola Avilés Chacaltana mantuvo la calma y sin el menor drama, más bien como si ella tuviera la sartén por el mango, dijo:

—Fíjese que hemos venido desde Cahuachi.

—Van a tener que regresarse —replicó el presidente.

Pero no se regresaron. No se regresaron ni en la primera ni en la segunda de bastos, sino a las dos semanas cumplidas, cuando el birlibirloque magistral del maestro Toribio Huapaya y el aguijoneo de la batuta directriz los dejó, en un cerrar y abrir de ojos, convertidos en unos musicantes de parada y de retreta, tan meritorios en ese menester que a cada quien después le costaba trabajo reconocerse a sí propio por más que se sondeaban el alma, el fondo de donde les brotaban los sentimientos, y entonces hasta llegaron a imaginarse que ya le habían vendido el alma al diablo, que ese oficio repentino que les había caído encima, igual que una plasta venida del cielo, no era otra latría que una artimaña de satanás para endulzarlos un tiempo y después, una vez que se cumplía el plazo, cargárselos al infierno con cuerpo y alma porque al demonio también le gustaba la música y la tambarria.

Y todo resultó así, no por capricho de ellos. Fue el presidente de la república el promotor de la idea, para pasarles la mano o qué sería, pero el caso fue que salió con la insistencia de que se quedaran a descansar y de paso iban a conocer un poco la capital, de manera que al regresar a la querencia ya tendrían algo de qué hablar. Dicho y hecho. El presidente dispuso que los alojaran en el cuartel de Barbones, con burros y todo, con derecho a posada y a pasar rancho, tanto ellos como sus acémilas. De tal forma que de la noche a la mañana amanecieron como un lunar en medio del contingente militar que constituía el regimiento de la escolta presidencial, sin embargo no eran reclutas ni soldados, sino los alojados consentidos del presidente de la república, y ese hecho había alentado celos y sospechas en el orden castrense, pues nadie sabía meridianamente quiénes eran los susodichos Guzmán ni por qué recibían tanta consideración que hasta sus burros estaban comiendo de balde el pienso del estado. ¿Eran acaso, efectivamente, los montoneros del Solitario de Sayán con su altanera mariscala de campo? Pronto la situación se enredó todavía más, cuando se anunció un ceremonial de guirnaldas y campanillas, con estrado de honor y formación militar de orden cerrado, ceremonia en la cual los Guzmán recibirían un presente especial del jefe supremo de la república.

Había sido sólo una pura coincidencia, igual que si alguien pasaba por adebajo de la higuera y el higo maduro le caía en la boca. Los Guzmán se habían quedado en el cuartel de Barbones porque entonces no los empujaba ningún apuro para regresar a Cahuachi; ahí únicamente habían dejado el estiaje y la arrastradera de la paraca, y aún faltaba mucho para que el tiempo acabara de dar la vuelta. El presidente los iba a despachar de regreso a los Guzmán luego de entregarles un oficio de reconocimiento, un papel timbrado con los emblemas de la patria cuyo tenor había sido redactado con palabras mayores por el doctor Matías Manzanilla; un documento que los elevaba a los Guzmán y a Bartola Avilés Chacaltana a la categoría de hijos predilectos del estado, con el privilegio vitalicio de lucir en el pecho la escarapela nacional el día 28 de julio. Así estaban las cosas cuando un furriel puso ante los ojos del jefe supremo una orden de exoneración de aduana que el mandatario debía firmar. Y esa fue la coincidencia, el hecho que ocurrió en el momento preciso. Porque se trataba justamente de los nuevos instrumentos de bronce que habían llegado de Francia para la banda de música del ejército. El presidente se dio un lapo en la frente, no porque le hubiese picado un tábano sino que por fin había dado en el clavo. Mientras firmaba la exoneración de aduana delante del sorprendido furriel, el presidente continuaba pensando que ya tenía la solución perfecta para dejar contentos a los Guzmán y dijo: ¡école cuatro! que era su frase preferida, y entonces ordenó que enseguida recogieran los viejos instrumentos de música para entregárselos a los huéspedes alojados en el cuartel de Barbones, como una recompensa oficial, como una donación del estado en lugar de arrumarlos entre los estrebejes que iban a servir para alimentar los hornos de la fábrica de municiones del ejército. Después de sucesivos enjuagues por dentro con leche de cabra y de frotarlos por afuera con limón y flor de ceniza, los bronces de la trocatinta quedaron tan relumbrantes que opacaban cara a cara el propio brillo del sol, aunque también resultaba cierto que dicho esplendor hacía más ostensibles las abolladuras y los estropicios del uso, pero qué importaba aquello, ¿acaso esos defectos mancillaban la nobleza del bronce ni alteraban el temple del sonido?, al contrario, eran sin duda las condecoraciones que testimoniaban una infatigable ejecutoria.

Así fue como los Guzmán, con Bartola Avilés Chacaltana a la cabeza, resultaron investidos de músicos, cada quien dueño de un instrumento de acuerdo a la preferencia que les brotó en el momento del reparto, cuando el presidente de la república llegó a la ceremonia montada en el patio del cuartel de Barbones y dio comienzo al acto, de modo expeditivo, invitando primero a los cabecillas visibles, a Bartola y Gumersindo, para que eligieran de entre el barrisco de la musiquería, la herramienta sonora que mejor se les acomodaba al gusto. Y ambos, marido y mujer, coincidieron en detener la mirada en el mismo punto, el lugar en donde estaban alineados cinco instrumentos aflautados, unas chirimías negras que por el grosor y la campánula de la bocina semejaban unas méntulas de burro bien alhajadas, pues las cubría un enredo lujoso de broches de dublé que parecían de plata legítima. A Bartola se le fueron los ojos y escogió el canuto más grande que enseguida un voceador vestido como el rey de bastos anunció que se trataba del clarinete bajo de ébano con lengüeta de bambú en la boquilla. Nunca se supo si fue por contraste natural, o por hacerse el del culo angosto, que Gumersindo Guzmán eligió la chirimía de menor tamaño, el puntual requinto que desde entonces sería tono de mando e indicador del compás, porque desde antes que empezara el reparto Bartola se había preocupado de que en definitiva Gumersindo se hiciera cargo de la batuta y de la dirección de la banda. El maestro Toribio Huapaya que observaba desde lejos la ceremonia celebró satisfecho y gozoso, pero en silencio, el buen tino de Gumersindo Guzmán que prefería un instrumento como el requinto, recatado en su aspecto, aunque eso sí, de incuestionable mérito a la hora de la verdad, como lo proclamó la voz estentórea del rey de bastos; en cambio el presidente de la república hubiera querido para Gumersindo Guzmán un instrumento que causara mayor alharaca, el trombón de vara por ejemplo, o algo tan aparatoso como el bombardón que otros llamaban tuba. Aunque los historiadores oficiales hubieran querido negarlo, la verdad fue que ese hecho, el ceremonioso reparto de los bronces de la tambarria, dejó marcada una raya en el cielo de Lima. Enseguida, las otras tres chirimías, un trío de clarinetes de diferente envergadura, con sus respectivas maletitas negras forradas por dentro con terciopelo azul, se las repartieron entre Genovevo, Fernando y Pánfilo. Genovevo lo hizo porque siempre buscaba la manera de coincidir con los carriles del orden, en cambio Fernando pensaba que la delicadeza de aquel instrumento alhajado y la maletita primorosa iban muy bien con su inclinación de brujidor empedernido, y Pánfilo estaba definitivamente persuadido que su temprana vocación de alfarero dedos de seda sólo había sido el preludio de un destino final como clarinetista. Para Fernando y Pánfilo, fraguados en la rigurosidad del vidrio el uno y en la menudencia de la arcilla el otro, alcanzar la titiritaira imposible de los clarinetes empezaba a convertirse en una cuestión de honor, más aún cuando escucharon las ponderaciones sin límites del rey de bastos.

Quintín, gracias a su calidad de perfilado silbador, antes que por su condición de primogénito, pero de alguna forma también por eso, consiguió para sí el único y solitario pistón que había sido incluido, como lo dijo el rey de bastos, entre los veintisiete instrumentos del obsequio presidencial. Era una cornetita con más alma que cuerpo, pero él, Quintín, la quiso precisamente por aquella característica, pues intuyó que esa insignificancia le daba al pistón el temple para convertir en lancetazo de avispa los sonidos altos. A Miguelón le cayó a pelo y a la medida de sus impulsos el laberinto enorme del bombardón que no sólo requería de bofes poderosos para hacerlo sonar sino de recios pulmones para llevarlo a cuestas, tal cual lo anunció la proclama del rey de bastos, aunque su ministerio fuera breve, apenas un ronquido de condescendencia que parecía en vano, pero que cuando faltaba en el mixolidio de los bronces, una banda de música ya no era tal. El contrabajo, de menor envergadura que el bombardón, quedó como un ofertorio en los brazos de Rodulfo. El quinteto de bajos y de barítonos, dos y tres respectivamente, se los repartieron en orden sucesivo: Reimundo, Epifanio, Casimiro, Adelfo y Marcelino, cada quien por mérito propio.

Nadie se opuso a la hora que Calisto se antojó de la cornamusa cuya espiral de candelabro le revivió en la memoria el helicón de los caracoles antediluvianos, ni cuando Santiago se llenó de ilusiones ante el sugestivo metisaca de los trombones de vara y tomó uno antes que lo pregonara el rey de bastos. Los otros dos trombones quedaron uno en poder de Bartolomé y el otro en manos de Tobías. A ellos no los entusiasmó el desparpajo de la vara sino el barrunto de chivo que soltaban los trombones por encima del viento sonoro de los otros bronces. Y ante cada elección el presidente desde el estrado repetía su venia de asentimiento y a continuación el rey de bastos lanzaba su réclame y entonces era cuando sonaban sin dudas ni murmuraciones los aplausos regimentados del cuartel entero. Y luego seguía el reparto. Ahí estaban las trompetas con sus siluetas seductoras y desafiantes que no se dejaban penetrar si no era con una insistencia dura como el acero y ardiente como una pasión, atributos que requerían de un obstinado ejercicio hasta lograr la embocadura. Cuando Gaspar advirtió que una de las trompetas tenía sordina, creyó que se estaba mirando en un espejo. Estiró el brazo y tropezó con la realidad monda que le puso en las manos un instrumento que parecía su doble. Espíritu, confiado en su apelativo etéreo y en la fuerza de sus chirimacos, no se quedó adetrás y tomó una trompeta. San José, que no creía en milagros, hizo lo propio. Atanasio sintió entonces que aquella corneta seductora le caía a pelo, pues luego de forjarse una embocadura de pajarito iba a introducir en las entrañas de la trompeta el fluido fecundo de su ardor inventivo para sacarlo después convertido ya no en el sapo fumador ni en la víbora achirotada de dos cabezas sino en la mariposa vibrátil del impromptu.

Desde su emplazamiento Melanio había visto desfilar en el cinema de la premonición las sucesivas ocurrencias del ceremonial de aquella mañana: las venias del presidente, cuando el presidente vestido con uniforme de coronel se rascaba la quijada con el coñoto del dedo que le faltaba, los pregones del rey de bastos, en el momento que dicho personaje bostezaba o se acomodaba las gónadas en la estrechez de sus pantalones de monarca sin reino, de modo que cuando le llegó el turno, Melanio ya conocía de memoria lo que iba a ocurrir. Tomó el saxofón como lo hubiera tomado un saxofonista curtido en el oficio, lo despojó del vasito plateado que cubría la boquilla y miró la blanca lengüeta de caña que ya sabía que estaba rajada, pero eso era apenas un inconveniente efímero y a él lo que le importaba era las bondades permanentes del instrumento, aunque en verdad sólo podía intuirlas en la nobleza del metal, pues nunca antes había tenido en las manos una herramienta de dicha especie. Ananías y Teodolindo se quedaron deslumbrados ante el frondoso mecanismo del saxofón, pero por distintas razones. Ananías creía que podía hacerlo hablar quechua, latín o cualquier otra lengua; Teodolindo, en cambio, estaba seguro que aquel enredijo era el ansiado cascabel de la colorida muchilanga.

Jesucristo vio en la inercia complicada del redoblante, el entretenimiento perfecto para olvidarse del mundo y que los mecanismos de la ejecución quedaran sólo bajo la vigilancia estricta del instinto, de manera que así él iba a poder entregarse a plenitud en los brazos de la meditación. Obdulio no dudó que a él le correspondía liarse a golpes con el bombo, de modo que los címbalos, parecidos aunque fuese de manera forzada al volante de un camión, quedaron sin ninguna discordia a la entera disposición de Cresencio, el último calabrote de los Guzmán.

Al cabo de la ceremonia y después que el presidente de la república se despidió, y que el rey de bastos volvió a su rutina de cabo de rancho, entonces recién los veintisiete Guzmán se vieron de cuerpo entero, listos para subir no sólo en sus burros mostrencos sino también en el rutilante caballo de la música. No se trataba únicamente de las buenas intenciones que empedraban el camino hacia el cielo sino de una realidad tangible que ellos podían tocar con las manos, pues se daba el caso que tenían encima toda esa plétora de estrebejes de bronce, de ébano, de dublé, de palo de higuera, de pellejo de cabra, unos entubados, otros campanudos, estos enroscados hasta la desesperación y aquellos simples como dos patenas de misa de campaña.

Pero la verdad monda era que a los Guzmán, ni siquiera a Bartola que siempre andaba con la chispa adelantada, nunca jamás les había pasado por el pensamiento que algún día, en la tracalada de la existencia, iban a convertirse, de cabecera a culata, en el bolondrón de la tambarria. Y no podía decirse que no fueran soñadores, porque lo eran hasta de vicio; sin embargo en Cahuachi nunca le habían dado cordel a las ilusiones por el lado de la música, el zorongo y los tiroriros. No habían sido insípidos sino que Cahuachi, a través de las dominaciones sucesivas, se había ido convirtiendo en la imagen de la desolación; y ahí no existía, ni siquiera en retrato, toda aquella reata diversa de trastos admirables y de quitarse el sombrero que componían la utilería de una banda de música. El único instrumento que abundaba en Cahuachi, y que la poblada de indios, negros y mestizos estaban obligados a sobar de la mañana a la noche, era la lampa, la herramienta del infortunio que tanto lo perseguía al pobre. Y ahora que estaban encima del caballo, con los corimbos en ristre, ya no les quedaba otro recurso que empezar a tocar aunque fuera música de campito.

Gumersindo miró a Bartola, pero luego carraspeó y tomó el mando. Los hizo formar en tres columnas de nueve en fondo y sin escolta. Ninguno tenía molde de músico, pero había que verles el empaque y la resolución. Al fondo del cuartel los burros olisqueaban el aire un tanto alborotados.

Esclavos y cimarrones VII

Nada ni nadie pudo quitarle de la cabeza la idea palpitante acerca de la destiladera para elaborar aguardiente. No lo desanimaron ni las temblorosas advertencias de aquellos que, por los motivos más diversos y contrapuestos, habían sufrido, en el calabozo de la hacienda, las terribles torturas del cepo y de la barra. Ninguna confidencia con intenciones disuasivas logró hacerlo retroceder en sus afanes de destilador. Empecinado en su propósito de aguardentero, se las ingenió de mil maneras. En cualquier trasto barrigudo veía un posible alambique. Toda tubería sobrante podía servir para completar el serpentín. Así, metido en esa ventolera, se la pasaba de un lado para otro. Iba de la Ceca a la Meca, acompañándose siempre con un silbido melodioso que dibujaba palabras en el aire.

Tanto persistió en el afán, experimentando de una manera y de otra, que un buen día vio materializada su ambición. Había logrado, gracias a su obstinado empeño, un chorrito cristalino y franganciso, un líquido limpio como el agua más pura, pero con una fragancia que anunciaba altas y secretas virtudes. Por su nobleza visible y tangible, el chorrito parecía un líquido elemento elaborado con la quintaesencia del rocío matinal. Entonces, en medio de aquella circunstancia, quienes conocían la particularidad del hallazgo, se le acercaban sigilosamente a Miguelillo Avilés y le repetían en el oído la palabra inquietante: aguardiente. Le soltaban la palabra como si fuese una burbuja, especialmente las mujeres, las más calenturientas, esas que no se hacían las del culo angosto y que llamaban con franqueza a cada cosa por su nombre. Se le apegaban para hablarle hasta que él sentía en las orejas el roce de una lamidura de araña. Una lamidura leve que le dejaba en las orejas como una espumita. La espumita le bajaba por la espalda, a lo largo del espinazo, se le metía entre las honduras del trasero y luego, crecida y hormigueante, se le asentaba en las gónadas. Era, entonces, ya no una sensación liguera sino una apetencia carnal declarada.

Luego que hombres y mujeres empezaban a beber el codiciado líquido obtenido por los ardides aguardenteros de Miguelillo Avilés, ya estaban todos, en un cerrar y abrir de ojos, con el cuerpo encendido y lleno de culebras. En ese momento, atizado por el aguardiente, Miguelillo Avilés sacaba un pie hacia el costado, como la cosa más natural del mundo, sin ningún ademán especial, pero de ahí, de donde tenía el pie asentado en el suelo, comenzaba a brotar una cadencia redoblada.

Cuando Miguelillo Avilés se arremangaba el pantalón, ese gesto anunciaba el inicio de la tambarria. Blanqueaba los ojos, pelaba los dientes y, entonces, había que escuchar cómo hacía reventar el suelo con los pies desnudos; luego escobillaba con frenesí, después nuevamente brotaba la reventadera virtuosa. Miguelillo Avilés sudaba a chorros, pero eso no lo agobiaba sino, al contrario, lo encendía de entusiasmo y los ojos le relampagueaban con el fervor de la tambarria, tanto que por ratos parecía que echaban chispazos de pedernal que dejaban en la atmósfera madejas de humo. De repente soltaba la carcajada y eco, eco, eco, eco despuntaba con los pies un ritmo endemoniado que los sacudía a todos, hombres y mujeres, y se les metía adentro del cuerpo.

Ya con la víbora del aguardiente serpenteándoles entre pecho y espalda, todos le pedían a Miguelillo Avilés que soltara a los galgos. ¿Cuáles galgos, familia?, contestaba él y se descantillaba de risa. Reiniciaba el escobilleo del suelo con calculada parsimonia y esa era la señal que anunciaba una nueva danza. No aparecían los galgos, efectivamente, pero tampoco había necesidad de ellos. Quien asomaba en ese instante de perlas era la pescuezuda Narcisa Advíncula. Soltaba un guapido de negra disforzada y de entrada se arremangaba la falda como si fuera a pisar un charco. Tenía una cabeza fina y lustrosa, al final de un largo cuello de garza real, pero no era una mujer frágil, duros panes de carne bruñida llenaban su cuerpo de manera armoniosa. Había fuego y arrebato en sus movimientos. No era el meneo de sus nalgas lo más pernicioso sino su mirada embriagadora. Sus ojos, como los ojos de los ofidios venenosos, tenían una oscuridad profunda y letal que los volvía irresistibles.

De un día para otro, sin ningún género de anticipo, amaneció en Cahuachi la aterradora novelería de que aparte del cepo, aquel atroz tormento de presidio, doña Epifanía del Carmen había hecho instalar, en el calabozo de la hacienda, el terrible suplicio denominado la barra. Cocineras y lavanderas confesaban que habían escuchado el argumento patronal de que la nueva tortura iba a servir para ajustarles las clavijas a los respondones de cualquier laya y, así mismo, para apaciguarles el calentamiento de cabeza a los encantadores de serpientes que andaban despertando quimeras entre la peonada. Entonces Miguelillo Avilés, ducho en corazonadas y presentimientos, decidió que había llegado la hora de reventar el chupo. Sopesó la situación y adujo que el propósito de dicho escarmiento estaba encarrilado para quebrarle el ánimo a quienes pretendían mandarse mudar de la hacienda en acto de osada cimarronería o promover con zaragutas de laboratorio el garbanzal de la tambarria.

Sobre la polvorienta ranchería de Cahuachi zumbaba el mosconeo de que el siervo indio Saturnino Huamán, quien recibía como pago solamente la menguada ración diaria de comida y una remuda de ropa al año, andaba descifrando en las mazorcas de maíz pinto la señal para fugarse de la hacienda y regresar a su terruño de Uchumarca, en las cabezadas de Nasca. Durante las noches Saturnino Huamán leía también las premoniciones en las hojas de la coca. Había bajado hacia la costa, años atrás, cuando era apenas un niño desvalido y, desde entonces, se había criado en Cahuachi, apegado a la servidumbre que laboraba en la cocina. Luego, cuando tuvo fuerzas para valerse por sí mismo, se convirtió en el guardián encargado de los corrales, en siervo que no recibía pago en efectivo.

El rumor también aludía a Juaniquillo Comecome. Señalaba que el susodicho no se cansaba de darle manizuela a la tentación de cimarronearse de la esclavitud. Así jetudo y marcado con candela como se le veía, Juaniquillo Comecome había cavilado sosegadamente, igual que un docto filósofo, para después sacar en limpio que no quería vivir esperanzado en los dones que prometía la naciente república. Si andaba desesperado no era por falta de espíritu sino porque tenía en salmuera un desquite que ansiaba redondear. Pensaba que si se iba de Cahuachi por los caminos del cimarronaje, no debía hacerlo así nomás, a la de Dios, sólo con lo que llevaba puesto encima del cuerpo, que era apenas un pantalón de mísero tocuyo. Juaniquillo Comecome había madurado la intención de cortar a su regalado gusto una buena lonja del ubérrimo patrimonio que doña Epifanía del Carmen tenía en Cahuachi. Anteladamente les había echado el ojo a los dos mejores mulos que poseía la hacienda, el uno de silla y el otro de apero. Sin embargo el mentado esclavo sabía muy bien que aquellas dos ponderadas acémilas no compensaban ni siquiera en un ápice todo lo que él se había deslomado en la pampa, lampa en mano. Sabía y tenía bien claro en la conciencia que en cada surco había dejado los bofes; en cada jornada de sol a sol había vomitado los hígados; de manera pues que aquellos dos mulos significaban nada más que una mínima compensación que él debía tomar con sus propias manos.

Narcisa Advíncula, aparentemente tan disipada acerca de su destino, también soñaba con los legendarios palenques de cimarrones que en los alrededores de Lima habían vuelto a levantar bandera de guerra. Ella en su condición de dulcera experta, encargada de la repostería fina en la cocina de la hacienda, estaba enterada mejor que nadie de las hazañas y de los latrocinios que cometían los cimarrones en otras comarcas, en otros confines, empujados seguramente por la misma desesperación que en Cahuachi también se dejaba sentir.

Por tal motivo y de acuerdo al pálpito de la corazonada que además, para mayor evidencia, ya había aparecido escrita en los troncos carcomidos por la carcoma, Miguelillo Avilés se adelantó a los hechos y reventó el chupo. Narcisa Advíncula iba a pedir que le construyeran un fogón especial que sirviese únicamente para las necesidades de su menester dulcero. Como encargada de elaborar toda la retahíla de dulces que conformaban el repertorio inacabable de la ponderada cocina de Cahuachi, Narcisa Advíncula podía reclamar fogón propio. Para apoyar su petitorio recurrió a la chancharra de que el aroma de los postres no debía mezclarse con el olor de las viandas. El pedido parecía de lo más razonable y guardaba concordancia con la delicadeza del buen gusto. Pero en verdad todo aquel tejemaneje había sido urdido con hilo fino para que Miguelillo Avilés tuviese la oportunidad de entrar a la casa grande con el achaque de la construcción del fogón especial para la repostería. Una vez adentro del caserón, Miguelillo Avilés iba a tener la ocasion para soltarle con estudiada inocencia, a doña Epifanía del Carmen, los logros que él había alcanzado en el renglón de la destilería de aguardiente, no por vicio sino como una forma lógica de aprovechar mejor la abundancia de uva. Entonces, con aquel emplasto tan efectivo como un parche de árnica, iba a calmar la desconfianza que ardía en el ánimo de doña Epifanía del Carmen. Ella podía pensar, adormecida por el sosiego del cataplasma, que la zaraguta del aguardiente ideado por Miguelillo Avilés constituía todo el malestar que corría soterradamente por la ranchería de Cahuachi.

Sin embargo la situación no parecía tan sencilla, a tal punto que a Miguelillo Avilés le bastara abrir la boca para enderezar el mundo. Podía ocurrir que a doña Epifanía del Carmen le diese muy mala espina aquel industrioso afán que mostraba Miguelillo Avilés por la destilación de aguardiente. Entonces nadie sabía con certidumbre lo que iba a suceder. Si cuajaba alguna sospecha contra Miguelillo Avilés y sus argucias pervertidoras, él podía acabar en el calabozo, atrincado en la barra, condenado a pan y agua, para que con aquel rigor de presidio se le pasmaran las ocurrencias. Pero también podía suceder que el menudo artificio que conducía a la destilada fragancia de un aguardiente tan singular despertase la codicia de doña Epifanía del Carmen. No sería nada extraño. Aquel líquido elemento que parecía hecho con la quintaesencia del rocío matinal podía fácilmente despertarle la ambicia a cualquiera. Era verídico que en Acarí los hacendados más industriosos producían cañazo y huarapo de la cañadulce. El primero podía aspirar al grado de sacarroncha catingoso y el segundo nada más que al escalón de aguapié de mala madre. Pero el aguardiente de uva, qué duda podía caber, era, desde lejos, agua de otro cántaro; un néctar que hasta para el paladar de los dioses resultaba un bebestible sublime.

Trebejos de bronce

El maestro Toribio Huapaya, maleño, natural del distrito de Mala, sastre ancorado en el artilugio de voltear trajes de caballeros para otorgarles un segundo esplendor y, por extensión, masajista mentado de gallos espueléricos, pero antes que todo aquello, pitoflero insigne; él, don Toribio Huapaya, musicante de potrero y de academia, sopesó con ojos de buen cubero a los veinticinco hermanos Guzmán Avilés cargados ya con las alpatanas de la música y entonces se despojó del saco, una chaqueta de corduroy, todavía con calma, y enseguida se arremangó las mangas de la camisa como para pelear. A Gumersindo y a Bartola les hizo una añagaza de complicidad y les dijo que no se preocuparan, que lo secundaran en la operación para que aprendieran mirando conforme se estilaba en la antigüedad; en cambio, señaló, a los hijos iba a someterlos al rigor de las lecciones espartanas.

Como si los veinticinco hermanos Guzmán fueran aún unos chiuches, unos churres culinches, el maestro Huapaya los agarró de las orejas y los sacudió de cuajo, a uno por uno, para calentarles el oído y templarles el tímpano. Luego, sin darles respiro, los embrocó de hocico en una palangana con agua cargada de alumbre para pasmarles la jeta y que así, bien curtidos, con las bembas reducidas a la mínima expresión, pudieran alcanzar la embocadura pertinente que todo instrumentista boquillero necesitaba por exigencia imperdonable del oficio.

A Gumersindo y a Bartola el maestro Huapaya les señaló que no se preocuparan porque el requinto y el clarinete tenían boquilla con lengüeta de caña, fácil de embocar, pero que a los veinticinco marrajos, aun cuando no fuera imprescindible, había que ponerlos en salmuera de modo que se hicieran a la disciplina que exigía el artilugio musical. Después, el maestro Huapaya, asistido por Gumersindo y Bartola, continuó con los preparativos. A los veinticinco hermanos los hizo formar en fila india y les ordenó que se quitaran la camisa. Los tomó del cogote y les empapó la mollera con cataplasmas de vinagre para que con ese frescor el entendimiento se les abriera de par en par. ¡Vivo, carajo! les gritaba con voz de ajochador. Luego los zamaqueó con fuerza, y les repetía ¡vivo, vivo!, utilizando esa expresión andina que siempre le escuchaba decir a su mujer que era de Lucanas. Ya cuando los tuvo con los cinco sentidos bien afilados, recién los puso cara a cara con la verdadera situación, y sin más vainas, sin entrar en explicaciones bizantinas, los embarcó de porrazo en la ejecución de una octava completa. Enseguida los hizo marcar y medir la duración de los compases con el pie.

Ninguno de los Guzmán entendía nada, a pesar de que cada quien ejecutaba con rigurosa exactitud lo que se le indicaba, pero el maestro Huapaya los tranquilizó, les dijo que solos, en algún momento, iban a darse cuenta perfecta del sentido de ese latín que ahora les parecía sin pies ni cabeza. Ya más tranquilos, con el alma de vuelta en el cuerpo, todos los Guzmán, incluso Gumersindo y Bartola, formaron en tres columnas de nueve en fondo. Parecían unos parvuliches oleados y sacramentados después del primer día de escuela, y cada uno sentía, sin lástima, que ya podía morirse. Entonces el maestro Huapaya, transformado y enérgico, cortó las amarraduras del viento de un solo tajo, y ahí fue cuando sonó la primera taratántara de los músicos de Cahuachi, una reventazón breve, pero ajustada y armoniosa, de únicamente tres notas. Luego se hizo un silencio y nada más quedaron en el aire estancado de ese viernes 7 de julio, los suspiros frondosos de una nueva ilusión.

La dura y pautada jornada a través del plagal de la música, que habían recorrido a ciegas, llevados de la mano por don Toribio Huapaya, les despertó a los Guzmán el león de la apetencia y las candelillas de la curiosidad. Claro que el rancho del cuartel les quedaba corto para sus apetitos de tragaldabas, pero en todo momento habían preferido manejarse con mesura y conformarse juiciosamente con lo que les daban en el cuartel. Ya en la calle era otro cantar, ahí podían satisfacer sus antojos sin disimulo, sólo que no entendían a cabalidad qué ocurría con los tenderos, pues cada vez que entraban interminablemente en una pulpería bien surtida, con el propósito de comprar una arroba de galleta de agua, viente portolas entomatadas, el que despachaba lo tomaba a la broma y no movía un dedo para atenderlos, sino que les señalaba la tienda de la otra esquina porque decía que el negocio suyo era botica. En el otro establecimiento mercantil, el vendedor que tenía agarrada en la mano la vara de medir telas y un pie puesto en la escalera que utilizaba para alcanzar las estanterías más altas, tampoco les hacía caso en lo que pedían, a pesar de que se trataba de un batallón, y ya ni siquiera se daba el trabajo de indicarles otra tienda. Confundidos y sin saber a qué atenerse decidieron que era mejor contentarse con mirar las calles, los edificios, el tránsito, las luces, la gente, los lamparones de suciedad y de sufrimiento que asomaban por cualquier lado, como si Lima fuese, conforme decía el dicho, por encima flores y por adebajo temblores. Estaban en eso y ya no les interesaba entrar en ningún tambo, cuando de repente vieron un negocio lleno de gente que estaba entretenida tomando soda, no en vaso sino que chupaban de la botella con un palito blanco como palito chino, y todo fue que vieron aquello e inmediatamente ya tenían la garganta reseca que se morían de sed, seguro de lo que habían caminado de balde calles y calles, aunque podía ser también que todavía les duraba la sed de la sequedad del desierto. Entraron agarrados a cierta reticencia, por todo aquello que les había ocurrido antes, de manera que los tomó de sorpresa cuando se encontraron colmados de atenciones y tan bien servidos que ahí mismo empezaron a sospechar que les iban a cobrar por pisar el piso, tal cual había dicho en Cahuachi Teófilo Advíncula que sucedía en algunos negocios de lujo. Gaspar quiso salir de dudas y soltó la pregunta a través de su magia de ventrílocuo. Uno de los que atendía en el negocio volteó sorprendido, miró desconcertado el tumulto que formaban los Guzmán, dudó que la pregunta en tono de falsete hubiera salido de ahí y contestó al desgaire, con la idea de que la gracia había salido de otro grupo, que no sólo no cobraban por pisar el piso sino que tampoco pedían propina. Tanta disposición y tanta buena voluntad que mostraban los que atendían dicho negocio animó al venteado de Reimundo a pedir lo que tanto ansiaba desde la llegada a Lima. Había dicho que no le importaba si en eso se le iba todo el dinero que había juntado moneda sobre moneda en una angara que guardaba bajo la cama. Quería unos zapatos de trenzadillo, combinados en blanco y marrón, con suela volada, pespunteada con hilo de cáñamo encerado. Reimundo, aguijoneado por sus sueños de petimetre que aunque de talante montaraz había aprendido por pura intuición los mínimos detalles de la palanganada, embarcado ya en el tren de su gusto particular, llamó al hombre que les sirvió la soda y con énfasis de castellanista urbano le preguntó si le podía mercar a él, para su personal uso, un par de zapatos con tales y cuales virtudes, ni más ni menos. El mozo del establecimiento, un huaracino blancón y zalamero, de trato condescendiente, proclive a las corazonadas del destino, pensó, al tantear primero a Reimundo y luego al resto del grupo, que sencillamente se trataba de una cuadrilla de negros estrambóticos, de aquellos que se dedicaban al espectáculo de las mojigangas en los caseríos olvidados por la desidia del gobierno y, entonces, para no trabar la cuerda, le contestó de un tirón lo que le dictó el pálpito, un sonsonete de juego infantil que había repetido mil veces: ¿zapatos?, a la zapatería.

Lo evidente resultaba demasiado llano y sin resquicios para que el entendimiento adefesiero de Reimundo pudiera penetrar, pero para Melanio que había nacido después de una larga maceración de casi once meses, aquello resultaba tan claro que sólo necesitó fracciones de segundo para inducir y enseguida deducir la explicación obvia, el sentido manifiesto en la respuesta del mozo: en la capital de la república cada renglón mercantil, con las eventualidades propias del caso, tenía su establecimiento pertinente. Para mercar cinta de pretina, broches hembra y macho, mostacilla de chichilón, sesgo, zigzag, había un lugar aparente. Otro para quienes buscaban cera del pino contra el dolor de muelas, parche de árnica para sacar el frío, bórico para limpiarse los ojos de nubes y de legañas, alumbre que los hombres lo requerían para pulirse la quijada después del rasurado y las mujeres maliciosamente para ajustarse mejor los goznes de la delicia, jarabe de la señora Winslow para calmarles la molestia de la salida de los dientes a los bebés. Y hasta la soga para amarrar a los burros tenía su tienda especial que la gente de vocabulario fino llamaba quincallería y los de parla corriente nada más que ferretería. Con dicha luz lutrina que Melanio fue encendiendo con su lupa de analítico de chacra, los Guzmán sintieron que el alma les regresaba al cuerpo y entonces, risueños y con menos desconfianza, retornaron al cuartel de Barbones.

Pero ahí las cosas ya no estaban igual. El relente de la atmósfera del cuartel que normalmente hedía a sudor de mula, a pécora de recluta, a sebo rancio, a verija de caballo, a pólvora, se había vuelto algo indefinido, un tufo parecido al mal aliento de los abrumados por la angustia y la desolación. Al dirigirse a las cuadras vieron a los burros y al macho romo, no en la caballeriza que habían ocupado desde la llegada sino, amontonados en el rincón más lejano, mirando muy atentos la nada y con las orejas bien paradas. Los Guzmán sabían perfectamente que el presentimiento que les brotaba a los animales como un hervor adentro del cuerpo no se equivocaba jamás. En efecto, hacia la medianoche comenzó un sordo ajetreo de armas y de vituallas, luego en la madrugada sintieron la salida apresurada de contingentes. Las cuadras de la tropa amanecieron casi vacías, sólo quedaban los soldados encargados de relevar a la escolta del palacio presidencial y aquellos que se ocupaban de los servicios del cuartel, de los almacenes, de la veterinaria. Todos aquellos que se habían quedado mostraban el semblante ensombrecido y hasta parecía que hubiesen perdido el don del habla porque ante cualquier pregunta sólo contestaban encogiendo los hombros.

El cabo de rancho resultó aliviado de la agobiante tarea de cocinero burdo que lo exponía cada momento al calor y a la humazón de los fogones de buque, situación que no lo afligía tanto como el hecho de que en su quehacer logístico, por disposición de la superioridad y por la fuerza de la mala costumbre, no existiera el menor asomo de arte culinario sino una pura malevolencia matahambre. Reimundo Guzmán Avilés le invitó al cabo de rancho un puñado de garbanzos tostados que aún le quedaban del fiambre que había preparado todavía en Cahuachi y, con sus zalamerías de palangana, lo convenció para que se vistiese la indumentaria de rey de bastos y, más adelante, anunciara, tal como se estilaba en las grandes retretas de gala, cada una de las ejecuciones musicales que, para ejercitarse y para dar la lección, ellos iban a ensayar, dirigidos por el maestro Toribio Huapaya. Los Guzmán aún estaban verdes en el aprendizaje de los artificios de la ejecución instrumental, pero el maestro Toribio Huapaya los había metido de cachos y barba en ese negocio de aprender a las buenas y a las malas, pues en cualquier instante a ellos se les podía acabar el tiempo, a parte de que el maestro Huapaya ya tenía que regresar a sus labores de sastre ancorado en la diligencia de voltear al revés ternos de caballeros para otorgarles un postrer esplendor y retornar también a su afición de gallero masajista, debido a que el calendario festivo de la república, su vocación irremediable y otros sentimientos arraigados, así se lo exigían.

Vestido ya con sus andularios de rey dibujado en las barajas de adivinar la suerte, no en las vulgares que servían para jugar briscán, el abatido cabo de rancho le confesó a Reimundo que jamás en su vida había visto una retreta de gala y menos todavía un concierto de esos de ceremonial en los que decían que los músicos ejecutantes se vestían muy de chaqué negro con cola de guardacaballo. El había visto apenas una que otra verbena con banda de músicos de aquí te las traigo, que todo el aparato que exhibían no pasaba de una chirimía, dos bronces y un tambor rataplanero para meter alboroto. Reimundo fue hasta la cuadra donde tenía colgado su alforjón que le servía de guardadero del fiambre y de sus embelecos de la venteadez, y regresó con su cuchillo y su tenedor de plaqué. Le dijo al rey de bastos que aquellos adminículos del bien comer y de los finos modales eran obsequio de un antepasado que había sido escanciador y azofra mayor en la ponderada casa de Lúculo. Las dos piezas de metal blanco de fina apariencia llevaban en el cabo, en bajo relieve, un apretado racimo de cítaras y cornos, violines y flautas y, según explicaba Reimundo, habían sido hechas a mano por un orfebre filigranero del pueblo de Ayabaca, en el remoto departamento de Piura, donde don Lúculo Zapata tenía su gran palacio de la culinaria, adornado con una bandera colorada, y lo primero que le ponían al parroquiano en las manos, apenas entraba, era un plato de mate dibujado, colmado de zarandaja verde y ensombrerado con un puño de hilachas de peje seco. Con aquella jacarandina tangible de los cubiertos de plaqué y la historia de la casa de Lúculo no quedaba duda que Reimundo le había llenado la cabeza de expectativas al rey de bastos y éste aceptó, muy encantado, anunciar, tal como estaba vestido y con los mejores floreos que le brotaran en la mente, cada una de las ejecuciones del ensayo que ellos realizaran durante el día con el maestro Huapaya.

Bartola Avilés se hizo a un lado, el clarinete sostenido con la debida propiedad, conforme a las puntillosas indicaciones del maestro Toribio Huapaya, y contuvo con el relámpago de la mirada a sus veinticinco hijos para que Gumersindo Guzmán asumiera, por fin y sin darse cuenta, suave nomás como el arrullo de la paloma, el lugar que le correspondía en ese lance que les había salido al paso sin previo anuncio. Gumersindo Guzmán tenía agarrado el requinto como si fuese un lápiz de analfabeto entre sus dedos que verdaderamente parecían unas morcillas. Bartola Avilés mantuvo el tino, la piedra de toque del sentido común, y siguió acomodando de manera sutil cada pieza de la situación para que cuando el maestro Toribio Huapaya llegara al terreno de los hechos, el caballo estuviera aparejado y listo para hincarle las espuelas en los ijares de la resolución. Gumersindo Guzmán veía desde su lugar de privilegio el pintoresco abanico de musicantes silvestres que resultaban insólitos aun para una imaginación desaforada.

Los tres clarinetes restantes permanecían alertas, cada dedo en la llave respectiva. Las boquillas, como era de rigor, aparecían cubiertas con el vasito de dublé que hacía de tapa lujosa, pero por supuesto que aquello no era óbice para que cada uno formara de memoria la embocadura pertinente del artilugio musical chupándose por dentro de la boca los carrillos: Genovevo siempre al pie de la letra, Fernando con la destreza impecable de brujidor, Pánfilo por lo consiguiente. El pistón refulgía bien predispuesto en su aspecto de trompeta de juguete que iba en consonancia perfecta con la envergadura menguada de Quintín. La tuba les hacía sombra a todos los demás instrumentos con su enorme campana de alarde y adebajo de tal desmesura Miguelón hinchaba el pecho pensando en el demonio que vomitaba candela. Rodulfo enroscado en el contrabajo, compenetrado en sus intenciones, no se hacía problemas con la embocadura, que en ese caso era basta, y menos todavía con las tres llaves de las notas, pues para eso contaba con el auxilio oportuno de su mano santa. El quinteto de bajos y barítonos, aquellos vientos de bronce que según el maestro Toribio Huapaya debían constituir el alma en el preludio de la marinera, con sus graznidos de huerequeque ronco, los cinco dichos aparatos vocingleros aparecían emplazados con tanta predisposición que ya semejaban un quinteto legítimo, oleado y sacramentado, sólo que las cataduras montaraces que exhibían Reimundo, Epifanio, Casimiro, Adelfo y Marcelino, sembraban el incordio de la duda. De los cinco pretendidos musiqueros, cada quien poseía una virtud bien perfilada, y eso era lo importante, había dicho también el maestro Toribio Huapaya, porque para que algo resultase admirable y de quitarse el sombrero, bastaba que tuviera una única virtud bien definida. Calisto con la cornamusa en los brazos flotaba como si estuviera sobre las olas del mar, mecido por su sabiduría náutica. En cambio los trombonistas pisaban tierra y medían de soslayo sus impulsos a pesar del aguijoneo incesante de ciertas apetencias obscuras que a Santiago le revivían el olor entreverado y perverso de la comida de sapo, a Bartolomé el crujido manso de las espinas bajo sus pies acorazados, y a Tobías el sonido de la palmeta del castigo escolar que reventaba en su mano rajatable. Y las cuatro trompetas lucían el delicado perfil y la apretada boquilla que encandilaban a los profanos a primera vista, pero que para los aprendices constituían una verdadera tortura. Gaspar pasó el escollo valiéndose de sus artificios soterrados y del alivio de la mantequilla cacao. Espíritu persistió gracias a la magia de los chirimacos que le calmaban la inflamación de los labios y le bajaban la hinchazón de los agallones. San José nadó contra la corriente, pues no quería aceptar que la embocadura constituía una obligación perentoria, previa a cualquier ejercicio de trompetista, pero al final, de tanto soplar a la diabla y sin concierto, acabó con un callo en la bemba, un callo empecinado como un juanete, que en la práctica no era otra cosa que la más plausible de las embocaduras. Atanasio, sereno y sin desesperarse, con el convencimiento de que el ser humano era definitivamente imperfecto, inventó el método más rápido y seguro para alcanzar, con dosificado martirio, una embocadura tan perfecta que era un atributo de ponerse y de quitarse. Los saxofones se habían ubicado a continuación de los clarinetes. Melanio hiló fino en su raciocinio y acabó por establecer, meridianamente, que para dominar el saxofón y todo su barullo de llaves, no había que romperse la cabeza como un necio sino pensar únicamente en las siete notas del pentagrama. Ananías, ilusionado con la posibilidad idiomática del saxofón, asintió de buena gana y muy contento se embarcó en esa sugerencia. Lo mismo hizo Teodolindo que se dejaba llevar por su instinto de cascabel alegre. El tambor estaba en primera fila, sostenido por Jesucristo que parecía ausente de la situación, a pesar de que movía entre los dedos, con naturalidad y destreza, los dos palitos de redoblar. Para Obdulio que era trompeador y de armas tomar, el asunto de tocar el bombo ya estaba resuelto y no había que buscarle tantos misterios. Cresencio se dejó contagiar del mismo criterio, a pesar de que el maestro Toribio Huapaya ponderaba siempre la enorme importancia del bombo y el valor puntual de los platillos. La verdad era que Obdulio y Cresencio, ambos y cada uno, se creían ya unos músicos oleados y sacramentados.

El rey de bastos, Pedro Mugruza, cabo de rancho del cuartel militar de Barbones, desde un sitial preparado exprofeso, anunció con audible esmero la llegada oportuna del maestro Toribio Huapaya, pitoflero insigne, para dirigir el ensayo solemne de la banda de músicos de Cahuachi. Los pocos soldados y oficiales que aún quedaban en el cuartel de Barbones formaron un cordón expectante detrás del emplazamiento de los aprendices embarcados en la trocatinta de hacer sonar una banda de instrumentos de viento y percusión. El maestro Toribio Huapaya, sin asomo de batuta alguna, sólo con los brazos en candelabro y los dedos a punto de papirotazo, le echó un ojo a Gumersindo Guzmán que tenía el requinto a flor de labio y la mirada de toro encima de su gente. El maestro Toribio Huapaya hizo sonar los dedos y entonces como si ambos hubiesen estado pensando con la misma cabeza, Gumersindo Guzmán golpeó dos veces el suelo con el pie derecho y luego exclamó: ¡Uno! La taratántara de una música caudalosa y bárbara, como un bolondrón enceguecido, recorría a trompicones los meandros complejos de la armonía. Los pocos oyentes y aun el maestro Toribio Huapaya escuchaban con el corazón en la boca, esperando que en algún momento ese bolondrón se desbarrancara, pero avanzó dando topetazos y cuando llegó al final del escabroso camino Gumersindo Guzmán miró de reojo al maestro Toribio Huapaya y éste le indicó con un imperceptible movimiento de cabeza que sí. Entonces Gumersindo Guzmán tomó las riendas del caballo que ya quería desbocarse y lo hizo dar la vuelta para regresar por el mismo camino: ese preludio de la marinera norteña "Huaquero viejo" que de un de repente Rodulfo Guzmán Avilés, el manosanta de la familia, había empezado a tocar de corrido por simple intuición y de puro oído, impromptu que primero fue rechazado, pero luego todos los Guzmán, pese a las reticiencias del maestro Toribio Huapaya, comenzaron a imitar con loco arrebato que finalmente le cayó en gracia al sastre, gallero y músico que a veces pasaba sin transición de la rígida normativa de la melopea académica a los exabruptos de potrero, a la inventiva libre del freno de la jáquima y del cabestro. Por esa razón fue que el maestro Huapaya aceptó las evidencias: los Guzmán, de cabo a rabo, habían aprendido de porrazo, aunque sin saber cómo, a tocar el preludio de la marinera norteña "Huaquero viejo", canción que era el alma en las fiestas populares que se celebraban en la costa. El sería un roñoso académico resentido, un sarna de estrecho criterio, si no aceptaba la realidad y le sacaba provecho a esa natural predisposición de los veintisiete aprendices.

Así como lo pensó el maestro Huapaya, así mismo lo hizo. Les preparó un ejercicio melódico que partía de aquello que los Guzmán ya sabían. Entonces podía enrumbarlos por el camino de la ejecución racional. El maestro Huapaya pensaba que en la música, así como en cualquier acápite de la vida, los arranques locos no debían ser únicamente flor de un día o colorinche de engaño.

Ahora, los veintisiete Guzmán, el padre, la madre y toda la reata de hijos, estaban caminando por la raya de la ejecutoria musical en gran forma y brillante estilo. De modo que al maestro Toribio Huapaya, pitoflero insigne de academia y de potrero, no le quedó más remedio que mirar con entera complascencia a sus discípulos que ya regresaban, muy campantes, confundidos con las alpatanas de la música, pisando en las huellas que ellos mismos habían marcado en el viaje de ida de ese ejercicio musiquero.

Pedro Mugruza, el rey de bastos, investido con sus

galas de alto lirio, tomó por su lado la iniciativa para anunciar con los aderezos más rimbombantes no sólo el inicio de cada ejecución sino también el final con una cola de adornos verbales que se prolongaba lo suficiente como para que los propios Guzmán, después de cada ejercicio, pudieran solazarse y hacer una pausa como si se estuvieran viendo en una película, antes de retomar el entrenamiento.

Todo resultó perfecto, pero había en el aire de caletre algo sospechoso. El maestro Toribio Huapaya no les dio a los Guzmán mayores explicaciones cuando, todavía con el clarinete en las manos, Bartola Avilés le preguntó, sin dejarle resquicio para la escapatoria, que qué cosa estaba ocurriendo en el cuartel de Barbones y qué demonio se estaba pudriendo afuera, en algún lado. Ella tuvo que sacarle las palabras de la boca, con cuchara, de una en una. Así, a puchos, el maestro Toribio Huapaya les dijo que él solamente estaba enterado que se hablaba de un levantamiento en el norte, una rebelión de la peonada que trabajaba en los cañaverales y en las plantas azucareras, que la ciudad de Trujillo se había alzado contra el gobierno, que el cuartel militar Donovan estaba en manos de los rebeldes. Luego el cabo de rancho, Pedro Mugruza, les confió que a los soldados los sacaban del cuartel sin decirles qué destino los esperaba, pero que salían con todos los pertrechos propios para la guerra.

—Entonces qué hacemos nosotros aquí como unos menguados —dijo Bartola Avilés Chacaltana estremecida por el recuerdo de la lucha tenaz que los campesinos habían librado en Nasca, en Ica, contra los hacendados y las fuerzas del gobierno.

Esclavos y cimarrones VIII

Así fue. Miguelillo Avilés, premunido al detalle de todas las ínfulas pertinentes al oficio de alarife, entró a la casa hacienda para construir el fogón dulcero. Ingresó precavidamente adelantando en primer lugar el pie derecho y, para mayor garantía de que en tal aventura lo alumbrara la buena suerte, recitó mentalmente la oración del justo juez con la misma vehemencia que ponía cuando iba a cruzar un río torrentoso o cuando se trataba de atravesar a medianoche un monte plagado de jarjachas y estremecido por el graznido terrible de las bichías. Una vez que se posesionó del lugar donde iba a construir el nuevo fogón, Miguelillo Avilés desplegó la tracalada adefesiera de su ingeniería empírica. Marcó los puntos sustantivos, aseñaló el contorno y el entorno juiciosamente y, después, distribuyó cada recurso conforme a las pautas que establecía la maestría de obra en el capítulo de la construcción civil. Escaldado por el embrollo que condenó a los alarifes que habían intentado, con soberbia, levantar hasta el cielo la torre de Babel, Miguelillo Avilés decidió trabajar cautelosamente y sin ayudantes. Estaba en los prolegómenos del asunto, disponiendo las precauciones antes de meterse de cachos y de barbas en el tramojo de la construcción, cuando apareció, muy campante, doña Epifanía del Carmen. Estaba muy fachosa y sostenía en la mano derecha, más por prosa que por necesidad, un abanico adornado con figuras de concheperla que parecía el prodigio de algún artífice chino. Entonces el curtido alarife perdió los estribos. Tan sólo de ver la elegancia señorial que ponía en cada movimiento doña Epifanía del Carmen a la hora que se venteaba la cara con el vistoso abanico, Miguelillo Avilés perdió los estribos y se le desató una tembladera que le sacudía las piernas peor que si estuviese con fiebre terciana. Necesitó pisar fuerte y golpear el suelo con el talón para espantar la timidez. Al final logró componerse en la cara y en los ademanes una serenidad postiza pero bien ajustada a las circunstancias.

En el momento que doña Epifanía del Carmen soslayó referirse a las particularidades del fogón dulcero, Miguelillo Avilés se puso en guardia. Por afuera mantenía el mismo semblante de sujeto entendido y juicioso, capaz de desenvolverse sin tropiezos en los catorce oficios, sin embargo por dentro sentía que se le desataban las amarraduras del cuerpo. Ya no le quedaba otro camino que soltarle a doña Epifanía del Carmen el toro prosaico de la verdad sobre el aguardiente, pero tenía que acicalarlo con las maravillas legendarias del unicornio. De modo que Miguelillo Avilés afiló en aquel instante la punta de la alezna para perforar primero el agujero de cada puntada y luego le untó sebo al hilo de cáñamo. Había aprendido a manejar las palabras con brillo y nobleza. Cuando doña Epifanía del Carmen insistió en aquello del aguardiente, Miguelillo Avilés mojó con saliva el extremo de la hebra, la puso en el agujero, la empujó con la alezna y en ese momento confuso y deleznable comenzó a hablar de caldos y de mostos, de fermentar y de empajolar, de alquitaras, cucúrbitas y alambiques, de alquermes y serpentines, de grados y de transparencia, con tanta elocuencia y naturalidad que cualquiera podía creer que él, en persona de carne y hueso, había tenido a su cargo la mayordomía de los bebestibles en la casa de Lúculo.

Doña Epifanía del Carmen rodeada por un halo de suficiencia, cerraba y abría el abanico, etrac, con una destreza perfecta, etrac, igual que si barajara en el aire un mazo de naipes. En las figuras de concheperla que adornaban el abanico aparecía el unicornio legendario. Ella extendió la mirada a través del ventanal y vio el verdor polvoriento de los algodonales y detrás sucesivas hileras de viñedos. Suspiró sumida en algún encanto que parecía remoto y luego apaciblemente, como si bordara en el aire un suspiro de nostalgia, pronunció la palabra alquitara, y enseguida dijo alquitarado, mosto alquitarado. Entonces Miguelillo Avilés le ajustó el aparejo al unicornio, lo acicaló con habilidad preciosista y sin más tramites lo soltó al ruedo.

Doña Epifanía del Carmen contempló absorta el pomito lleno de aguardiente que Miguelillo Avilés extrajo del bolsillo. Era un líquido cristalino y transparente, como el agua pura, que más parecía la imagen de la inocencia. Su aspecto limpio no dejaba ninguna sombra de duda de que se trataba de un producto noble, elaborado con estricta sabiduría. Cuando doña Epifanía del Carmen se enteró que para lograr el susodicho aguardiente no era suficiente la buena voluntad sino que se requería del concurso tenaz del arte de la destilería, inmediatamente le tomó la palabra a Miguelillo Avilés y exclamó con entusiasmo:

—Me interesa, me interesa.

Empezó entonces la acucia obstinada para alcanzar en esa misma temporada de uvas la ansiada elaboración de aguardiente. Al principio el ajetreo para poner en pie los armatostes de la destilería parecía nada más que un revoltijo sin cola ni cabeza que daba vueltas sobre sí mismo sin ton ni son, exactamente como les había ocurrido a quienes tuvieron la osadía de querer edificar la torre de Babel. A pesar de que la incredulidad se desparramó como la viruela negra, Miguelillo Avilés mantenía firme el empeño que se lo había templado con candela y se multiplicaba en pedazos más rápido que el chicotazo de un rayo, con distinta apariencia cada vez: albañil, carpintero, soldador, hojalatero, pinche ayudante. Se desplazaba incesantemente, igual que la hormiga viajera, de un lado para otro, llevando consigo un racimo de herramientas de la más diversa laya y que además tenían el prodigio de que se transformaban, así como el gusano feo que se volvía una mariposa linda. Lo hacían según la urgencia y la clase de trabajo. Del martillo que servía para aplastar un remache salía también el cautil para soldar. Sin embargo doña Epifanía del Carmen contemplaba, sin muchas ilusiones, la trifulca que desbordaba la ranchería de Cahuachi. Miraba desde los ventanales de su caserón y no podía evitar el desencanto y la idea sombría de que se estaba volviendo loca; y lo peor, una loca mansa, porque ni siquiera se le daba por tirar piedras; a quién además, pensaba ella.

Pero al poco tiempo el desbocado ajetreo se fue sedimentando, del mismo modo que el agua turbia cuando se le ponía una penca de tuna, y entonces adquirió, meridianamente, el obstinado fragor de una contienda cuerpo a cuerpo. A la luz del día, claro y con sol, la obra empezó a cobrar forma de una manera tan manifiesta que había que restregarse los ojos para comprobar que se trataba de una fábrica asentada en el suelo de la realidad y no de un mero sueño. Ya se podía vislumbrar, perfectamente, la poza del lagar, el basamento para el alambique de cobre festoneado de remaches, los tijerales de huarango que iban a sostener el serpentín de hojalata y el ingenioso panal de enfriamiento que, efectivamente, era una copia gigantesca de un panal de avispas. Recién, entonces, a la propietaria de Cahuachi le volvió el alma al cuerpo; pero no sólo recobró la cordura y el encanto, el caso era que también la cabeza se le llenó de avideces.

La uva más asoleada y dulce fue señalada por Miguelillo Avilés como la apropiada para la destilación. Indicó los parrales que le parecían los mejores para el caso y durante tres días se desató el trajín de los cargadores, a pie y en burros, desde las chacras hasta el lagar. Después les tocó el turno a los pisadores. Los elegidos aplastaban la uva con sus pies de adobe, sin quebrar la pepita ni machacar el racimo porque, según Miguelillo Avilés, ese jaboncillo que contenía adentro la semilla de la uva era lo que bajaba la calidad del aguardiente. El mosto fue trasegado, puesto en cría y en reposo para que alcanzara el punto que requería la destilación. Cahuachi empezó a vivir trasminado por el olor del mosto fermentado. Todo el mundo hervía en la expectativa por saber lo que iba a ocurrir. Miraban al causante de la situación, a Miguelillo Avilés que a veces se quedaba como dudando, alelado, sin tener a quien consultarle, entregado únicamente al consuelo de rascarse la cabeza y mirar las musarañas.

Cuando en la polvorienta ranchería de Cahuachi ya no quedaba sino una pátina de tinte reseco en las paredes del lagar, por fin parió Paula. Por el pico del serpentín cayó, cristalino, el primer chorro todavía tibio de un aguardiente de pura uva. Entonces nuevamente el caserío se lleno de un aroma ardiente que trascendía a uva, pero que también olía a fuego vivo, a esencias que parecían brotar de las entrañas de la tierra. Miguelillo Avilés y doña Epifanía del Carmen comenzaron a encorchar, con tapones de alcornoque legítimo, las primeras botellas de aguardiente. La mayor parte del líquido elemento obtenido en la primera alambicada fue puesto a reposar en botijas de barro cocido para que empezara a criar cuerpo y espíritu y todas las virtudes que debían adornar la nobleza de un buen aguardiente de uva. Metida de buena gana en dicha faena, doña Epifanía del Carmen se consideraba ya la gran dama de la destilación fina. Se miraba en el espejo, en una posición medio de perfil, lo que los retratistas llamaban tres cuartos, y se imaginaba que así, llena de señorío y muy pulida, iba a aparecer su figura en la etiqueta de las botellas más selectas del nuevo aguardiente, tal y conforme aparecían en las suyas, muy elegantes, las viticultoras francesas madame Clicquot y madame Pomméry.

Recién estaban en el inicio del camino, pero doña Epifanía del Carmen ya no pisaba en el suelo sino encima de las nubes, gracias a toda la pompa que le daba el hecho indiscutible de que ella había iniciado en Nasca la industria de la destilería, con el mérito mayor de haber inventado y sacado de la nada las instalaciones. En un santiamén aprendió a distinguir al ojo la calidad de un buen alcohol. Una sola vez había recibido la lección que le dio Miguelillo Avilés, mostrándole las claves del secreto, y luego ella obraba igual que los entendidos, con una desenvoltura de catadora experta. Agitaba el líquido elemento que estaba adentro de la botella y enseguida lo miraba a contraluz. Si se formaba en el aguardiente cristalino un cordón de burbujas que subía desde el fondo del envase como un buscapique arrebatado, entonces esa era la mejor patente de categoría que aseguraba, ciento por ciento, que se trataba de un destilado de alta calidad. A Miguelillo Avilés le gustaba cuando doña Epifanía del Carmen sacudía la botella para reconocer la nobleza del contenido. Tanto le gustaba verla en ese empeño que siempre se hacía el acomedido y con presteza le alcanzaba otra botella, no porque tuviera interés en las bondades del líquido sino para ver cómo le palpitaba a ella la carne cuando entusiasmada repetía la prueba del cordón de burbujas. Era un temblor vivo y la cola de su vestido de seda quedaba meciéndose, infinitamente, desparramando hacia los cuatro vientos una fragancia provocadora.

Retreta

Los Guzmán regresaron a Cahuachi por otro camino. Se olvidaron de la ruta que iba y venía apegada a la orilla del mar océano y tomaron el rumbo por la carretera que el gobierno había hecho abrir, a golpe de pico y de pala, bajo el amparo soberano de la ley vial que obligaba a los pobres a romperse los lomos gratuitamente de grado o fuerza. Desde un inicio, cuando tuvieron que sopesar las ventajas de cada uno de los caminos, se dieron cuenta y sacaron en limpio que la enredada travesía que iba caleteando de pueblo en pueblo podía resultarles muy provechosa si ellos querían salir de una vez al ruedo de la retreta pública con todos los increíbles chirimbolos de la música que llevaban consigo. Hasta los burros, sin excepción, pulieron entonces el trote y avanzaban con la cadencia de un paso triscado que no era el mixolidio de la pachocha ni el sonsoneo de la repetición sino un ritmo percutido a cuatro golpes.

Con toda la parafernalia de instrumentos que llevaban encima, más la presencia de mariscala de campo que exhibía Bartola Avilés, no había forma de que los

Guzmán pasaran inadvertidos. Apenas asomaban a un pueblo, inmediatamente les salía al paso la novelería de la gente para convencerse de que aquellos mojinos berenjenudos, abrazados de los atabales de la tambarria, eran positivamente de carne y de hueso. Y desde un principio se curaron del susto porque en Lurín, mientras dudaban si se apeaban o no, las mujeres que manejaban ahí el negocio de los chicharrones de puerco se aflojaron la mesura de la discreción, se echaron a la espalda las conjeturas de la insidia, y los abajaron en peso del lomo de los burros. Sólo a Bartola Avilés la respetaron y dejaron que ella por sí propio, con sus artificios de cabalgante curtida, pusiera por su cuenta los pies en el suelo. Entonces los Guzmán tuvieron que florearse con lo poco que tenían aprendido. Pero el asunto no se detuvo en esa demostración, pues alguien corrió la voz de que por fin, Dios mediante, las chicharroneras que manejaban en Lurín desde la antigüedad el enjundioso negocio de la fritanga de cochino, iban a colocar la primera piedra de la restauración de la desportillada iglesia del pueblo construida en los tiempos de la colonia. Con ese motivo era que habían llamado a todo aquel desaforado batallón de músicos. Crédulos e incrédulos, cada quien en lo suyo, atizaron la celebración del ceremonial. Rodulfo, dejándose llevar por el pulso de su mano santa, improvisó en el contrabajo una cadencia piadosa que Miguelón iba marcando adetrás con el ronquido del bombardón, de modo que el bombo de Obdulio y los platillos de Cresencio ya tenían el terreno aseñalado. El quinteto de bajos y de barítonos matizó la cadencia y les dio entrada a los clarinetes.

Cuando la cadenciosa melodía, supuestamente sacra, de pura cepa gregoriana según Melanio, principiaba a morderse la cola y Gumersindo Guzmán no encontraba el modo de pararla, ni de encaminarla por otro rumbo, Jesucristo salvó la situación con un repentino redoble que apagó todos los sonidos y se quedó solitario en una especie de soliloquio virtuoso que poco a poco fue perfilándose en el repiqueteo que servía como llamada para empezar el conocido preludio de la marinera norteña "Huaquero viejo". Aliviado del peso de las circunstancias, Gumersindo Guzmán desparramó su mirada de toro por encima de toda su gente y, entonces, el contrabajo de Rodulfo volvió a sentar la pauta de esa música de tambarria que había vencido incluso la reticencia del maestro Toribio Huapaya. Eso sí ya sonaba a fiesta.

Ahí fue cuando por primera vez en la existencia terrenal se les conmovió el bolsillo a las reinas de la fritanga y antes que el santo San Juan bajara el dedo ya estaban desatando los nudos de sus caudales para entregar, en ceñida competencia, el aporte que durante tanto tiempo habían prometido en pro del revestimiento de la iglesia que de tan desportillada ya no parecía un templo sino el palomar del olvido. Y ese acontecimiento iba a marcar, sin duda, una raya en el cielo de Lurín: el día que a las reinas de la fritanga se les había rajado el codo de la tacañería. Así lo dijo, valga la franqueza, el sacristán de la iglesia, don Silverio Chumpitaz Caycho que se acercó puntual y oportuno, y se puso a las órdenes de Gumersindo Guzmán con una botella de aguardiente destilado en la hacienda Cuatro Bocas, un pisco fragancioso de uva moscatel. Alguien alcanzó un vaso marca herraje, pero don Silverio Chumpitaz Caycho señaló encandilado el tapón de dublé que protegía la boquilla del requinto de ébano que Gumersindo sostenía en las manos y argumentó con sabiduría bibliófila que aquel adminículo florecido de coruscas y arrequives de alta orfebrería, en su delicadeza y primo-

239

rosa apariencia, era semejante a la vasijería sagrada de la eucaristía, pero resultaba más idéntico aún, en tamaño y forma, al copetín de plata Sterling que utilizaban los catadores de aguardiente más ponderados, aquellos cuyos gañotes de oro solo necesitaban una ligera mojada con el licor respectivo para determinar en el acto calidades excelsas que merecían el copón divino o calamacos encubiertos que a pesar de la apariencia noble no valían ni para ofrecerlos en cacharro de soldado. Res non verba, dijo don Silverio Chumpitaz Caycho y descorchó con una alezna la botella de aguardiente, enseguida se la entregó a Gumersindo Guzmán para que él con su gañote atiplado de murguista selecto diera el veredicto sobre la calidad de aquel destilado de uva moscatel.

De la probadera mínima pasaron luego al despliegue de acatamientos mayores. Se terminaba la botella y al instante aparecía otra. Reimundo Guzmán, muy orondo, repetía en cada brindis la frase en latín que había pronunciado el sacristán, en la creencia de que se trataba de una manera cultivada de decir ¡salud! San José le sacó brillo a su trompeta y, soltando entre dientes una apreciación reticente, puso en tela de juicio que aquella frase, res non verba, manida ya por la repetición de Reimundo, fuera latín. Espíritu que como trompetista, y sin necesidad de aquello también, siempre estaba próximo a San José para contradecirlo, opinó que sí, que la frase parecía uno de esos dicharachos que soltaban los curas en la santa misa. Ananías que seguía prendido en su empecinamiento de hacer hablar quechua al saxofón, señaló que por lo menos dicha frase no pertenecía a la lengua nativa de los gentiles ni al habla imperial de los incas. El análisis silvestre de Melanio, valiéndose quién sabe de qué cotejos, llegó a la definición de que sí era latín y aun se arriesgó a postular que tal vez podría significar: la vaca no habla, afirmación que le dio a San José suficiente asidero para seguir pensando que aunque dicha frase fuera latín en verdad, Reimundo resultaba sencillamente un necio que en lugar de tocar el bajo debía soplar el alto porque así iba a poder vivir a su gusto entre las nubes y los arcángeles, eso que a él, que podía reclamar la patente de santo, le hinchaba terriblemente las pelotas.

Los Guzmán podían haberse quedado eternamente en Lurín, pero en resumidas cuentas las reinas de la fritanga pensaron con el bolsillo y así como los abajaron en peso del lomo de los burros, de igual manera los volvieron a montar, excepto a Bartola, para que se fueran con su música a otra parte. La gente del común, sin embargo, los cargó de regalos y de bastimentos, luego los acompañó hasta que cruzaron el río y se perdieron en la lejanía polvorienta.

Todavía les costaba mucho trabajo para reconocerse ellos mismos en el oficio de zarabandistas repentinos, cuando los Guzmán se encontraron de buenas a primeras con unos contrincantes bien afiatados que los estaban esperando en la plaza de armas de la ciudad de Pisco. Eran unos cachimbos, algunos cetrinos y otros tan prietos como el carbón, vestidos de azul marino y todos con kepi de ornamento en la cabeza que ya parecían militares de alto comando. Tenían adetrás suyo a todo el pueblo que los alentaba con cerrada insistencia. Bartola Avilés Chacaltana los contó y eran nada más que catorce, enseguida los tanteo de pies a cabeza y les encontró todos los defectos propios de la virtuosa deformación profesional, de modo que cualquier intento de entrar en contrapunteo con ellos iba a resultar no sólo vano sino ridículo.

—Aquí no se trata de hilar fino—dijo Bartola Avilés dirigiéndose a su gente como una verdadera mariscala de campo a la hora de la batalla decisiva—. Tenemos que dorarles la píldora.

Dio un guapido eléctrico que abrió el cielo de Pisco en dos y toda la concurrencia que se encontraba ahí en la plaza de armas, alentando a esos músicos uniformados que eran los músicos de la banda de la base naval de la marina de guerra, vio pasar por los aires una bandada de parihuanas con los colores rojo y blanco de la bandera, tal y conforme las había visto pasar, un siglo atrás, el general argentino don José de San Martín. Después la concurrencia admiró absorta la descabalgadura de artificio que exhibió Bartola Avilés Chacaltana y la concordancia perfecta con la que le respondieron los veintiséis Guzmán al apearse de sus acémilas con los chirimbolos de la música en las manos. La concurrencia esperó con la boca abierta el siguiente número. Entonces Bartola, recordando las enseñanzas del maestro Toribio Huapaya, los hizo formar como parvuliches, colocó en el frente a Gumersindo Guzmán, les acomodó el talante a cada uno igual que si fuera a tomarles una fotografía y ahí los dejó asoleándose en medio de la plaza, dispuestos sin disculpas para alcanzar la gloria o el escarnio.

No solamente ganaron la gloria. El caso fue que en la mentada ciudad de Pisco que tenía su franjazú, su muelle de hierro, su tren de carbón y su municipio mozárabe, los Guzmán se ganaron, mondos y lirondos, un lugar en el corazón de la gente. Ellos habían sentido la mirada de relámpago que salía de los ojos de Bartola Avilés y comprendieron que ahí, frente a los catorce músicos de la marina de guerra, tenían que jugarse el pellejo sin pestañar. Todo estaba dispuesto para el contrapunteo. Al frente tenían a los contrincantes que metidos en sus uniformes azul marino se derretían con el calor y enseguida la leonera del tumulto de gente; adetrás estaba el ruido del mar que los ajochaba de ida y de regreso; arriba en el firmamento haraganeaba el sol en medio de un cielo de vidrio descolorido sin una sola nube. Los Guzmán no cruzaron palabra alguna entre ellos, sólo miradas con candela, como miradas de diablos, ni tampoco repartieron las hojas de papel escritas en chino que los músicos de la marina de guerra se ponían en la espalda sujetándolas en el cuello con pericotes de tender ropa. Nada distinto al relampagueo de las miradas absorbía a los Guzmán. Entonces Gumersindo golpeó el suelo dos veces, con tanta fuerza que remeció la tierra igual que un temblor, y antes que la gente saliera de la sorpresa ya había gritado ¡uno! y el rugido ensordecedor de los veintisiete instrumentos envolvió al pueblo en el torbellino de la tambarria.

Los bronces, esos trombonistas, esos trompetistas, soplaban con tanto furor que la vida les saltaba por los ojos y ya parecía que iban a reventar, mientras los clarinetistas y los saxofonistas soplaban con los ojos cerrados como entregados al ensueño de una pasión. Estaban tocando lo único que sabían más o menos, el preludio de la marinera norteña "Huaquero viejo", pero lo hacían con tanto fervor que sonaba igual que si en aquel momento ellos estuviesen inventando de nuevo la música. Si hasta tal día los pisqueños no habían escuchado nunca el legítimo clamor del mar, ese clamor de dolor y de fiesta, de amor y de pena, ahora tenían ahí el torrente intenso que brotaba de la cornamusa que Calisto hacía llorar y reír, pensando en el incansable ir y venir de las olas del mar y en el laberinto infinito de los caracoles diluvianos que desde niño había encontrado en las huacas del tiempo de los gentiles. Y por encima del torrente de la cornamusa sonaban los trombones de vara con sus berridos de chivo. Santiago Guzmán le ponía al sonido y al mete y saca de la vara todo el ardor licencioso que a él le sugería esa parte de "Huaquero viejo" que decía: cova, cova, cova al anochecer/ cova, cova, cova al amanecer. Bartolomé gozaba tratando de lograr lo imposible: romperse el pellejo invulnerable siquiera una vez en la vida, y el estampido de su trombón zamaqueaba a su gusto a la concurrencia. Tobías tenía la certidumbre de que en cualquier momento iba a rajar la torre mozárabe del municipio con el berrido de su trombón, antes que a él se le cuarteara la jeta que se la había curtido con ajo macho. Aun los barítonos, establecidos en una cumplida discreción, sacaron a relucir que también tenían lo suyo propio y Adelfo, secundado por Marcelino, imitó el graznido ronco que soltaba la gallareta después del chiflido agudo y el gorjeo arrastrado del chaucato cuando veía una víbora. Sin embargo aún no había llegado el fin del mundo, ni siquiera cuando Quintín hizo sonar el pistón de una manera tan intensa y sostenida que las aves marinas, los alcatraces, las gaviotas, que volaban en el horizonte, se quedaron paralizadas en el aire como si estuvieran pintadas en un lienzo. Y no se movieron hasta cuando Quintín arrojó el último aliento y le dejó el campo libre a la trompeta de Atanasio que convirtió a las aves marinas primero en colibríes de fantasia y después en mariposas iridiscentes que revoloteaban por encima de la concurrencia, mientras los saxofones derramaban sus torrentes de sonido espeso en quechua y otras lenguas. El mundo quedó suspendido en un hilo en el momento que Jesucristo con la mirada puesta en lontananza se soltó a redoblar los cueros con un ritmo tan excitante y demoníaco que la gente dispuso gustosa sus ademanes para abandonarse al delirio frenético de la tambarria, pero en ese instante álgido el párroco de Pisco que ya se había arremangado la sotana y en un periquete había empezado a escobillar el suelo con los pies, tuvo un raptus de remordimiento y entonces pidió chepa porque dijo que aquel fragor demencial que brotaba del redoblante de Jesucristo iba a desbaratar el orden del universo.

Los músicos de la marina de guerra aprovecharon de la trifulca que se produjo en el intermedio y se hicieron humo. Desde entonces nunca más salieron de su reducto en la base naval y el pueblo de Pisco tampoco se tomó el trabajo de ir a buscarlos, pues con el tiempo el municipio organizó su propia banda de músicos para el menester de las celebraciones patronales y los desfiles cívicos. Sin embargo, en cada fecha grande del calendario festivo, los pisqueños enviaban un propio expreso hasta el mero Cahuachi para que llevara hacia Pisco, así fuera a remolque, a los susodichos Guzmán cuyo recuerdo vivía eternamente en el corazón de la gente. El camote y el apego que aquel pueblo le había agarrado al zorongo de los Guzmán tenía una razón y un fundamento en lo que ocurrió en aquella ocasión del contrapunteo con los músicos de la marina de guerra. La tambarria no se acabó en el momento de la intervención arrepentida del párroco, ni en el intermedio que dejó a Jesucristo con las baquetas del tamborileo en el aire, sino luego de una larga y remojada repetición. Pisco era así, una ciudad que exigía que las situaciones de campanillas se tenían que repetir tal como ocurría con las buenas películas en el cinema. Esto para que la gente encabezara la ocurrencia y después se guardara el recuerdo en el corazón. Por dicho motivo era que Pisco aparecía doble y apareado igual que una chancaca: Pisco Pueblo y Pisco Playa, dos lugares distintos pero en definitiva una sola ciudad verdadera con su municipio mozárabe y la leyenda de la Beatita de Humay que cocinaba en una olla de juguete, hecha de barro, para toda la cordelada de pobres que llegaban a la puerta de su casa a la hora del almuerzo. De modo que los Guzmán limpiamente se llevaron la bandera y luego, ante la insistencia de la gente, montaron en sus burros y en procesión se trasladaron a la playa. En la alameda repitieron la retreta del desbarajuste hasta el medido instante en que el párroco dijo basta y mandó parar contra viento y marea. De ahí también los Guzmán se llevaron con todo derecho las palmas de honor, una buena provisión de pescado seco del llamado franjazú y el adiós de la gente que los acompañó hasta que se internaron en los médanos de Villacurí, por el camino del padre Guatemala, con la idea de salir a Pozo Santo y después a Cerro Prieto que marcaba la entrada hacia Ica.

Todos esos medanales sembrados de palmeras estaban llenos de historias. Antes que existiera el tren, los arrieros habían intentado aclimatar piaras de camellos de Arabia, pero como las tales acémilas llevaban la pezuña partida, se hundían en la arena igual que en un atolladero y ya de nada les valía la resistencia que tenían frente a la sequedad. Aquellas pampas de arena muerta eran diferentes al Sahara. En Villacurí no existían ni para muestra esos oasis naturales que parecía que se formaban del puro espejismo y de los ensueños de la ilusión. Lo que sí había eran unos verdores artificiales que se lograban covando la arena hasta encontrar tierra húmeda, tal y conforme lo hacían los gentiles en la antigüedad, que ahí, en medio de la aridez del desierto, tenían macamaca de pallar, de frejol, de maní, de calabaza, y hasta plantaban pacay para sombra y totora para que llamara más agua.

Nadie con un poco de criterio ignoraba que adebajo de aquellos médanos ardientes dormían bolsonadas de agua fresca. Pero con el transcurso de los años y la necesidad de tierra para la agricultura los terratenientes, con la mayor frescura, se atribuyeron el descubrimiento del agua subterránea. Entonces, muy campantes, se repartieron entre ellos la pampa y, con jornales de hambre y tareas a destajo que reventaban los bofes, plantaron ahí, en el desierto, miles de palmeras datileras de Arabia. Cualquiera que estuviera en sus cinco sentidos tenía que ponderar, sin más alegatos, ese espíritu emprendedor que convertía a los terratenientes en pioneros del progreso y les otorgaba, como eternamente ocurría, legítimo derecho para reclamarle al gobierno de la república el amparo de esas tierras.

Y así fue. Desde entonces los pobres se quedaron sin ese recurso comunal que eran las hoyadas húmedas del desierto que en los años buenos de agua se multiplicaban y quien las necesitaba podía hacer en ellas su macamaca de panllevar. Para remate, como si se hubieran juntado la miseria y la calamidad, por la misma época en la cual el desierto comenzó a tener dueños, llegó a Pisco la peste del vómito negro que ninguna medicina podía contenerlo. En medio de tal desolación apareció como caído del cielo el misionero fray Ramón Rojas, oriundo de Guatemala, que había llegado a Pisco a bordo de alguno de los buques contrabandistas procedentes de Panamá. Llegó solamente con lo que llevaba puesto: un hábito astroso de paño crudo color chocolate, unas ojotas de expósito y, como algo de lujo, un libraco con tapas de nácar que nadie dudó que se trataba del libro de la ciencia del bien y del mal.

En el acto dicho fraile que la gente ya lo había rebautizado como Padre Guatemala, se entregó en cuerpo y alma al deber sagrado de reconfortar a los afligidos por la peste que verdaderamente ya no les quedaba ni siquiera el consuelo de la bilis del rencor, pues por más rabia que acumulaban maldiciendo el orden del mundo, lo único que defogaban era un lodo negro y hediondo. Pero el día menos pensado la peste desapareció del mismo modo expeditivo y misterioso como había empezado. Ya para entonces el Padre Guatemala había ganado cierta fama de milagroso y el aura de su virtud celestial traspasaba las fronteras de Pisco.

Por los médanos a través de los cuales ahora iban los Guzmán camino a la ciudad de Ica, por ahí igualmente se había internado, años atrás, el Padre Guatemala, acompañado de sus seguidores más fieles. En el momento que se les acabó el agua, cuando la desesperación de la sed amenazaba sumirlos en el delirio, en ese instante el Padre Guatemala escarbó con las manos en la arena muerta y la fe que había puesto en ese hecho sería tanta que el líquido elemento brotó fresco como de una pila de agua bendita. Ese pocito de agua quedó luego ahí, en medio de la pampa, con el nombre de Pozo Santo. Años más tarde se convirtió en pascana y capilla muy concurrida por los viajeros que hacían ahí un alto para tomar agua, para orear un poco la fatiga y, especialmente, para dejarle al ánima bendita del Padre Guatemala la petición de alguna necesidad muy sentida. El pedido tenía que aparecer escrito en el revés de un retrato del propio interesado para que así el Padre Guatemala, desde la eternidad, no fuera a confundirse a la hora de repartir a cada quien la gracia solicitada.

Cuando finalmente los Guzmán llegaron en cordelada a la pascana de Pozo Santo, encontraron que la capilla erigida en honor del Padre Guatemala casi parecía una iglesia y que al pozo le habían instalado una bomba para que el agua brotara por un caño. Todos se santiguaron, excepto Casimiro que se persignó detenidamente, frente a la imagen de fray Ramón Rojas, el mentado Padre Guatemala, que no era una imagen en lienzo sino que se trataba de una fotografía, un retrato donde aparecía muy santo y aureolado, con el capuchón del hábito que le cubría la cabeza. Dicho retrato estaba reconocido que era obra de don Macario Anicama, peluquero y retratista que, según él, había sido aprendiz de daguerrotipia y fotografía en Lima, en el estudio del maestro francés Eugène Courret, y según las habladurías de la gente no había pasado de lavavidrios de laboratorio y mensajero ocasional. Pero el caso era que en ese retrato color sepia, obra autografiada por don Macario Anicama, fray Ramón Rojas aparecía con toda la fisonomía de santo milagroso, aunque no faltaban quienes le encontraban un sesgo dudoso que daba pábulo al rumor aciago que lo consideraba un impostor que no había sido santo ni nada por el estilo, sino únicamente un criminal arrepentido que había llevado a cuestas la penitencia del mea culpa por una muerte pasional cometida allá en su tierra de Centroamérica.

Los Guzmán no tomaron el agua de Pozo Santo. Aún tenían en las limetas el emoliente de gramalote que les aliviaba los riñones de los embates del trote y preferían continuar con ese régimen. Por boca de los arrieros y de los camioneros que se encontraban en la pascana, los Guzmán se enteraron que Guadalupe, el punto que marcaba la entrada hacia Ica, y que ellos continuaban denominando Cerro Prieto, ya estaba cerca. Uno de los camioneros les señaló, al paso, que aquel lugar ya no se llamaba Cerro Prieto sino Guadalupe, porque así lo había rebautizado, durante su peregrinaje, el Padre Guatemala. Cerro Prieto, había dicho el misionero, era un nombre pagano, un topónimo silvestre. Guadalupe, en cambio, sonaba como algo oleado y cristianizado, lo cual podía servir incluso para ahuyentar a las pestes y a los malos vientos. Pero ahí, entre los arrieros, se hallaba presente alguien que señaló, con lujo de detalles, que el verdadero y legítimo nombre del mentado lugar era Yanacoto, que así se llamaba desde la antigüedad de los gentiles, porque en lengua nativa el apelativo siempre iba en consonancia con el aspecto del sitio que nombraba. Esa era la razón por la cual mucha gente del lugar, que creía en el misterio de los cerros, seguía mencionando a cada paraje con el nombre que tenía en la antigüedad.

Durante tres días seguidos, sin perder en ningún momento el sosiego, Augusto Carbajo esperó sentado en una banca, bajo el ficus mayor de la plaza de armas, que el batallón de los Guzmán llegara a la ciudad de Ica. Cuando por fin entraron en tropel, perseguidos por la novelería de la gente, Augusto Carbajo apretó bajo el brazo el grueso rollo de papeles que, celosamente y con inexplicable vehemencia, había conservado consigo durante años, sin saber positivamente para qué diantres. El rollo, amarillento y perforado por la pertinacia de la polilla, sujeto con un tiento de cuero crudo, tenía el grosor impresionante de una brazada. Ahí estaba, en cuerpo presente, el repertorio completo de los músicos de Ocucaje, escrito de puño y letra por don Melanio Carbajo, el musiquero de arte mayor que acompañado por la cordelada de discípulos seguía tocando para la eternidad en las entrañas de Cerro Blanco, en Acarí, desde aquella noche de abril que se lo tragó el encanto de dicho cerro de arena. Augusto Carbajo, nieto de don Melanio Carbajo, avanzó decidido al encuentro del cabecilla de aquellos músicos trotamundos y puso en las manos de Gumersindo Guzmán la fuente sagrada de recursos y artificios que en otro tiempo le había dado gloria y fama a la banda de músicos de Ocucaje. Entonces los Guzmán tuvieron que desplegar aquel tesoro más valioso que las onzas de oro, ahí mismo, en la plaza de armas, delante de la gente, y luego permanecer, sin aflojar la rienda, dale que dale con los chirimbolos de la música, porque la multitud que los rodeaba, engolosinada, no quería darse por satisfecha y cada vez se encandilaba más con el zorongo de los susodichos músicos montaraces que ahora habían empezado a tocar, leyendo como unos pontífices, en las hojas de papel, la escritura china, garrapateada a pulso por don Melanio Carbajo. Del rollo de papeles que habían recibido como legado, los Guzmán tomaban un artificio particular, por ejemplo el arrebato de la conga El alacrán, primero al pie de la pauta, encarrilados por el clarinete de Genovevo que para aquello de seguir la norma sin desviarse una ñizca no tenía parangón, y después modificaban a su gusto y capricho el tal artificio, le daban vuelta al revés y al derecho, o lo retorcían como al pabilo de la lámpara maravillosa, ante la exaltación inagotable de la gente que ya se había compenetrado del sentido de ese juego musical. La multitud intuía meridianamente hacia donde se dirigía el sonido impecable del clarinete de Genovevo Guzmán y entonces esperaba ansiosa el frenesí que como remate iba a brotar de la trompeta endemoniada de Atanasio que ahí fue cuando inventó el arcoiris. Estaba floreándose con la trompeta por su cuenta y riesgo, llenando el aire de mariposas como después de la lluvia, y de repente la multitud se quedó con la boca abierta: un arcoiris nítido salía de la trompeta de Atanasio igual que un chorro de serpentinas de luz y color.

Pero fue en Los Papayos donde recién los bronces perdieron la inocencia, especialmente las trompetas y los trombones de vara, porque el promotor para penetrar en los meandros de la pellejería había sido Santiago que ya tenía la cabeza caliente con Los Papayos. Guiado por el instinto y las bajas pasiones, Santiago había descubierto que Los Papayos, ese reducto mentado soterradamente por los iqueños, era un lugar que tenía mucho que ver con el asunto de darle agua al caballo, y aquello inmediatamente le revivía a Santiago en la memoria el olor espeso de la comida de sapo. Santiago hasta llegó a saber que se trataba de una casa grande y sin número, ubicada en las afueras de la ciudad, hacia el sur, el otro lado del Puente Viejo, dispuesta desde su fundación, en el siglo pasado, para que entre sus paredes funcionara el movido negocio de la tolerancia. Su fundadora, la Condesa de Pujartiago, doña Sofía de Rizo Patrón, había plantado en el lugar, hacía más de cien años, dos papayos, hembra y macho, que se renovaban solos, con el viento y la cacarruta de los chaucatos, y desde entonces, en Ica, ese era el emblema de la putería.

Al primero que le habló Santiago de sus intenciones licenciosas fue a Gaspar. Le tocó con el dedo el lado sensitivo: la sordina, su atributo de ventrílocuo. Le metió la idea de que la sordina en la trompeta era una truculencia inventada por el talento enredado de esos mojinos pichicateros que usaban sombrero de fieltro y lentes oscuros, y que tocaban jazz en los burdeles de New Orleans. De modo que la única forma de aprender bien las mañas y las artimañas de su uso era mirando a los trompetistas que tocaban en Los Papayos. Ahí había uno con unas patillas de cabrón, bigotito retocado a lápiz e indumentaria de huatatiro, que le decían Borinquen. Un trompetista sordinero que había llegado a Ica vía Pisco, en los buques contrabandistas procedentes de Panamá. Ese fulano hacía maravillas con la sordina que hasta lo dejaban que se desarrollara solo y únicamente con la afonía de su trompeta ponía de vuelta y media a la concurrencia. Gaspar quedó convencido. Tobías por lo consiguiente. Melanio que tocaba el saxofón y que por lo tanto no estaba considerado en la colada, se enteró de puro adivino y temprano se lavó bien las verijas con jabon Olivol y le sacó brillo a su pelo pimientudo con masajes de vaselina simple. En el momento que partían se apareció Jesucristo con una naturalidad de cosa diaria y les dijo que él iba para ver tocar la batería al Réferi Kairugé, y les contó con pelos y señales la historia profana del Réferi Kairugé que era un hombre que tenía un vientre enorme, pero que se movía con la agilidad de una araña de agua. En el día arbitraba, con un eterno pito en la boca, los ardorosos partidos de fútbol que se disputaban en el estadio municipal, siempre al pie de cada jugada, vigilando cualquier desliz con sus ojos de sapo, y en las noches tocaba, como un condenado, la batería en la orquesta sonora del Cuico Avilés que animaba el ambiente en Los Papayos, a partir de la medianoche, cuando la centenaria Condesa II resucitaba del duermevela dulce, al pie de sus caudales, y ordenaba con su voz de cántaro rajado:

—¡Niñas, al salón!

Con nuevas luces y más cancha, los Guzmán montaron en sus acémilas y ya se iban para tomar el camino del callejón de La Venta, pero la gente de Cachiche, el brujerío más mentado de todo Ica, los contuvo con el imperio de sus magancias. Ellos taloneaban los ijares de los burros, Gumersindo incluso le hincó las espuelas al macho romo, Bartola Avilés le metió un pencazo a la acémila, y ninguno de esos recursos valía para nada frente a la tozudez repentina de los animales. Pero para que se convencieran que aquel imposible no era un capricho de los jumentos, sino el enredijo de un poder obscuro, doña Basilisa Moquillaza, hija del mentadísimo Porfirio Moquillaza, se quitó la peineta de cacho que le sujetaba el pelo en la nuca de tórtola y la tiró, a la vista y paciencia de los Guzmán, delante de los burros, en el polvo del camino que iba hacia el callejón de la Venta. Los burros orejearon, pero no se la comieron. Ni siquiera se atrevieron a olerla. Luego, ahí, delante de la cara de todo el mundo, empezó a brotar un espinal tupido. En seguida, con todos los pelos que le hervían en la cabeza, doña Basilisa sacó de entre los senos un espejito en miniatura que estaba en una polvera de fantasía y dijo que si lo tiraba se iba a convertir en una laguna, así como la Huacachina, como la Huega. Y podía tirar un jabón negro de lavar ropa y se iba a formar un lodazal. La gente de Cachiche tenía esas magancias.

Entonces los Guzmán tuvieron que cambiar de semblante y componerse en la cara una buena guisa. Se apearon de los burros con los atabales de la tambarria y se soltaron a darle en la yema del gusto a esa gente brava que por afuera parecía común y corriente, pero que por adentro hervía de misterios. Doña Basilisa tenía marido y había dado a luz hijos de manera normal, sin embargo don Antonio Malatesta, uno de los poderosos hacendados de Ica, se había llevado un fiasco. El había querido aprovecharse que ella estaba borracha en una fiesta de carnavales y le metió la mano entre las piernas. En lugar de la rajadura que buscaba lo que el gamonal encontró fue un hocico de chancho con un solo agujero. Desde aquella fecha fue que a don Antonio Malatesta empezó a aflojársele la culata para beneplácito del carita lavada Temístocles Rocha que no daba puntada sin hilo. Ya en el intermedio de la primera tanda musical, don Porfirio Moquillaza, cuya edad se le había perdido en la memoria del tiempo, les contó a los Guzmán que el día que conoció a don Melanio Carbajo, le había advertido al músico mayor de Ocucaje que no confiara en las puertas palaciegas que se le abrieran en el camino ni de día ni de noche. Le señaló que si alguna vez se le presentaba aquel hecho, patente o disfrazado, inmediatamente tenía que quitarse un zapato y tirarlo con fuerza contra la aparición de mala madre. Por eso don Porfirio Moquillaza estaba seguro que cuando ocurrió lo de Cerro Blanco, en Acarí, posiblemente a don Melanio Carbajo se le había borrado el recuerdo de dicho recurso. Se lo había borrado la borrachera, seguramente, o el remordimiento por haber atendido más a la lisonja de don Hermenegildo Garayar, mandamás de Jaquí, que al pedido de los comuneros de Saramarca. Don Porfirio Moquillaza tanteó a cada uno de los Guzmán. Ellos sentían como que un viento los levantaba del suelo. El viejo patriarca de la comunidad de Cachiche escupió en la tierra y señalando la saliva dijo que ahí iba a quedar mojado indefinidamente; que si la saliva se secaba, sería porque los músicos que ahora eran los Guzmán, les estaban prestando más atención a los hacendados que a la gente de la comunidad. Volteó hacia donde se encontraba Bartola Avilés Chacaltana y le dijo cara a cara:

—Tú que eres peleadora como doña Manuela Escate, no dejes que estos mojinos de tus hijos y tu marido hagan caso a las zalamerías de los hacendados que siempre quieren tener la preferencia.

Esclavos y cimarrones IX

La meticulosa elaboración de aguardiente de uva constituía el único menester terrestre en el cual doña Epifanía del Carmen metía con el mayor gusto las dos manos de porcelana china. Ella, la propietaria de la hacienda Cahuachi, sabía a ciencia cierta que tenía encima suyo las miradas ansiosas de todo el mundo; pero aquella situación no la intimidaba sino, al contrario, la llenaba de complacencia. Entonces, doña Epifanía del Carmen, experta en los gajes de la vanidad, ya no pisaba en el suelo llano, ni mucho menos; con porte altanero y majestuoso caminaba sobre las nubes, pues ella se arrogaba, con toda frescura y enorme concha, el privilegio para sentirse el ave del paraíso. Nadie ponía en tela de juicio que doña Epifanía del Carmen era la abanderada en el arte prolijo de transformar la crasa producción agrícola en el codiciado néctar de divinas virtudes, aquel aguardiente de uva asoleada que las voces del misterio habían bautizado con el nombre de pisco, en honor a las botijuelas nativas fabricadas de arcilla que servían para la crianza del citado bebestible.

Tanta ponderación que ilusionaba a gil y mil dio pasto y motivo para que Narcisa Advíncula batiera su lengua de víbora contra Miguelillo Avilés quien, en resumidas cuentas, resultaba el causante de la situación por obra y gracia de su voluntariosa iniciativa de gavilán sonso. Narcisa Advíncula se preguntaba obcecada si podía ser gente aquel sujeto racional que actuaba con el sometimiento de un perrito faldero, y ella misma se contestaba, echando candela de rabia por los ojos, que desgraciadamente y para vergüenza del género humano gente mismo era.

Sólo después, cuando Juaniquillo Comecome se cimarroneó, llevándose de paso los dos mejores mulos que había en la hacienda Cahuachi, recién Narcisa Advíncula sofrenó un poco la ojeriza que le despertaba el acomedido alarife de la nueva industria. Ella no encontraba la relación correspondiente entre la feliz ocurrencia que pintaba de cuerpo entero a Juaniquillo Comecome y los afanes industriosos que alentaban a Miguelillo Avilés, pero por precaución, como cuando comía aquel peje espinudo llamado machete, se hizo una cruz en la boca.

No había pasado mucho tiempo de la fuida de Juaniquillo Comecome, cuando también se hizo humo Saturnino Huamán. Según los leves indicios que únicamente los rastreadores podían leer en el suelo, había enrumbado hacia su terruño, hacia las cabezadas de Nasca, no por el camino llano como cualquier viajante sino por los cerros. Doña Epifanía del Carmen había dicho, entonces, que lo dejaran nomás, que por ahí iba derecho al desbarrancadero.

—Carne para los buitres —sentenció.

La frase quedó resonando en la ranchería de Cahuachi, no porque la voz de doña Epifanía del Carmen fuese eterna, el caso era que Narcisa Advíncula no se cansaba de repetirla. La restregaba y la restregaba hasta que la convirtió en un estropajo. Saturnino Huamán había nacido en Uchumarca, en las serranías de Lucanas y llevaba bien adentro el espíritu de los cerros. El no era transeúnte de camino real; en los precipicios, en los abismos, ahí se sentía más liviano para caminar.

Por aquella época se empezó a comentar que el gobierno de la república iba a suprimir la esclavitud y la servidumbre. Durante la guerra de la independencia se había proclamado a los cuatro vientos que aquellos esclavos que se alistaran en las filas del ejército patriota serían considerados hombres libres. La promesa sólo fue cumplida mientras duró la guerra. Cuando los llamados patriotas consiguieron la independencia, al día siguiente borraron con el codo todo lo dicho y retomaron sus viejas costumbres, así como las gallinas que comían huevo. Cada hacendado reclamó, mediante juicio, en los tribunales de la república, el derecho de propiedad sobre sus antiguos esclavos. Aun quienes habían recibido medallas de honor, como el capitán Teódulo Legario, tuvieron que someterse de nuevo a las cadenas de la esclavitud. En los juzgados y escribanías de Nasca, de Ica, de Lima, iban amontonándose los legajos del largo litigio que durante veinte años libró el capitán Teódulo Legario contra su pretendido propietario el hacendado don Domingo Elías, ocupante fugaz del palacio del gobierno. Sin embargo, todo fue en vano. El capitán Teódulo Legario, natural de Changuillo, murió en la condición de esclavo, clamando contra los próceres de la independencia que se sucedían en el gobierno de la república.

Cada día el aguardiente de Cahuachi iba tomando cuerpo y adquiriendo espíritu. Se iba criando silenciosamente en los piscos o botijuelas de arcilla. En dicho lapso doña Epifanía del Carmen fue a la iglesia de Nasca y le entregó como ofrenda, a la virgen del Perpetuo Socorro, un pomito de aguardiente.

Los músicos de Cahuachi

Por primera y única vez en la azarosa historia del caserío de Cahuachi, la voz aspaventera de Casilda Huasasquiche se había quedado corta e insignificante en su decir si se la comparaba, a la luz del día, con la realidad tangible. Ella, Casilda Huasasquiche, tan lenguaraz como siempre, había anunciado a grito pelado que estaba brotando candela en la sequedad muerta de los médanos; y, en efecto, no mentía, no decía un embuste; pero a la hora que la gente se despabiló ansiosa y tendió la mirada hacia la dirección predicada, lo que encontró de sopetón fue algo mucho más desconcertante que la candela común y corriente. Se trataba de un vivo resplandor que no tenía paralelo en el recuerdo de todas las ocurrencias extraordinarias que habían acontecido en Cahuachi desde el tiempo de los gentiles. Era un relumbre tan enceguecedor que en aquel momento a nadie, entre los pobladores del caserío, le quedó un ápice de duda de que dicho acontecimiento tan singular no podía ser otra contingencia que los consabidos relámpagos del apocalipsis que preludiaban la llegada del fin del mundo. Tal conjetura que parecía exagerada, producto de los embelecos de una gente enviciada en las quimeras del miramira, halló eco inmediato y encontró fundamento en el estridor desaforado de las trompetas del juicio final que en aquel instante estremeció el aire caliente empozado sobre el caserío. Para remate de la situación, en aquel mismo rato se perfiló, sobre la superficie árida de los médanos, la manada entera de los jinetes del apocalipsis, los cuales iban dejando, adetrás, la polvareda de la incertidumbre. Pero conforme dicho suceso insólito se iba aproximando al caserío, así como el mentado bolondrón de la ruina, entonces el aura del espejismo fue cediéndole el paso a la realidad de carne y hueso que, en resumidas cuentas, resultaba mucho más asombrosa que cualquier pretendido fenómemo sobrenatural; pues los relámpagos del cataclismo y la reventazón del juicio final, anunciados con puntos y comas en la escritura sagrada, iban quedando en las páginas de la memoria como una simple novelería de cinema frente a la presencia cruda de aquel desbarajuste increíble que nunca jamás se lo habían imaginado, ni lo mencionaba tampoco, en su menuda retahíla, la historia santa; y ya lo tenían ahí, adelante de los ojos, reventando el suelo reseco con el trote rebotado de los burros y del macho romo, todo el batallón completo de los veintisiete Guzmán que volvían, por fin, de la capital de la república, no con el rabo entre las piernas, como la mayoría de las veces ocurría con los que se iban a Lima, sino con el pecho hinchado y la nariz levantada; y encima de aquella suficiencia todavía exhibían, como concertistas de gran potaje, toda la parafernalia deslumbrante de una bien surtida banda de música que, llegado el caso y en su debida oportunidad, podía convertirse en la trocatinta de la tambarria para taparle sin ambages la boca a quienes murmuraban que aquel instrumental podía ser poco menos que un exagerado adorno. Volvían con el mismo talante montaraz que habían tenido siempre, desde el bendito día que los parió su madre; pero eso sí, regresaban a Cahuachi relamidos por un sesgo sutil que daba a entender, sin necesidad de palabras, que al presidente de la república, ellos se lo habían metido al bolsillo como la cosa más natural.

Habían pasado tres días desde la llegada apoteósica de los Guzmán y, a pesar del tiempo transcurrido, la gente de la ranchería de Cahuachi aún no se cansaba del asombro. Se detenían en cada detalle de la novelería y ejercían su admiración con una minuciosidad de relojeros finos, como si estuvieran calibrándole el pelo de la exactitud a un Longines de tres tapas. La abrumadora complejidad de los saxofones en lugar de atudirlos, al contrario, les encendía más la curiosidad y la embelequería; entonces asediaban a Teodolindo, que tenía fama de cascabel, y le pedían que volviera a pintar gambusinas en el aire, ahora que tenía en las manos el pincel de la melodía. Cateaban a Fernando, el brujidor, que abría con mucha cautela una cajita de metal que se le perdía entre los dedos de tan menuda que era y, por lo consiguiente, ya nadie le quitaba los ojos de encima. A la par que lo observaban iban también dándole hilo al papalote de la quimera, alimentando el vuelo de la cometa imaginativa, de manera que a cada elemento, por insignificante que pareciera, le encontraban su cabalidad.

Fernando había sido desde pequeño ideoso y precoz para las sinvergüencerías y continuaba fiel a su carácter, dueño de una paciencia sostenida de tallador de diamantes, virtud que le había servido en cada oportunidad para encontrar el punto exacto donde tenía que pegar el golpe para enmendarle la plana a la naturaleza. Y ahora lo podían ver de pies a cabeza, convertido en clarinetero, sosegado en su ministerio igual que un monseñor obispo. Sostenía entre los dedos una cajita de metal y entonces la gente de la ranchería de Cahuachi encontraba un motivo perfecto para darle pábulo a las conjeturas. Alguien dijo, utilizando la casuística de los entendidos, que se trataba de una gema preciosa, algun premio regio probablemente. La afirmación no acabó de rodar por el mentidero de la gente; a medio camino le salió al paso la creencia de que adentro de la cajita de metal no había ninguna piedra fina de diamante ni cosa por el estilo sino un adminículo licencioso de aquellos que se usaban a la hora del pipiripao para no causar perjuicio de posteriores consecuencias. Celebraron la ocurrencia, pero no le prestaron ningún crédito. Fernando no era, de ninguna manera, un angel virtuoso; sin embargo siempre se había manejado dentro de los linderos de la discreción y, naturalmente, aquel no era el lugar aparente ni el momento oportuno para ponerse a manosear artículos de tal especie. Más sensato era decir, agregó un tercero, que se trataba de las onzas de oro. Lo dijo con sorna, pero Casilda Huasasquiche se adhirió con un alarido de júbilo a ese parecer, pues existía un milagroso colorete de fantasía, capaz de obrar prodigios y de inventarle primores a las mujeres, que se llamaba precisamente las onzas de oro y que se vendía en una cajita de lujo que iba en perfecta consonancia con la que Fernando, el brujidor, tenía entre los dedos. Ni la coquetería de Casilda Huasasquiche impidió que surgiera otra apreciación que señalaba con meridiano conocimiento de causa, pues quien la sostenía era Pancho Diablo, que los músicos utilizaban las ponderadas semillas de sensén para desinflamarse el gañote; y las semillas de sensén se vendían, precisamente, como la divina pomada, en una cajita pretensiosa, porque también era un recurso que les servía a los palanganas para perfumarse el aliento, y entonces llevaban la cajita en el bolsillito del chaleco y cuando le iban a decir a una dama un halago, primero se echaban a la boca las susodichas semillas para disimular la halitosis del infortunio. Pero la mera verdad era que todos estaban orinando afuera de la bacinica. La cajita que había despertado tanta curiosidad contenía las lenguetas de bambú para la boquilla del clarinete. Aquella revelación despertó aun más asombro y curiosidad, especialmente porque las lenguetas no estaban hechas de caña, ni de carey, ni de celuloide, ni de escama de corvina, sino que la fabricaban de bambú legítimo, de bambú del bosque de la China posiblemente.

La presencia de los veintisiete Guzmán que habían vuelto a Cahuachi, reencarnados en una competente banda de músicos que aparecía alhajada hasta de vicio con las alpatanas más deslumbrantes del artilugio filarmónico, resultaba tan manifiesta y ostensible que la noticia se había desparramado no sólo por las quebradas del valle de Nasca sino que había llegado hasta las comunidades andinas de la provincia de Lucanas, en el departamento de Ayacucho. Sin embargo los ricos de Nasca, por pura soberbia de cogotudos engreídos, se hacían los que ignoraban aquel hecho tan visible. De tal manera que cuando tuvieron que pensar en una banda de músicos para animar la fiesta patronal del 8 de septiembre, los ricos de Nasca jamás tuvieron en mente a los Guzmán. Los ignoraron adrede, de modo flagrante e intencional para que de una vez, desde el inicio, empezaran a caer en la postergación, en el soslayamiento, y resignadamente volvieran, mejor, a la condición de meros peones de chacra. Para darle relieve a la decisión que habían tomado, los ricos de Nasca contrataron en Lima los servicios de la banda de música de la Guardia Republicana. Esa banda militar y competente, uniformada con corimbos de gala, iba a amenizar con prestancia las ceremonias cívico religiosas de la fiesta patronal de Nasca.

Entre la gente del pueblo corrió entonces el rumor del descontento. Aun los estirados, que sin tener nada vivían fediendo cañifos, deseaban ver y escuchar, aunque fuese en una sola retreta, a los dichosos Guzmán que se habían transformado en una banda de músicos.

El bicicletero Menelao Camacho, más conocido como Huevo de Oro, propuso que a los músicos de Cahuachi por lo menos los invitaran para un contrapunto público con la banda de la Guardia Republicana. Así se iba a saber, dijo, si efectivamente los Guzmán sabían sacar música de los estrebejes que les habían regalado en Lima.

Otros, entre los cuales estaban el profesor Eduviges Matta y el sastre Tomás Carvallo, reclamaron el deber y la obligación que tenían las autoridades de estimular el desarrollo de las artes. El sastre Tomás Carvallo, que no tenía pelos en la lengua cuando se trataba de argumentar contra las mentes oscuras, hizo hincapié en el hecho siguiente: en lugar de premiar a los Guzmán por haberse convertido en una banda de músicos de la noche a la mañana, algo que resultaba más sorprendente que un milagro, los hacendados querían escupirles el tártago del olvido, así como decía la fábula que había hecho el sapo con la luciérnaga.

El alegato de los pico de oro encendió más el afán de la gente que ansiaba convencerse, ver con sus ojos y escuchar con su oído, si era verídico que los Guzmán, toda la ringlera, desde la madre hasta el último calabrote, que toda la vida habían sido solo unos pobres lamperos de chacra, podían ahora desenvolverse, verdaderamente, como unos pintados instrumentistas.

Se decía, pese a la insidia de los ricos, que los Guzmán sabían incluso deletrear y leer la escritura china de la música. Ni siquiera necesitaban, se comentaba, señalar con el dedo la línea escrita, ni que les fueran indicando con un puntero como el profesor a los parvuliches. Solemnes y con el aire de pontífices, se rumoraba, leían de corrido la escritura garrapateada en unos folios amarillentos que habían sido del legendario músico iqueño don Melanio Carbajo. Se contaba que cuando la banda de los Guzmán se quedaba quieta en un lugar, emplazada para una retreta, entonces cada músico desplegaba las partituras en un atril hecho con palitos de sauce. Si iban caminando en procesión, el recurso era que formaban en tres columnas. Los instrumentos de percusión se ubicaban adelante, sin partitura. Obdulio con el bombo, Cresencio con los platillos y Jesucristo con el redoblante. En la espalda de cada quien, el que estaba adretrás acomodaba la partitura. La prendía del cuello de la camisa con un pericote de los que se usaban para sujetar la ropa tendida a secar. Los tres músicos de la percusión tocaban sin partitura. Eso sí, bien atentos a la cadencia y al compás. Excepto Jesucristo que tocaba por inercia, aunque no se sabía si lo hacía por instinto o porque tenía grabado en la memoria cada movimiento. El caso era que él estaba en las nubes, pero sus manos trabajaban con una precisión endemoniada. A lo más se veía que apretaba los labios, entonces a veces era preferible pedir chepa porque el redoble desaforado de Jesucristo era capaz de arruinar el mundo. A Obdulio y a Cresencio, que siempre habían sido remolones para el rigor escrito, Gumersindo los controlaba con el chiflido del requinto. Pero cuando la banda estaba emplazada en un lugar, ahí sí Obdulio, Cresencio y Jesucristo tenían la obligación de tocar el instrumento leyendo la música escrita en la partitura. En cuanto si Jesucristo leía o no, nadie podía dar fe. Su virtuosismo en el manejo de las baquetas no daba pie para saberlo.

Cuando los Guzmán estaban con los ojos puestos en el papel y los dedos en el respectivo lugar del instrumento y los labios pegados a la boquilla, se especulaba entonces que cualquiera que los veía podía creer que habían nacido sabiendo ese oficio. Con natural talante se abstraían y punto por punto, sin ninguna muestra de equívoco, iban descifrando la maraña de garabatos como si ellos fuesen unos benditos bajados del cielo para aquel menester. Sin enredarse con las llaves y con las claves de los chirimbolos de la trocatinta, convertían la letra muerta en música sagrada, en música pausada de procesión que, sin embargo, se comentaba, era una incitación para que la gente diera un meneíto pa'lante, así como el viborón, y luego otro meneíto pa' tras, igual que el camarón. El rigor y la precisión que ponían cuando tocaban era lo que más daba que hablar. Se decía que nunca dudaban ni tartamudeaban. Si era pasodoble, desde el primer instante sonada floreado y con sus churumbeles para anunciar que empezaba la fiesta; pero si se trataba de una marinera de rompe y raja, entonces entraba primero el redoblante de Jesucristo, con su rataplán ardoroso, para que los hombres se empinaran como el gallito de la pasión y las mujeres se arremangaran con ganas las polleras, pues había que rajar el suelo con la danza; si era un huaino, igual, rompían derecho y sin titubeos; y si era una rumba, una polka, un valse, por lo consiguiente; porque hasta marcha militar había en el repertorio legado por don Melanio Carbajo.

Pero los ricos de Nasca se mantuvieron enconchados en sus reticencias, ciegos y sordos frente a los hechos, aunque con el ánimo vulnerable cuando escuchaban que alguna persona cultivada ponderaba a los músicos del polvoriento caserío de Cahuachi. Para desgracia de los ricos, quienes elogiaban a los Guzmán eran gente de solvencia y prestigio que ellos, los terratenientes, alojaban acomedidamente en sus haciendas. Dichos estudiosos llegaban a Nasca atraídos por las ruinas de la antigüedad, por los acueductos construidos por los gentiles, por las líneas y dibujos gigantescos que cubrían la planicie reseca de Pucapampa. Después que regresaban de visitar la ciudad enterrada de Cahuachi y el calendario eterno de Estaquería, los estudiosos hablaban de la sorpresa que les había causado encontrar ahí una impresionante banda de músicos. Entonces los ricos de Nasca sentían que una piedra esmeril les estaba rebajando los dientes.

Para apagar el afán que crecía en la gente del pueblo por escuchar a los músicos de Cahuachi, los ricos redondearon, al fin, un argumento que les pareció rotundo e irrefutable: que la virgen del Perpetuo Socorro, patrona del pueblo de Nasca, merecía para la celebración de su festividad, una banda de música de reputado prestigio y comprobada competencia. En tal caso, argumentaban, ninguna iba a resultar de mayor garantía que la banda de la Guardia Republicana que llegaría de la capital. En cambio, aducían, se iba a ver muy mal que una fecha tan significativa para la feligresía de Nasca estuviera amenizada por los acordes ramplones de unos músicos improvisados que, para remate, eran de chacra y ni siquiera habían tenido roce social para saber lo que correspondía al protocolo de una celebración de categoría.

Mientras en Nasca, sin razón valedera alguna, los ricos les regateaban a los Guzmán el título de músicos instrumentistas, en la comunidad de Sondondo, en plenos Andes de Ayacucho, sin mucho trámite y apartando hacia un lado los melindres gratuitos, por acuerdo unánime de la comunidad, ya los habían incluido en el programa de la fiesta patronal de la virgen Asunta que se celebraba en septiembre.

La noticia de que la familia Guzmán se había convertido de la noche a la mañana en una banda de músicos, llegó también a Puquio. Los mistis, los principales, los ganaderos envanecidos por sus caudales; los Arangoitia, los Albela, al igual que los ricos de Nasca, ponían en tela de juicio la competencia de los Guzmán.

A pesar de la torcida voluntad de los puquianos ricos, la noticia acerca de los músicos de Cahuachi levantó expectativas entre la gente y, luego, al poco tiempo, pasó de boca en boca hacia los poblados indígenas. En cada comunidad, tanto en Cabana como en Aucará, en Morjolla, en Chipao, en Huaicahuacho, en Sondondo, in Isua, la historia de los músicos de Cahuachi se convirtió en motivo de conversación. Lo que les había acontecido a los Guzmán daba que hablar y encendía la tertulia. El tema les daba vuelta en la cabeza porque muchos comuneros, en alguna oportunidad, habían bajado a trabajar temporalmente en Cahuachi, en Estaquería, en Ayapana. Otros tenían familiares que se habían establecido como locatarios en las haciendas vecinas del valle de Nasca o en las más distantes como Lacra, Chiquerillo, Cabildo, Coyungo. Los comuneros charlaban en quechua, hacían conjeturas sobre lo que le había ocurrido a la familia Guzmán, mientras esperaban que las hojas de coca, endulzadas con toccra, soltaran el efecto estimulante. Comentaban el hecho increíble de que unos jornaleros que en la víspera sólo sabían agarrar la lampa, al día siguiente hubiesen amanecido de lo más campantes, transformados en músicos de banda. Los comuneros que habían estado en Cahuachi atestiguaban que los Guzmán no sabían, entonces, ni cómo sonaba una guitarra afinada en temple baulín.

Pero la mayoría de los comuneros jamás en la vida habían visto un negro. Se lo imaginaban tiznado y maligno, con una apariencia más espantosa que el propio demonio. Cuando pensaban en la tendalada de veintisiete negros les entraba el escalofrío del pánico. Sin embargo los comuneros de Sondondo hicieron de tripas corazón y decidieron invitar a los músicos de Cahuachi para que amenizaran la fiesta de la virgen Asunta porque en las abusiones el negro era bueno. Cuando una criatura nacía agobiada por el mal de espíritu, el remedio más efectivo era buscarle un padrino negro para que la llevara a la pila del bautismo. Contra las nubes y las carnosidades de los ojos, contra el avance fatal de la ceguera, cuando le leche de la golondrina venenosa ya no surtía ningún efecto, entonces todavía quedaba el recurso providencial: la mirada sostenida de un negro retinto hasta la entrada de la luna nueva.

Sondondo, la tierra del cronista indio Felipe Huamán Puma, nunca tuvo músicos propios así como los tenía la vecina comunidad de Isua que contaba con los violinistas más diestros de la provincia de Lucanas. Sondondo no criaba en su suelo ni siquiera quenistas melancólicos como sí podía vanagloriarse Morjolla; tampoco charanguistas insomnes como Chipao; menos aún danzantes de tijeras como Cabana. Pero la gente de Sondondo sabía de música; les encantaba el jolgorio y la celebración; siempre estaban, así como los acarinos chupacaña, con ganas de sacar los pies del plato y de dejar que los envolviera la tentación, el vicio y los placeres. Si en Sondondo no tenían un Perico Tresgüevos para que atizara el fogón de la tambarria, tenían en cambio a una Toricha Quispe, más conocida con el mote de la Conchefierro. Decían que, efectivamente, se manejaba una reverenda naturaleza que cuantos ilusionados se le habían subido encima, arrebatados por los ardores del loco amor, al final habían tenido que abajarse con el atributo ampollado y sin ningún beneficio en el corazón.

Pero Sondondo contaba, eso sí, con el más sano y alturado entretenimiento. No se trataba de ninguna quimera sino de algo muy tangible que les limpiaba el alma de angustias. Ahí, frente al caserío, tenían el Jardín de Jeja, un ornamento natural, todo de piedra, labrado y festoneado con paciencia milenaria por las manos del tiempo. Cada pétalo, cada hoja mínima podía soportar incólume una contemplación de siglos, sin agotar ni un ápice de su belleza, ni de su significado. Al Jardín de Jeja, que era una fantasía que se podía tocar, la palabra jardín le quedaba muy estrecha.

Los comuneros de Sondondo no se detuvieron en la puerta de las dificultades que representaba llevar desde la costa hasta los Andes un batallón de músicos. Siempre habían sido de armas tomar, aun cuando dicho carácter resolutivo, tan desenvuelto, despertaba entre las comunidades vecinas celos y cierta inquina; y entre los gamonales de los alrededores, odio. La envidia de las otras comunidades se debía también al hecho de que Sondondo podía pagarse ciertos lujos. Podía hacerlo porque tenía a la mano agua de regadío, un recurso que le permitía a la comunidad de Sondondo mantener bien la sementera y sacar cada año abundantes cosechas. Las otras comunidades debían atenerse a la eventualidad de las lluvias.

Para cumplir el cometido de llevar hasta Sondondo a los mentados veintisiete músicos de Cahuachi, fueron aseñalados dos comuneros que conocían la costa y que durante algún tiempo habían trabajado en las haciendas algodoneras de Nasca. Además ambos comuneros eran buenos cabalgadores y avispados arreadores de acémilas. De un solo guapido y con un par de tronadorazos que reventaban en el aire, conseguían meter en camino y ponían derecha a una punta entera de animales por ariscos que fuesen. Uno de los comuneros, Saturno Martínez, tenía incluso un hermano en Coyungo, que se llamaba Pascual Martínez y era uña y carne con Ananías Guzmán, el quechuista que había devenido en artífice del saxofón. El otro comunero, Crispín Mallma, tampoco se quedaba adetrás si se trataba de mentar antecedentes. Durante su estadía en la costa, Crispín Mallma se había entreverado y mataperreado con toda la negrada que jornaleaba en las haciendas, tanto que hablaba el castellano con una pronunciación bozal que sorprendía a los propios negros.

El problema de los honorarios para los músicos fue resuelto de manera expeditiva. De la piara de cincuenta y cuatro burros, todos llevarían una ligera carga que completaba un bastimento de papas, maíz, cebada, charqui. Frente a la vacilación de algunos comuneros que dudaban si los Guzmán iban a aceptar dicho pago en especies, y si por otra parte iban a resistir el soroche de la altura, Crispín Mallma pidió que dejaran el asunto de la retribución por cuenta de ellos que eran los propios encargados de la comisión. En cuanto al soroche, Saturno Martínez agregó que si los Guzmán tomaban en cuenta la creencia de que gallinazo no cantaba en puna y estiraban la pata en Sondondo, entonces la comunidad pasaría por el dolor de sepultarlos como chirimacos en el Jardín de Jeja, para que se quedaran ahí penando hasta la eternidad con una música de tambarria.

Saturno Martínez y Crispín Mallma, personalmente, con ojo de especialistas, seleccionaron los cincuenta y cuatro jumentos que realizarían dos veces la travesía hacia la costa, de ida y de regreso. Escogieron los zopencos más empatados y de buena alzada para que los Guzmán no tuvieran que hacer el viaje arrastrando las calancas de callacazo por todo el camino, a pique de que una estaca o un cactus espinudo les sacara la quinta maña.

Para una travesía tan ardua se necesitaban obligatoriamente dos acémilas para cada músico. En una iría montado el sairura correspondiente y la otra la llevaría jalando para mudar de cabalgadura de trecho en trecho. Pero además, como expertos en dichos gajes, Saturno Martínez y Crispín Mallma tomaron las providencias del caso para sortear los riesgos que corría un animal serrano cuando bajaba a la costa. Para volverlos inmunes a los malos vientos, sahumaron a los burros con altamiza; luego les dieron a lamer cascotes de sal de huincho, el antídoto contra el sudor pernicioso de la fatiga; enseguida, para infundirles coraje, les metieron el demonio en el sangre con sobajinas de piedra azufre; al final acabaron de curarlos en salud con la advertencia del zurriago y mostrándoles, como si fuesen gente, la amenaza de la aventazón que aparecía disimulada en la tentadora hoja del pallar, en el brote de la alfalfa.

Esclavos y cimarrones X

Miguelillo Avilés, el alarife que construyó la torre de Babel de la destilería, no sabía leer ni escribir. Pero igual, como si nada, agarraba con mucha prosa la mejor pluma, el cálamo más vistoso que podía encontrar al alcance del brazo. Entonces, en dicha ocasión, disponía parsimoniosamente los ademanes con la misma desenvoltura que los renombrados pendolistas de oficio. Buscaba tinta y papel con sostenida paciencia de experto. Observaba el color del líquido, la textura del pliego y si estaba cortado así o asá, en buena cuenta se fijaba en las bondades visibles y también en las invisibles. Mientras se encontraba en ese afán fruncía el ceño, chasqueaba la lengua, movía la cabeza como un lagarto de sequedad y ponía los materiales a contraluz. Sólo al cabo de vueltas infinitas daba su veredicto con un gesto tajante.

También se agenciaba de otros implementos de la escritura. Especialmente de almohadillas secantes. Unos adminículos que para cualquier ojo profano resultaban misteriosos. Estaban hechos de piel de ovino preparada de exprofeso, según decía Miguelillo Avilés, y tenían la agarradera de un metal que parecía plata de baja ley, rebajada adrede para lujo. La almohadilla se presionaba en arco, con pulso firme, sobre la escritura fresca. Entonces la tinta quedaba seca, libre de riesgos. Miguelillo Avilés hasta sabía desarmar el adminículo para cambiarle la piel de ovino si era necesario.

Había que verlo de pies a cabeza al susodicho Miguelillo Avilés, tan gavilán en el menester de pluma y tintero, como lo era también en otros oficios. Había que verlo de qué manera hilaba fino en ese latín de gente ilustrada. No podía ni deletrear el silabario de los parvuliches, el silabario del profesor Astete, ni escribir el menor dictado, sin embargo cogía la pluma de ganso, o la pluma de pavorreal, y corría la mano por encima del papel con la mayor desenvoltura. Hacía firuletes tan llenos de galanuras que ya parecían una escritura legítima. A veces lo hacía de puro costeante, cuando le pedían que fungiera de gran escribano, pero en otros momentos procedía con entera convicción que hasta movía los labios conforme corría la pluma, deletreando el misterio de su escritura de grandísimo embustero.

Así, con ese mismo empaque de calígrafo perfecto, eligió una foja de papel de arroz y empezó a dibujar con mano prodigiosa la imagen fabulosa del antiguo dios de Cahuachi. Miguelillo Avilés tenía grabada en la mente la pintura del dios de Cahuachi que los gentiles habían dejado como testimonio en los paredones de la ciudad enterrada. Después, estudiando el dibujo de un lado y de otro, le firuleteó letras, algo que él ya tenía copiado en otro papel. Preguntaba a los leídos qué decía en tal papel, en la etiqueta de alguna botella. Enseguida se iba, hacía sus propias copias y le preguntaba a otro leído qué decía en el papel que él, Miguelillo Avilés, había dibujado. Esa era la artimaña que empleaba. De modo que cuando ya tuvo la foja de papel de arroz con las letras que él quería, luego adornó todo el contorno con una guardilla de picaflores perfilados. Una guardilla en el estilo propio de los artistas nascas más antiguos, esos que parecían bordadores por el trazo menudo que hacían.

De aquella manera nació la etiqueta del aguardiente que, con el nombre de pisco Cahuachi, ganó fama y medallas en las grandes exhibiciones que se realizaban en el extranjero. Para dichas competencias que se celebraban en París, en Roma, en Londres, llegaban bebidas espirituosas de todos los rincones del mundo. Los más famosos catadores, unos fulanos con gañote de oro, probaban cada botella y decían que aquella era candela sublime, que aquella otra parecía ardor de monja, que aquella de más allá no servía ni para hacer enjuagatorios. Del pisco Cahuachi dijeron que era semejante a la ardencia infinita y le dieron una medalla por su cuerpo glorioso y otra por su espíritu demoníaco. Eso de espíritu demoníaco lo dijeron porque vieron la etiqueta. La filigrana increíble que había perfilado Miguelillo Avilés con la imagen del dios de Cahuachi en el centro. Quien miraba la etiqueta no creía que tanto arte y delicadeza hubiesen salido de la mano tiznada de Miguelillo Avilés. Claro, todo había brotado más bien de su tutuma ideosa, porque cuando él se quedaba cavilando, la mano permanecía quieta, no actuaba por su propia voluntad.

El aguardiente de Cahuachi y la etiqueta que lo anunciaba iban a la par. Se trataba de un pisco destilado con tanta nobleza que después de paladearlo, el catador sentía adentro de la boca la pepita de la uva. Tenía esa magia el pisco de Cahuachi. Luego venía el aroma, otra virtud más admirable todavía. El aguardiente había capturado ese olor a parra que a veces en la misma uva no se sentía.

Por eso el pisco se bebía, no en copetín ni en copa, sino en vaso marca herraje. En copetín no valía la pena así fuese copetín de plata Sterling. Tampoco en copa de cognac ni cosa parecida. La copa de cognac había que abrigarla con las manos para que así el líquido elemento lograra soltar sus efluvios y la nariz del bebedor se solazara con ellos. El pisco no necesitaba calentarse para que dejara brotar su aroma de encanto. Más bien había que protegerlo del calor de la mano. La mano caliente de los mano brava resultaba dañina para el buen pisco. Por eso los conocedores bebían el pisco en un vaso marca herraje, un vaso ordinario de vidrio grueso.

Cuando el aguardiente de uva estaba caliente perdía aroma y fuerza. Sólo como algo novedoso para los visitantes que llegaban a una destilería se les podía invitar el pisco caliente, recién salido del serpentín, eso que los alambiqueros llamaban chicharrón.

Durante toda su existencia Miguelillo Avilés fue el gavilán de los siete oficios, el desenredador de los catorce embrollos, y comecandela, y pisavíbora, y bailarín sin atajo ni remedio. Las bordadoras de aguja fina acudían en busca de auxilio, con el ovillo del hilo de seda convertido en un enredijo perdido. Luego no se sabía cómo, porque sus dedos eran más bien toscos, Miguelillo Avilés les devolvía un ovillo que parecía recién salido de alguna hilandería de Cantón.

Miguelillo Avilés no le temía ni a la víbora, ni a la lucacha, ni al acerillo. Ninguna ponzoña resultaba mortal para su humor de verraco. Pero el sapo lo hacía temblar. Le mentaban al sapo y Miguelillo Avilés se ponía cenizo, el alma se le iba del cuerpo. Entonces tenían que llamar a Narcisa Advíncula. Ella lo santiguaba, llamaba al espíritu de Miguelillo Avilés. Lo llamaba en la oscuridad. Iba arrastrando una camisa y decía a los cuatro vientos:

—Espíritu de Miguelillo Avilés, ven que aquí esta tu cuerpo.

La camisa se ponía pesada, tanto que Narcisa Advíncula apenas podía arrastrarla. Así, de esa manera, le volvía el alma al cuerpo a Miguelillo Avilés y en un periquete ya estaba urdiendo una nueva magancia.

Algo que le parecía un sueño era el hecho de haber sido primero esclavo de la virgen del Perpetuo Socorro. Pero Miguelillo Avilés no estaba soñando cuando vio el resplandor del vellocino de oro al alcance del brazo y se puso a desenredar la llamarada de hebras. No estaba soñando porque sus manos sintieron la carnosidad de la fruta, una delicia humeda que no olía a fruta sino a la fragancia ardorosa del ramillete de Constantinopla.

Sondondo: Donde Felipe Huamán Puma escribio el comienzo de esta relación

Ni en los tiempos de Concolorcorvo, el divino postillón que recorría a lomo de mula la América entera;
ni en ese entonces se había visto bajar por el cauce seco y
pedregoso del río de Nasca un regimiento de acémilas
tan exagerado. No era sólo el tronido tremendo que
producían las pisadas, precisamente de burro, sino que
encima de aquella reventazón soltaban también al
viento el sonajeo de los cencerros y el mariposeo de unas
cintas de colores. La gente de Nasca, en vísperas de la
fiesta patronal del 8 de septiembre, se aglomeró en el
Puente de Palo para ver pasar a esa riada interminable
de burros. Resultaba sorprendente que sólo un par de
arreadores que sacaban chispas del aire con los zurria-
gos, mantuvieran al breque a una punta interminable
de jumentos. Los ricos de Nasca se hicieron las más
grandes ilusiones, atenidos a la creencia de que aquel
berenjenal se había descolgado de los Andes atraído
por la novedad de los músicos de la Guardia Republicana. Pero la tropelía de los cincuenta y cuatro burros
pasó igual que una avalancha por adebajo del Puente de

Palo y ni siquiera sobreparó para tantear la novelería de la fiesta. Siguió nomás de largo, rumbo a Cahuachi, dejando a los ricos con los crespos hechos y a la gente del común con la curiosidad más encendida que nunca. Desde aquel instante, como si la recua de acémilas hubiese dejado flotando en el aire la polvareda del desencanto, la gente comenzó a mirar a los músicos de la Guardia Republicana peor que si fuesen carne de cogote. Ni el pintado uniforme de cachacos que lucían llamaba la atención.

Los dos propios enviados por la comunidad de Sondondo no tuvieron necesidad de bordar ningún discurso para lograr la buena disposición de los Guzmán. A Crispín Mallma le bastó abrir la boca y dejar suelto el modo bozal de su parla castellanista para encandilar no sólo a la cordelada de músicos sino a la población entera del caserío de Cahuachi. Convocada por el estruendo que provocaron las acémilas, la multitud se reunió alborotada en el pampón de la ranchería.

—Ya me acuerdo —dijo Bartola Avilés— tú eres el mentado Cholo Crispín que andaba entropado y en desbarajustes con la negrada de los Agapito, los Vente, los Surco. Haberlo dicho antes cristiano de Dios.

Entonces Bartola Avilés Chacaltana, con su empaque nuevo de mariscala de la música, volteó para atender al otro comunero. Apenas supo que su apellido era Martínez, empezó a sacarle al mínimo la relación completa de sus vínculos en la costa: el hermano Pascual que vivía en Coyungo, casado con una negra de Acarí, doña Deidamia Navarro, tan fina en sus maneras y en su figura, y quechuista, y cariñosa con los indios silenciosos que bajaban de Sondondo en busca del hermano. Los Martínez de la comunidad de Sondondo, y aun los de Morjolla y Huaicahuacho, eran parcos y silenciosos. El propio Pascual Martínez que parecía tan acriollado por su aspecto pulcro, así nomás no soltaba una palabra. Permanecía callado como una piedra, bien afeitado y con camisa blanca almidonada y traje de caballero color café. Casi no hablaba, pero cuando conversaba su plática tenía tanta sustancia que siempre abría un camino en el discernimiento. En los hechos era aún más riguroso. Mano a mano y codo a codo con los trabajadores mejor pintados. Pujando como un toro de ara, pero sin rendirse jamás. Pascual Martínez habia aprendido a leer por puro sentido común: mirando los periódicos, fojeando los libros. Desde entonces mantuvo en sí ese apego a la lectura; a pesar de que en ese tiempo en Coyungo muchos tomaban a la lectura y a la escritura como unos vicios estrambóticos que consumían la vista y transtornaban el cerebro. Después de toda la remembranza que hizo a propósito del hermano de Saturno Martínez, la mariscala de la música Bartola Avilés se desató a despotricar contra la licencia que se había tomado la comunidad de Sondondo al enviarles todo un cargamento de víveres. Sin transición pasó del halago al reproche, con esa manera tan suya que tenía para hablar.

—Estito es nuestra voluntad, mamay —dijo Saturno Martínez.

—Carajo, así, con tanta voluntad, nos van a corromper pronto.

—Hum —hizo Crispín Mallma tanteando de reojo al tumulto que formaban los Guzmán— Ni que los gallinazos fuesen pajaritos.

La gente que los rodeaba, la poblada entera de Cahuachi, soltó la carcajada y no terminaban de admirarse cómo era que Crispín Mallma, con su molde de indio chuto, gorgoriteaba un castellano bozal.

Dejaron que las bestias descansaran y ramonearan a sus anchas un día entero. Les dieron a comer ramas de toronjil para que se les sedara el ánimo; pero también las alimentaron con huaranga para que se tonificaran y resistieran el viaje de subida con el peso agobiante del jinete. Después dispusieron con calma los preparativos para la partida. Cada músico tenía su propia manía para cargar el instrumento, según la forma y la envergadura. Quienes disponían de maletita de lujo, como sucedía con los clarineteros y los saxofonistas, la acomodaban envuelta con la ropa de remuda en uno de los capachos del alforjón. Miguelón no se hacía problemas y llevaba la tuba a cuestas. El más mortificado era Obdulio, con el bombo. Tenía que acomodar primero al bendito aparato y luego recién buscaba él la manera de acabalgarse en el anca de la acémila. Quintín, en cambio, llevaba el pistón colgado en el pecho, igual que si se tratara de una cornetita de juguete. Los instrumentos más impresionantes, por la manera como había que desarmarlos y después acomodar toda la ingeniería de sus partes, resultaban los saxofones y los trombones. Pero ninguno se aproximaba siquiera al escándalo que porducía la tuba, exhibiendo su enorme bocina de oro por encima de todo el mundo y lanzando hacia los cuatro puntos cardinales sus destellos enceguecedores.

Los Guzmán no tomaron mayores precauciones con respecto a la altura de los Andes. Crispín Mallma quiso sahumarlos con altamiza, pero Bartola Avilés sospechó que se trataba de una tomadura de pelo y lo mandó al carajo. La verdad era que en Cahuachi los negros sentían que llevaban en la sangre el soplo de los cerros y en los riñones el concho de algún ancestro nativo, yunga, quechua o de otra estirpe andina.

Salieron tan de madrugada que antes que despuntara el sol ya estaban divisando la osamenta del Puente de Palo que unía las dos bandas del pueblo de Nasca. Al poco rato escucharon el estruendo de la primera salva y luego sucesivamente, de uno en uno, los veintiún camaretazos que anunciaban el inicio de las celebraciones en el segundo día de fiesta, ese 9 de septiembre.

—Araj —dijo Gumersindo Guzmán— estos burros parecen fiesteros. Oyen los camaretazos, pero no se espantan; al contrario, se apuran para llegar más rápido.

—Igual que el cristiano nomás— anotó Crispín Mallma.

Conforme se acercaban al puente, de subida por el cauce seco del río, más y más gente se apostaba en los barandales para verlos pasar, para tantearles por lo menos la facha a esos músicos que ya se habían vuelto tan mentados en las habladurías de la gente. Algunos incluso habían conseguido serpentinas y picapica para alegrar el ambiente.

En el instante que llegaron al puente fueron recibidos con una ovación que retumbó a la ancho del valle, de cerro a cerro. Primero sonó el eco de júbilo en el cerro Cabeza de Cura, encima de los paredones de la época de los gentiles, y luego lo repitió el cerro Aja. Entonces la gente soltó al aire el confeti del recibimiento. En el calor de aquella algarada los Guzmán no pudieron negarse a la demanda insistente de los nasqueños que deseaban por lo menos ver los tan mentados chirimbolos de la música, esa plétora de trebejos de toda laya que había dado motivo a tanto rumor. Se decía que ni siquiera la banda de músicos de la Guardia Republicana disponía de un muestrario de instrumentos tan surtido. Si querían un sonido manso, pero melodioso, ahí estaba la cornamusa con su helicón de caracol antediluviano, dispuesta para amenizar la tambarria apenas Calisto empezara a tocarla. Si deseaban un tronido de chivato alunado, ahí tenían los trombones de vara. Para los momentos de dulzura, ahí contaban con los clarinetes.

Si se trataba de despertar el meneo, sobraban los saxofones. Y para meter candela y atizar el fogón de la tambarria, bastaban las trompetas; pero por si acaso, ahí tenian de repuesto los platillos, el redoblante. Para llenarle el ojo a los noveleros contaban con el espectáculo de la tuba que se enroscaba en el cuerpo de Miguelón y luego erguía muy alto su cabeza de campana.

Pero tal y conforme estaba escrito en las criadillas tilingas del carnero y en los troncos carcomidos por la carcoma, la gente no quedó satisfecha con sólo mirar la interminable exhibición de las alpatanas de la música. Entonces Bartola Avilés que siempre las llevaba todas consigo, aseñaló que a pesar del apuro que los llevaba hacia Sondondo, con el mayor gusto y la mejor voluntad iban a interpretar una pieza musical para el esparcimiento del pueblo, aunque posiblemente aquella gracia inocente, así dijo, iba a removerle la bilis a los ricos.

En ese instante que cabía entero en la punta de una aguja, apareció con su pachocha oriental y un cigarro Inca en la boca, don José Higashi, premunido de un gabinete portátil, colmado con la retahíla abrumadora de los adminículos inconfundibles de la peluquería. Quería ofrendarles a los Guzmán los servicios de su arte. Los había conocido cuando eran simples jornaleros y ahora que estaban convertidos en músicos quería expresarles su simpatía y admiración. Les dijo que ellos podían enfrascarse en la música mientras él, sin perturbarlos, iba a arrasarles las pimientas del cogote.

Don José Higashi, natural de Okinawa, había desertado del duro trabajo agrícola que inicialmente tuvo que desempeñar al llegar al Perú. Se convirtió primero en peluquero ambulante y recorría a lomo de burro los caseríos polvorientos del valle de Nasca. Después de ahorrar real sobre real había abierto una peluquería en la ciudad, con dos enormes espejos y en la puerta el emblema cilíndrico del arte de Fígaro, pintado con las espirales roja y azul que representaban las dos sangres, la arterial y la venosa, pues antaño los peluqueros tenían también la patente de cirujanos. Don José Higashi, el peluquero preferido por los nasqueños con criterio, conocía a los hermanos Guzmán desde que eran unos churres culunchos y a Gumersindo y Bartola desde cuando tenían solo cuatro o cinco críos. Por afecto y estima a dicha caterva de negros, don José Higashi había desarrollado minuciosamente todo un arte de la peluquería en el ramo del pelo pimientudo, con la garantía de que el mencionado acicalamiento podía durar, perfectamente, un promedio de seis meses sin necesidad de peine ni rastrillo. En ese entonces, instigado por Reimundo Guzmán, que desde pequeño ya andaba interesado en los disfuerzos de la apariencia, don José Higashi había inventado el laciado con candela y el trazado de la raya con clavo caliente, en ambos casos sin riesgos fatales. Los Guzmán aceptaron de buena gana la propuesta del peluquero japonés.

Cuando don José Higashi le puso a Gumersindo Guzmán el trapo de peluquero y empezó a arrasarle las pimientas del cogote con la máquina cortapelo, el director de la banda de músicos de Cahuachi sintió que por fin, luego de un tiempo inmemorial, le quitaban un gran peso de encima y lo libraban del estorbo que le impedía meditar con tranquilidad.

—Ahora sí —dijo— vamos a llegar a Sondondo con cara de gente.

—Eco, porque así tucuzones iban a espantar a la virgen y quien sabe si al mismo diablo —comentó Crispín Mallma.

El comunero de Sondondo aprovechó el momento para congraciarse con don José Higashi. Sin importunarlo le consultó si con el concurso de los adminículos de la peluquería moderna y la ayuda química de la gomina era factible encarrujar un matojo de cerdas rebeldes. Lo consultó con tan conmovedora ilusión que don José Higashi, a pesar de su frialdad oriental, exageró la nota y le contestó que ningún cabello, por hirsuto que fuera, podía resistir los embates de la ondulación permanente.

—Eso quiero —reclamó Crispín Mallma con vehemencia.

La situación estaba en ese punto cuando apareció doña Magali Panchano bajo un parasol de colores y generosamente iluminada por un maquillaje fosforescente de mariposa nocturna. Hacía tres años que había abierto en Nasca el primer salón de belleza. Desde entonces era la peinadora preferida, experta en adornar a las mujeres con efímeros peinados para una sola ocasión, moda que había puesto en la picota del desdén a los peinados imperecederos propios de la ondulación permanente que era la especialidad de don José Higashi. Alegaban las partidarias de la novelería undécima, que la perpetuidad no comulgaba con la natural veleidad femenina que requería lucir diferentes arreboles, pues toda repetición era una ofensa, tal como lo atestiguaba el valse. Sin entrar en polémica, y más bien por derecho propio, doña Magali Panchano se hizo cargo del acicalamiento de Bartola Avilés Chacaltana.

—La coquetería es asunto de mujeres —alegó doña Magali Panchano mientras abría su neceser de combate con adornos de concheperla falsa.

—Lógico —la ayudó la mariscala de la música.

Nadie en Nasca sospechaba que el despliegue de tan contrapuestos estilos brotaba de una misma idea. No existía ningún elemento de juicio que pudiera servir para señalar alguna complicidad entre doña Magali

Panchano y el serenísimo peluquero natural de Okinawa. Sin embargo se trataba de las dos tapas de una misma chancaca; de las partes gemelas de un mismo bizcocho Chancay; porque si se quería insinuar algo turbio, las palabras más a propósito eran chancaca y Chancay. Aunque nadie se lo imaginaba, en eso andaban doña Magali Panchano y don José Higashi: en plan de chancaca y Chancay.

Desde la primera vez que llegó a Nasca, cuatro años atrás, doña Magali Panchano ya lucía ese maquillaje fosforescente de mariposa nocturna. Pero entonces aquel hecho todo el mundo lo había tomado como una chifladura propia de una mujer cuarentona y sin hijos que necesitaba matar el tiempo frente al espejo para desleír las horas que pasaba sola, mientras el marido, farmacéutico de profesión y dipsómano incurable, alquilaba su presencia simbólica en la botica principal del pueblo. Sólo don José Higashi, con ojo zahorí, había leído el mensaje en el sentido exacto y en su meridiana intención desde la primera oportunidad en que la vio. De modo que cuando ella se acomodó en el sillón de la peluquería con el pretexto de la ondulación permanente, don José Higashi fue al grano y entró de lleno en el asunto.

La perfumó detrás de las orejas con esencia de jazmín; le escarmenó el cabello alisándoselo con aceite de almendras y un asentador de bambú; hizo todo aquello sin decir una palabra. Enseguida tomó con los dedos crema de perejil y parsimoniosamente le fue untando cada centímetro de la cara. De la barbilla bajó al cuello y se extendió luego por los hombros con mano sabia y tanta sutileza que doña Magali Panchano no dijo nada, ni cuando le bajó las hombreras del vestido, ni cuando le aflojó los tirantes del sostén. Resbalándose suavemente don José Higashi acabó amasándole los senos a la dama del parasol de colores. Pero no se detuvo ahí. Se arrodilló en tierra como Cristóbal Colón cuando llegó a América y se abrió campo entre las piernas de su vistosa cliente. La despojó de estorbos y con una lógica inobjetable la despernancó en el sillón de la peluquería. Escarmenó la pelambre de la golosina hacia ambos lados de la carne viva para que la orquídea luciera todo su esplendor. Estiró el brazo y tomó una porción de pomada de las diosas y la desparramó lentamente con dedos de seda. Aún no había dicho ni una sola palabra. Entonces espolvoreó el potaje con las especerías del frenesí. Se olvidó de los recursos restantes y mordiéndose los labios introdujo la culebra mortal en la yema del gusto. Doña Magali Panchano, después de muchos años, sintió la delicia de la desesperación suprema y pegó un alarido de loca.

Desde aquella fecha, cada día repetían el plato en el interior del mercado de abastos. El edificio permanecía desierto y a oscuras después que cerraba a la cinco de la tarde. Ambos llegaban como si acabaran de nacer, cubiertos sólo por la inocencia y por lamparones de miel de abeja. Entraban al recinto ampuloso por distintos caminos. Tanto la peluquería, así como la casa de doña Magali Panchano, colindaban con el mercado de abastos, construido durante el apogeo del presidente Augusto B. Leguía. Ellos habían abierto portillos secretos por donde se deslizaban acezantes cada noche.

Al poco tiempo de su arribo a Nasca doña Magali Panchano perdió al marido que murió de cirrosis. Ahí fue cuando don José Higashi le enseñó en secreto los rudimentos de la naciente cosmetología para que doña Magali Panchano tuviera con qué ganarse la vida decentemente. Pero mantuvieron las apariencias de que no se conocían. Ninguno dio pábulo para que las conjeturas y la maledicencia pudieran vincularlos. Cuando doña Magali Panchano abrió su salón de belleza, éste parecía ubicado en las antípodas del oficio que ejercía con tanta austeridad don José Higashi.

La retreta fortuita de los Guzmán adebajo del Puente de Palo estuvo a punto de tumbar la fiesta de Nasca. A las diez de la mañana que debía comenzar la primera misa celebrada no había gente en la casa de Dios, excepto los ricos que ocupaban los asientos de honor al pie del altar mayor. La banda de músicos de la Guardia Republicana, abandonados a la indiferencia, tocaba sin ánimo y más bien mortificados porque, aunque estaban en la plaza de armas, se habían convertido en pasto de los mosquitos borrachillos y de los jejenes hinconosos. El cura párroco de Nasca estaba a punto de abandonar la iglesia para dirigirse al Puente de Palo en donde sospechaba que se encontraba la feligresía, entretenida en novedades irreverentes. En aquel instante, como si lo estuviera viendo en una película, Melanio Guzmán se enteró de lo que ocurría en la iglesia y del berrinche que sufría el sacerdote debido a la ausencia de fieles. Sopesó la situación y le pareció oportuno comunicarle a su madre lo que estaba sucediendo.

Doña Magali Panchano había desatado todos los recursos de su arte preciosista para adornarla a Bartola con un laborioso peinado de trenzas y caminitos, pero con un toque de modernidad, conforme a los dictados de la cosmetología. La diligente embellecedora había pasado a la segunda instancia, a la iridiscencia del maquillaje, cuando Bartola Avilés recibió en voz baja el mensaje de Melanio acerca del ataque de ira que sufría el padre cura.

—Ah, carajo —dijo y contuvo suavemente el ímpetu de la cosmetóloga —entonces tenemos que irnos para dejarlo con la hiel en la boca.

Ya se iban con la música a otra parte, taloneando a los

burros río arriba, sintiendo todavía a sus espaldas el vocerío de la gente; pero a la altura de Orcona, más arriba de Cantayo, les salió al encuentro doña Nicolasa Vilca. Era más conocida que la hoja de la ruda en el valle de Nasca y los Guzmán, especialmente Bartola y Gumersindo, dieron gracias al cielo por el encuentro.

El último recelo que les quedaba en cuanto a los efectos fulminantes de la altura, se les disipó como por encanto. Doña Nicolasa Vilca empezó a empaparles la mollera con Thimolina, no para que se les abriera el entendimiento, aseñaló, sino para saturarlos de olor a muerto. Ese olor a velorio que tenía la Thimolina era el mejor conjuro contra el enojo de los cerros y el soroche o mal de altura.

—La muerte no quere muertos —dijo doña Nicolasa Vilca— Con ese jediondillo que van a llevar en el cuerpo, carajo, la carcancha del soroche los va a despreciar.

Con maneras más suaves y esmerada dedicación le hizo el conjuro a Bartola Avilés. Le elogió, con insólito conocimiento de causa, el lindo peinado de trenzas y caminitos. Doña Nicolasa Vilca adivinó, sin ningún esfuerzo, que todo aquello era obra y trabajo de la ardidosa Magali Panchano, la cosmetóloga de menudo arte que había inventado con su magia de birlibirloque el peinado sin peine y el escarmenado sin asentador. Después doña Nicolasa Vilca le dijo a Gumersindo Guzmán que era su turno. Lo hizo agacharse y le roció unas gotas de Thimolina. Lo sacudió con dos palmazos en la espalda y le aseguró que no le iba a pasar nada.

—Con esos pulmones de mulo y esas narices de tronera, ¿qué aire te puede faltar, cristiano de Dios?

Doña Nicolasa Vilca era una mujer menuda, con dos trenzas que le llegaban a los talones, temida y querida con igual vehemencia, no sólo por sus magancias de bruja, sino porque tiraba unos puñetazos que parecían patadas de mula, tanto que ningún hombre se atrevía a ensayar con ella un par de pases. De algún lugar insospechado hizo aparecer una botella de agua florida y se la alcanzó a Bartola.

—Ay, doña Nico, tanta molestia.

—Esto es para que se limpien el hedor a muerto antes que lleguen a su destino.

Los Guzmán y los comuneros, en una interminable columna, enrumbaron río arriba. Recién comenzaba el viaje. Los cerros se veían áridos y cenicientos, sólo en las orillas del río iba culebreando un empecinado verdor. Arriba, en la comunidad, todo Sondondo estaba metido de cachos y de quijada en los preparativos de la fiesta. Pero la manera como procedía la gente de dicho poblado era completamente diferente en comparación con la tradición que reinaba en las comunidades aledañas. En Sondondo no existían cargos ni mayordomías, esos mentados compromisos de tanto timbre que en otros pueblos servían para ganar lustre y figuración. Aunque después de disfrutar de las galas, la persona que se había encumbrado durante una semana, tenía que pisar en el suelo llano y vivir hipotecada por el resto de la vida. Desde tiempos remotos, tal vez desde la época del versado y lenguaraz Felipe Huamán Puma, en Sondondo se había impuesto la institución del caballazo. En los preparativos para las fiestas, por lo consiguiente, ocurría lo mismo. Nada de cargos ni de mayordomías, más efectivo resultaba meter un caballazo. Encaminados por dicho criterio acumulaban chicha y aguardiente en cantidad; cocinaban en ollones de campaña, de un solo porrazo para toda la semana. Así, a caballazo limpio, habían allanado el camino para que a la hora del goce y de la tambarria, todos los comuneros estuvieran disponibles y sin las amarraduras de las preocupaciones, porque pensaban que no resultaba justo que mientras unos se divertían a sus anchas, otros estuvieran en la estrechez del desconsuelo rompiéndose los lomos. Sin embargo en las comunidades colindantes no comulgaban con aquella hostia y decían que todo se debía a la dejadez y también a la flojera. Dónde se habia visto, argumentaban con maledicencia, que en una fecha tan grande, como lo era la fiesta patronal de la virgen Asunta, en lugar de una pachamanca humeante y olorosa a huacatay, iban a estar comiendo chuscamente calentado de cuatro días. Unicamente en Sondondo, aseñalaban, podían ocurrir aquellas mostrenquerías tan ordinarias. A veces sucedía que el yacuchupe, el caldo verde, de tan fermentado parecía chicha, hervía y botaba espuma. Pero así, vinagre, se lo echaban al buche los sondondinos mala raza. Eso se reveseaba de Sondondo.

A pesar del carácter desenvuelto que mostraba la gente de Sondondo, y del temperamento proclive a los arrebatos de la audacia que tenía la población entera, lo cierto fue que a la hora de la hora, cuando asomó el regimiento obscuro de los Guzmán, en toda la comunidad cundió el pánico. En ese momento, cuando aparecieron los músicos de Cahuachi como una vasta cuadrilla de satanaces brotados de las tinieblas, la templadera del miedo desbarató los corajes más firmes. Entonces la población completa se desbandó hacia los cerros, dejando el caserío convertido en un cementerio.

—Vizcachas, carajo —renegó Saturno Martínez.

—Bueno —dijo Bartola Avilés— a nosotros nos han traído para animar la fiesta, no para tumbarla.

Entonces, como si se hubiesen abierto las puertas de la fantasía, la plaza de armas de Sondondo que había estado desierta, quedó colmada por un espectáculo abrumador. Crispín Mallma, luciendo la cabeza llena de virutas extravagantes, dueño de otra fisonomía que posiblemente le había brotado como la viruela negra, por contagio en el camino, iba adelante, sacando pecho y marcando el paso igual que en una parada de protocolo. Adetrás suyo se desplegaba, en concordancia perfecta, el regimiento de los músicos de Cahuachi armados con los chirimbolos relumbrantes que vomitaban el estruendo de un pasacalle de llegada. Los Guzmán ejecutaban la música con tanta pujanza y ardor que el estampido de los bronces retumbaba en los cerros.

Después que dio una vuelta completa por el contorno de la plaza de armas, el batallón de los veintisiete Guzmán se detuvo delante de la iglesia. Saturno Martínez, siempre tan sosegado, pero alerta y cuidadoso, sacó a relucir, entonces, sus artificios de polvorero pirotécnico y diestro lanzó al aire las primeras bombardas de la celebración.

La gente de Sondondo permanecía en sus escondites, cerro arriba, suspendida en la zozobra del pánico y de la curiosidad. El despliegue desaforado de los músicos producía en la gente un encandilamiento que a pesar de los estragos del miedo, nadie podía disimular. La desenvoltura de Bartola Avilés que soplaba el clarinete con una vivacidad contagiosa, despertaba aún más la novelería, pues en todo el tiempo que Sondondo llevaba celebrando la fiesta de la virgen Asunta, nunca se había visto a una mujer ejerciendo con tanto desparpajo tal ministerio. Los más audaces querían romper el freno del pavor, pero fue Toricha Quispe, que siempre andaba con ganas de provocar a las avispas, quien primero hizo de tripas corazón y se arriesgó a sacar el cuerpo del escondite para ventilarlo en el remolino de la trocatinta que subía desde la plaza de armas. El aletazo refulgente de su pollera colorada, de escandaloso satén, fue la respuesta cabal, y en la medida exacta, al destello relampagueante del bombardón que se elevaba por encima de la corpulencia de Miguelón Guzmán. Toricha Quispe lanzó un guapido festivo y aquello bastó para encender la emulación. De manera que en un dos por tres el falderío del cerro cobró animación y al poco rato un gentío de toda edad volvía a poblar la plaza de armas; primero cautelosos y reticentes, debido a la catadura atravesada y obscura que exhibían los Guzmán, pero luego de modo abierto y sin recelos, encandilados por la truculencia de aquella banda de músicos tan singulares. Miraban abstraídos a cada músico, a cada instrumento, y entonces se sentían orgullosos de contar para la fiesta patronal con un regimiento de instrumentistas cuyo zorongo estremecía todos los ámbitos, como nunca se había oído. Estaban seguros que aquel eco melodioso llegaba vivo hasta las comunidades vecinas para pregonarles que Sondondo se encontraba hirviendo en la tambarria de la celebración.

Pero los Guzmán no se explicaban dónde estaba el padre cura que iba a celebrar la misa de fiesta. Lo supieron recién, a la hora undécima, cuando apareció don Pío Rospigliosi, con su parsimonia de monseñor obispo, montado sobre una mula castaña, acompañado de un mozo medio rubión que le decía padrino para arriba y padrino para abajo, mientras se pavoneaba en un caballo pinto de soberana estampa. La llegada de don Pío Rospigliosi causó un revoltijo grande entre los comuneros y entonces, para colocarse a la altura de las circunstancias, los músicos de Cahuachi soltaron un pasodoble con más repiques que el ceremonial de una plaza de toros. Don Pío Rospigliosi hacía el papel de padre cura en la fiesta de la virgen Asunta, desde el día que los ministros de Dios que oficiaban en la jurisdicción, conforme a una tarifa voraz, le negaron el concurso religioso a la comunidad de Sondondo, en tanto dicho pueblo aprendiera a tratar a los sacerdotes como a gente, y a cuerpo de rey, con banquetes del día, tal cual se estilaba en las otras comarcas.

A pesar de la cuarentena religiosa, la comunidad de Sondondo se había mantenido obstinadamente en la mala costumbre de preparar la comida de un solo porrazo para toda la semana. Don Pío Rospigliosi, amante empedernido del calentado, la raspa y el concolón, halló ahí en Sondondo la dimensión ansiada de su rústica quimera. De modo que ante la falta de padre cura, la comunidad había encontrado, a su vez, la persona ideal para dirigir las preces en honor de la virgen Asunta. Bajo su verbo voluntarioso los rezos se decían a conciencia y con fe, sin escatimar el tiempo ni el gasto de saliva; la procesión se eternizaba en un vaivén de un paso largo hacia adelante y dos cortos hacia atrás; en cambio antes ocurría que los sacerdotes celebraban sus oficios a la carrera, rezongando a la diabla y por puro compromiso las oraciones santas, pues únicamente pensaban en el estipendio y en la hora de marcharse de ese pueblo que no sabía agasajarles el estómago de acuerdo a la tradición.

El mozo medio rubión que se gastaba el lujo de tan hermoso caballo pinto, no era el sacristán ni el monaguillo del rezador profano; se trataba en realidad de un hijo mataperro del terrateniente más poderoso de Santa Lucía. Don Pío Rospigliosi le había echado el agua de socorro a la edad de siete años, cuando estaba mudando los dientes, para arrancarlo de la tontera donde lo tenían sumido los duendes sombrerones que bailaban en las noches de luna, a la orilla del río, con el trinar de sus guitarritas; pero la sal del bautismo se la había puesto en la boca don Augusto B. Leguía, entonces presidente de la república. Ambos rituales y sacramentos de la ley divina, el agua de socorro y el bautismo, habían tenido como sano propósito librarlo de la perdición, primero de los duendes y después de las huailachas tumbatumba, en ningún caso buscaban ponerle un nombre, pues desde que era un renacuajo recién parido, la servidumbre de la hacienda había empezado a llamarlo Uskar y, así, con el nombre de Oscar, se quedó para siempre. Tenía doce años, y ya andaba al borde de las mañoserías de la concupiscencia, el día que su padre, don Julio Guzmán, lo llevó a Lima, en buque, desde el puerto de Lomas.

—Compadre, aquí le traigo al ahijado que ya está oliendo a chivato y sigue moro —le dijo al presidente Leguía.

—Bueno, compadre, qué esperamos. Felizmente aquí en palacio tenemos cura y capilla.

Al poco tiempo, sin considerar el abismo de años que los separaba, don Pío Rospigliosi y su ahijado Oscar Guzmán se convirtieron en una yunta inseparable. Recorrían los caseríos más remotos aparentemente a la deriva, luego recalaban durante un buen tiempo en San Juan de Lucanas, donde don Pío Rospigliosi era recibido con la más grande expectativa, pues él era el periódico y el cinema que llegaba con las últimas noticias de lo que ocurría en el mundo y el retrato hablado de las novelerías que imperaban en el gusto de la gente. Hablaba siempre de las huelgas que estremecían a la república en distintos puntos del país. Lo decía con el réclame de una verbosidad filuda que mortificaba a los ricos. Después se explayaba en diversos temas, de acuerdo a la demanda de quienes lo escuchaban. Si se lo pedía alguna buenamoza, especialmente cuando estaba medio zarazón por el trago, empezaba con sus magancias de circo que luego dejaban en San Juan de Lucanas, una secuela de imitadores que intentaban, a veces con resultados luctuosos, repetir la hazaña de meterse una víbora tanatana entre las verijas o apagar un tizón ardiente con el pie desnudo. Su estadía en San Juan de

Lucanas casi siempre acababa cuando el juez, el doctor don Melitón Albela, abogado y terrateniente, metía su cuchara en la conversación. La voz de don Pío Rospigliosi cambiaba y a partir de ese momento no le daba ningún pábulo al palabreo de oropel. Todo su discurso estaba gobernado por una lógica irrebatible que a cada instante, para apartar la hojarasca, se remitía a los hechos, a la raíz del asunto en debate. El juez insistía en la retórica, hasta que la propia hinchazón de su elocuencia lo dejaba sin piso y caía primero en divagaciones, luego en el remolino del círculo vicioso, para finalmente quedar en ridículo. Entonces don Pío Rospigliosi montaba en su mula castaña y se marchaba del pueblo silbando un huaino de partida. Sacudido por el pálpito de la corazonada, estuviese donde estuviese y en la condición que fuere, el mancebo Oscar Guzmán interrumpía en el acto sus fechorías de seductor Mañara y salía a galope tendido en el codiciado caballo pinto, tras la melodía que como una serpentina del adiós iba marcando los pasos del padrino.

Durante el establecido sermón previo al primer rezo de preces a la virgen Asunta, don Pío Rospigliosi había manifestado su contento por la presencia de los músicos de Cahuachi y, en el calor de su homilía profana, les atizó el ánimo para que desataran el repertorio del desbarajuste sin miedo al soroche. Cuando bajó del púlpito, con la boca seca de tanto hablar, todavía tuvo fuerza de voluntad y pospuso la avidez que sentía en ese momento por una tragantada de chicha con su respectivo saltapatrás. Como si rumiara alguna antigua preocupación enfiló, envuelto en sus ademanes de monseñor, hacia el lugar donde se encontraba el joven Oscar Guzmán. El mozo de marras miraba intrigado y sorprendido la pelambre encarrujada que Crispín Mallma lucía muy ufano y detalloso. El comunero había empezado a contar una historia frondosa acerca de la alquimia japonesa y de la peluquería moderna que con el auxilio de los hornillos de atanor habían obrado el milagro de transmutarle el pelo hirsuto en unas virutas que daban la hora. Don Pío Rospigliosi le dijo a Crispín Mallma que se iba a quedar con la cabeza como culo de huahua por venteado, pero en el instante tuvo que morderse la lengua pues a él ya no le quedaba ni siquiera el trillado pelo de tonto. Le puso una mano en el hombro al mancebo medio rubión y sin decirle nada, aunque en ese silencio había algo retenido, lo condujo ceremoniosamente, por en medio de la gente que todavía llenaba la iglesia, hasta que se detuvieron frente a Gumersindo Guzmán y la tendalada de músicos.

—Vosotros sois primos —les dijo; luego, dirigiéndose únicamente a su ahijado, añadió— y toda esta reata de negros son tus sobrinos.

Con una versación de curtido rastreador de estirpes trasconejadas por la existencia, don Pío Rospigliosi les reseñó paso a paso, con pelos y señales, sin ocultar ningún embrollo, la manera cómo, a partir del mismo tronco que se había establecido en las minas de oro de Huanuhuanu, habían brotado después, por angas y por mangas, las distintas ramas de los Guzmán, a cada cual más diversa, tanto en la pretensión como en la catadura. En seguida, ansioso de aplacar la sed hasta opilarse, don Pío Rospigliosi se confundió en el entrevero de gente que pugnaba por salir de la iglesia.

Desde que divisó la pollera colorada de Toricha Quispe, flameando en el cerro, Santiago Guzmán Avilés había perdido definitivamente los estribos. Sólo le quedaban las riendas, mejor dicho el trombón, para continuar el galope. Con dicho recurso, bien sujeto con ambas manos y la bemba pegada a la boquilla, estaba dispuesto a soplar hasta el delirio para cautivar a la prenda de sus ojos. Apenas se le presentó la oportunidad, le preguntó a Crispín Mallma sobre los pormenores de aquella buenamoza. A pesar de que se enteró con certeza de la irreductible virtud que adornaba los encantos de Toricha Quispe, Santiago Guzmán Avilés no perdió ni una pizca de entusiasmo, sino al contrario, se llenó de vehemencia, pues el craso apelativo de la Conchefierro le revivía el olor a comida de sapo, a hongos venenosos. En cada ejecución tocaba únicamente para ella, pero ni Bartolomé ni Tobías, los otros trombonistas, tenían que reclamar nada, pues lo hacía con el más alto esmero. Había tal certidumbre en sus ramalazos que sacudían el aire de Sondondo que de repente Toricha Quispe volteó a mirarlo y se quedó absorta, contemplando el modo desesperado como Santiago Guzmán Avilés tocaba el trombón y metía y sacaba la vara del instrumento. Ella supo inmediatamente de qué se trataba y por primera vez tuvo la evidencia de que si iba por agua al puquial, un tropezón inevitable, que ya incluso hasta sentía el hormigueo doloroso, iba a romperle el cántaro de la dicha.

Con la más sana intención y sin interés alguno, Crispín Mallma le explicó a Santiago Guzmán Avilés que el defecto o ya fuese la virtud que se le atribuía a Toricha Quispe no era una ocurrencia peregrina sino la pura y monda verdad. El, Crispín Mallma, sabía que en alguna oportunidad habían intentado ablandarle la naturaleza con emplastos de leche de papaya verde. Un propio que conocía la montaña tuvo que ir hasta una quebrada en la ceja de selva y regresó como que lo corrían los galgos para que la fruta no se madurase en el camino. Antes habían traído la leche en pomo, pero a Sondondo llegó convertida en jebe. De modo que por esa razón se dieron el trabajo de hacer llegar la fruta verde. Sin embargo ni ese recurso de los emplastos de leche de la papaya verde había servido. En lugar de la telita como organdí de seda que tenían la mayoría de las mujeres, la Toricha Quispe usaba en la divina rajadura una cerrazón con la mismo consistencia del nervio rompecamisa, que por eso ningún hombre había podido abrir la trocha. Después de tanta mortificación de mandar un propio hasta la selva, el pretendiente de Toricha Quispe no alcanzó su deseo. Se notaba que no lo había conseguido porque cuando montaba en una acémila lo hacía de medio ganchete para no estropearse las ampollas que de tanto soba y soba le habían brotado en la herramienta del beneplácito. Otros galifardos que se deshacían por la Toricha Quispe, habían probado con unto, con enjundia de gallina papuja, con baba de tuna blanca, con vaselina La Carabela, con mentolato chino y con todos los ungüentos resbaladizos que se conocían en el mundo terrestral. De nada servía. Mientras tanto ella, la doncella del Jardín de Jeja, estaba que florecía con su encanto impoluto y hasta le brotaban los primores de la miel del deseo.

Santiago Guzmán Avilés no era, de ninguna manera, la divina pomada ni el sebo mágico de culebra, menos el aceite de lagarto, que iba a entrar suave y meneado por donde nadie había podido hacerlo ni con berbiquí. Lo que sucedió fue que se sacó la lotería. En Saturno Martínez encontró su angel de la guarda. Bajo su temperamento silencioso el comunero de Sondondo guardaba una sabiduría para la cual no existía imposible. Lo primero que hizo Saturno Martínez fue sacarle de la cabeza a Santiago Guzmán la idea de que Toricha Quispe fuera la culpable de que su dulce más dulce que el dulce se hubiese convertido en una quimera. Le señaló que no había piedra dura sino barreno flojo y maluco. Entonces le mostró un secreto guardado celosamente. El alimento superior que cargaba de luz lutrina el cerebro y de imbatible pujanza el músculo. Se llamaba macca. Simplemente macca. Un tubérculo menudo, como papa chusca, que se lograba únicamente en la altura, en Pampa Galeras, pero sólo en cierto lugar escogido, al lado de una laguna que era el paraíso de las parihuanas, esas aves rojiblancas que originaron la bandera peruana. Fortalecido en cuerpo y alma por dicho tubérculo insignificante, Santiago Guzmán Avilés iba a tener ñeque y empuje para penetrar con todo su cabo de hacha en la pulpa de la felicidad.

Se encontraron al atardecer en la aguada, atraídos por la misma mera coincidencia que juntaba a las palomas, luego se perdieron juntos en el bosque de la China del maizal más cercano. Ahí, en el silencio de la tarde, envueltos en el olor a tierra húmeda y exacerbados por la hierbamala de los siete aromas perniciosos, él empezó a rodearla, a soltarle en el oído palabras que se las repetía con la insistencia del moscardón. Era de ver el empeño que ponía Santiago Guzmán en dicho menester. Como que la aconsejaba con mucho raciocinio por el bien de ella. Pero Toricha Quispe no ponía tanta atención; se distraía y estaba con el disfuerzo de la risa a cada momento. El continuaba aconsejándola y ahora al menos ella ladeaba la cabeza para el lado por donde Santiago le acercaba el hocico, aunque de repente se deshacía con el disfuerzo de que sentía cosquillas. Ella estaba de espaldas y él adetrás, pegado a ella, y no paraba de hablarle de la ciencia y de la experiencia seguramente. Le arrimaba el hocico por una oreja y después por la otra. Parecía el maestro de la sabiduría que pacientemente, como la gota de agua, labraba la piedra. Por momentos Toricha Quispe lucía transformada por el don celestial de los buenos consejos, pero aun así Santiago Guzmán Avilés no se sintió conforme y sacó un lápiz grueso. Lo sacó de abajo donde lo tenía escondido y empezó a escribirle los consejos en carne viva para que no se le olvidaran. Le había levantado la pollera colorada y había que ver con qué ganas le escribía los consejos con ese lápiz negro. Ella decía así, así, así, y él contento, mordiéndose los labios para afinar el juicio, le escribía con letra menuda por encima de la rayita, sin salirse pero tampoco sin meterse, porque el caso era que el lápiz pasara rozando la línea.

Luego de la sobajina del preludio, recién se encontraron cara a cara. Ahí estaban, cada uno dispuesto con sus diversos recursos y aditamentos para la guerra. Eran tan distintos que eso mismo los condenaba al combate. El sapo permanecía metido en su rajadura, con su bocaza que era otra rajadura de cabo a rabo, feo como la maldición de Dios, pero sin ningún pelo de tonto, pues era lampiño y esperaba ahí quieto en su reducto, resumando el veneno de su humor delicuescente, rodeado de su propia espuma, dejando que la víbora hiciera su papel, si se atrevía; esa víbora cuchimachaco que escupía el tósigo a ciegas, confiada en la certidumbre del instinto, y que llevaba en la cola las dos piedras del predominio, envueltas en un musgo apretado.

Se entreveraron sin asco y en ese instante ella sintió como que se le atoraba un camote en la garganta. El tolondrón empezó a moverse y ella por lo consiguiente, con el mayor gusto, mientras soltaba unos quejidos de palomita en cada vuelta del remolino, instigada por los acecidos de perro alunado que él le soltaba al oído. Cuando se dieron cuenta que, descantillados por el cominillo carnal, habían caído en las fauces de la desesperación, ya el cántaro estaba roto y deshechas las amarraduras del nudo gordiano. Despertaron ensopados por los desbordes del placer. A los lejos, en la cerrazón de la noche, sonaba el vendaval de los músicos de Cahuachi.

Al quinto día, a pesar de las mataduras que les había dejado como recuerdo cada malanoche, los Guzmán se dieron cuenta de que en Sondondo habían mudado la piel de primerizos. Gumersindo Guzmán, con su estampa de gallo giro acicalado por don José Higashi, asumió entonces la desenvoltura de un fogueado director de banda. Pasaba revista con la mirada, le hacía una seña con las cejas a Bartola Avilés, y luego golpeaba el suelo dos veces y contaba: ¡uno! Un tañido armonioso sacudía el aire de Sondondo, revoleaba como un cardumen de mariposas sobre el Jardín de Jeja, y enseguida había que ver cómo se despabilaban los músicos de Cahuachi, a cual mejor. Apenas con el rabo del ojo Gumersindo Guzmán manejaba a esos platillos de Cresencio que se quedaban atrás, cuando tenían que ir en concordancia perfecta con el bombo de Obdulio y respetar, además, el redoble estricto y abrumador del tambor de Jesucristo, para no hablar de las trompetas que en competencia con los trombones pecaban por exceso, especialmente Atanasio que con su prodigio que dibujaba a cualquier hora el arcoiris, incluso de noche, tenía de vuelta y media a la comunidad entera. Ananías se había vuelto diestro en la fantasía de hacer hablar quechua al saxofón.

Mientras la música se desplegaba a todos los vientos, la comunidad de Sondondo removía el rescoldo donde se habían asado los camotes de la celebración de su fiesta patronal. Los ollones de comida, alineados como ídolos milenarios en torno al pilón de agua, resistían en pie los embates sin término de los tragaldabas. El aguardiente y la chicha por lo consiguiente. De rato en rato, así como las estrellas errantes, aparecía Saturno Martínez que regresaba del infierno, oliendo a pólvora, azufre, sal de huincho, y lanzaba al cielo, desde el atrio de la iglesia, las bombardas que pregonaban, a diez leguas a la redonda, que en Sondondo continuaba el convite. Esos albazos les removían la bilis y les entreveraban la sangre a los hacendados de los alrededores que respondían haciendo disparos con sus carabinas. Cada instrumentista había congregado en su contorno un círculo de curiosos y admiradores que defendían con vehemencia las virtudes melódicas y el aspecto tangible del chirimbolo musical que habían elegido. La cornamusa de Calisto sembraba cada vez la polémica acerca de su origen: si era náutica o terrestre. Al final, si le preguntaban a Calisto, él siempre contestaba lo mismo:

—Depende.

Luego se explayaba por la marisma de la historia del diluvio y acababa demostrándoles que en alguna época de la antigüedad Sondondo había estado en el fondo del mar y les señalaba en el suelo que estaban pisando las minucias de los caracoles antediluvianos triturados por la arrastradera de los siglos.

Más que un simple padre cura de aldea, don Pío Rospigliosi parecía un monseñor obispo. Iba de tumbo en tumbo, de acuerdo a la solicitud de la gente, desgranando sus versos en latín y en quechua, acatando los brindis y sacando de la manga sus maravillas de mago. Mientras tanto su ahijado Oscar Guzmán, el joven seductor Mañara, se rompía los cachos ante la obstinada indiferencia de Santusa Huamán, la más linda escorzonera de la comunidad de Sondondo.

A don Pío Rospigliosi le había quedado para siempre un aire de monseñor desde aquella vez que suplantó al obispo de Caravelí. Lo suplantó no por envidia sino por caridad, pues lo hizo a sabiendas del prelado. Eran los tiempos del astuto presidente Augusto B. Leguía, quien para congraciarse con la iglesia auspició que se realizara en Lima el Congreso Eucarístico Universal. Cuando el obispo de Caravelí, un monseñor harapiento y desidioso, se enteró que debía asistir a dicho evento para someterse a todos los martirios del protocolo eclesiástico, sencillamente se enfermó de pánico. Entonces don Pío Rospigliosi Quincho, auxiliado por la cosmética de un peluquero ambulante oriundo del Japón, aceptó con agrado disfrazarse de obispo para tomar el lugar que el Congreso Eucarístico le había asignado a la diócesis de Caravelí en el ampuloso ceremonial litúrgico.

El obispo de Caravelí, monseñor Eduardo Varea, era un sibarita a quien se le paseaba el alma. Así, con el alma ausente, vivía en paz con su conciencia, sumido en los encantos de la carne cruda y en la generosidad de los vinos de Cháparra. Estaba convencido de que la religión no significaba ningún freno para el vendaval de los instintos. Como prueba repetía el dicho de que pinga parada no creía en Dios.

Caravelí siempre fue un caserío miserable, al margen de toda atención. Los fruticultores prósperos vivían en sus haciendas. Un equívoco de la Santa Sede Romana convirtió a dicho poblado, todavía en la época de la colonia, en cabeza de diócesis. Fue únicamente por ambición. A través del obispado de Caravelí las autoridades eclesiásticas de Roma pretendían fiscalizar los diezmos del oro de Huanuhuanu. Pero antes que llegara a Caravelí el primer obispo, ya la riqueza de Huanuhuanu había desaparecido. Por eso, más que prelatura, el obispado de Caravelí siempre fue un lugar de expiación y de destierro. Sólo que con el tiempo sobre el escarzio del abandono empezaba a crecer el matorral del paraíso.

Aún le quedaba a don Pío Rospigliosi la prestancia de monseñor obispo que además la matizaba con sus temeridades de circo. Si llegaba la ocasión, el pueblo de Sondondo no lo cambiaba ni por el mero Papa de

Roma. Para muchos lo ideal hubiese sido que el seductor Mañara actuase como sacristán, pero el joven Oscar Guzmán sólo tenía interés en las escorzoneras del campo.

En algun momento, iluminados únicamente por el instinto, los músicos de Cahuachi se vieron montados a burro y puestos en el camino de bajada. Bartola Avilés los contó, incluyéndose ella misma, pero la cuenta no le salía correcta. Volvió a echar números ayudándose con los dedos de una y de la otra mano, de ida y de regreso, más la cantidad no le cuadraba. La cordelada de cabalgantes estaba compuesta de treintaiún jinetes, en lugar de los veintisiete músicos más los dos comuneros encargados del arrieraje. Le sobraban dos jinetes. La mariscala de la música se acordó nítidamente de la advertencia que le hizo en Ica, en el caserío de Cachiche, don Porfirio Moquillaza. Vio a los músicos de Ocucaje, dirigidos por don Melanio Carbajo, tocando una retreta en las entrañas de Cerro Blanco que era como un palacio. Contó nuevamente la cordelada de jinetes extendida en el sinuoso camino de bajada. Sin un ápice de duda eran treinta y uno. Dos más de lo esperado. Dos demonios más, pensó Bartola. Dos demonios brotados de la tinieblas. Dos condenados de los que vagaban en penitencia eterna por la cordillera.

Cuando bajaban por Toro Muerto hacia el valle de Nasca, en el caracol de la bajada en donde toda la cuadrilla de jinetes podía mirarse de cerca, recién quedó en claro lo que había ocurrido. El trabucazo del amor no sólo había hecho mella en Santiago y Toricha Quispe; de un modo misterioso, Jesucristo, el tamborilero endemoniado, aparecía acompañado de Santusa Huamán, la más linda escorzonera de Sondondo.

En la medianoche, cuando la avalancha pasó por adebajo del Puente de Palo, el estruendo de un centenar de pisotones de burro desconcertó al pueblo de Nasca.

—Los tablazones de octubre —dijo entre sueños y agotada de amor doña Magali Panchano.

Epílogo

PRETENDE QUEMAR BIBLIOTECA

Nuestro corresponsal en la Tinguiña nos comunica que el miércoles 12 del presente, con motivo de la celebración de una misa, fue llevado a ese caserío un sacerdote franciscano el cual se alojó en el local donde funciona el Centro Obrero de Parcona. El reverendo padre admiróse posiblemente de hallar en Parcona una biblioteca y tirando de las vidrieras del estante forzó las cerraduras y hallando en ella "Mare Nostrum" de Blasco Ibáñez, demostró vivamente sus intenciones de prenderle fuego a todos los libros, acto al cual se opuso José Conrado García, propietario de la casa, alegando que los libros no son suyos. El hecho es indudable que habrá de causar extrañeza en esta época en que el excesivo celo religioso confina con la quijotería, y más si se tiene en cuenta que las obras allí guardadas son del pueblo y que una biblioteca, por pequeña que sea, merece respeto y más de un sacerdote que la razón supone culto y tolerante. Sirva pues el caso de escarmiento, ya que la acción de este sacerdote ha soliviantado los ánimos de los trabajadores de Parcona, al punto de que le hubiera ido muy mal al reverendo padre de persistir en sus bárbaros designios.

He aquí un caso singular. Si alguno de los obreros se hubiese resuelto efectivamente a tomar una actitud resuelta ante el abuso del fraile, indudablemente que los cucufatos y beatas hubieran pegado el grito al cielo; otorgándole los calificativos más sombríos y condenatorios contra el obrero que hubiese protestado de tal atentado sin fijarse ni investigar al directamente causante del atropello.

(El Tiempo; *Ica, 15 de mayo de 1918*)

Teníamos una biblioteca que hoy no se consigue. Ni el Concejo Municipal de Ica la tenía. Pévez pedía los libros a diferentes países; yo quisiera que hubiera habido una fotografía para que se dé cuenta de los libros que había aquí. Teníamos de todo.
(Testimonio de Epifanio Torres que aparece en el libro de Teresa Oré: Memorias de un viejo luchador campesino, *Lima 1983)*

A las 5 de la tarde llegaron las fuerzas del Batallón # 13 comandadas por el teniente coronel Guillermo Sáenz y compuestas por el capitán Alfaro, los Tenientes Luis Iparraguirre, Melchor Corzo, Claudio Días Vargas y 64 plazas. Se les ha dado alojamiento en el local del Colegio San Luis. En breve se dirigirén a Parcona.
(La Voz de Ica; *miércoles 20 de febrero de 1924*)

De Lima llegó la tropa el miércoles en la noche, y el jueves a las tres de la mañana; guiados por Temístocles Rocha y varios hacendados, la tropa atacó Parcona. Fue en forma de tenaza: un grupo entró por el centro del pueblo, otro por el norte, y el otro por el lado sur, lanzando sus ametralladoras contra el poblado. Con la junta directiva fui a parar por un sector de la hacienda Tacama. El campesinado se había reunido en diferentes

314

lugares y habían acordado sacarme de Ica para librar-
me de la muerte que me esperaba.
(Juan Pévez: *Memorias de un viejo luchador campe-*
sino)

La fuerza del regimiento # 13 que comandaba el teniente
coronel Sáenz, acuartelado en el local del Colegio San
Luis, no ha tenido necesidad de hacer una nueva in-
cursión. Han salido sólo comisiones de pesquisas: una
de ellas ha traído al Presidente de la Federación de
Campesinos: Juan H. Pévez, según información de la
Prefectura.
El cinema reanudará sus funciones hoy, en vista de la
tranquilidad. Nuestro corresponsal telegráfico en Lima,
nos comunica en su despacho de la fecha que los diarios
capitalinos reproducen las informaciones detalladas de
los delictuosos sucesos del lunes, tomadas de "La Voz de
Ica" que condujo el aviador Elmer Faucett. Una
comisión de distinguidos inqueños residentes en Lima,
formada por los Sres. hacendados Boza, Olaechea, se
constituyeron ayer a Palacio de Gobierno para con-
ferenciar con el Presidente Don Augusto B. Leguía,
acerca de lo ocurrido en Ica y manifestaron su satis-
facción por las oportunas disposiciones dictadas por el
gobierno.
El Consejo de Ministros reunido anoche ratificó el
nombramiento del nuevo Prefecto para Ica, Sr. Fran-
cisco Duffó, quien se dirigió ya al lugar de su destino.
(La Voz de Ica; *jueves 21 de febrero de 1924)*

A las informaciones anteriores tenemos que agregar la
prisión de la mujer Manuela Escate que cuando estaba
herido el Prefecto le derribó en forma violenta, así como
la detención de otras personas que tomaron parte en el
crimen, entre ellas las mujeres Aurora Fernández y

315

Natividad Pacco de Escate.

Esto por las oportunas medidas del Intendente Señor García Cortez y del Mayor Zénder, quienes han logrado encontrar a los culpables en los montes de Comatrana y a otros en Santa Rosa.

Hoy llegó del vecino puerto de San Andrés (Pisco) el Comisario quien encontró allí a varios parconenses fugitivos, autores principales de la tragedia del 18 de febrero, 3 hombres y una mujer.

(La Voz de Ica; *5 de marzo de 1924*)

A mi madre Natividad Pacco la tomaron presa como ocho días después del 18 de febrero. Fue la última en caer presa. A ella, a mi tía Manuela Escate y a la señora Aurora Fernández, a las tres mujeres se las llevaron y fueron las únicas que quedaron el la cárcel junto con Pévez durante años. Pévez estuvo en la cárcel de Guadalupe. Mi mamá con mi tía Manuela Escate y la señora Aurora Fernández estuvieron en Santo Tomás que era la cárcel de mujeres. Se les comprobó que no tenían participación en la muerte del Prefecto porque en sus expedientes decía: "Se les acusa por haber arrojado piedras a los policías y al Prefecto". Pero incluso el Comisario que estuvo allí el 18 de febrero declaró: "Sí, yo he visto a las mujeres, pero tirar piedras". Y la muerte del Prefecto se había producido por disparo. Mi mamá, mi tía y las señora Aurora Fernández estuvieron presas años en la cárcel de Ica. En la cárcel mi mamá era lavandera. Allí lavaba la ropa de la tropa que vino de Lima, de los jefes y del alcalde, de todos. No ve que ellos eran autoridad. Cuando se las llevaron para Lima yo fui en el mismo tren hasta Pisco sin que la policía se diera cuenta.

(Testimonio de Mauricio Pacco que aparece en el libro: Memorias de un luchador campesino)

AVE FENIX

La reconstrucción de Parcona nos llevó años de lucha judicial contra los hacendados de Ica, quienes aprovechando que todos estábamos corridos por la policía o detenidos en la cárcel, se habían apoderado de nuestras tierras, denunciándolas como terrenos eriazos. Con el incendio de Parcona, todo quedó como pampa pelada. Ellos decían que nunca había existido Parcona, que nunca habían oído hablar que allí hubiera existido un pueblo.

Un día tuve una discusión con el entonces senador por Ica, Barco Fernandini, quien ponía en duda la existencia de Parcona como pueblo. Claro, el estaba al lado de los hacendados, porque él también lo era, y me decía:

—Qué raro. Yo nunca he oído hablar que existió un pueblo llamado Parcona, y menos por ese lado que usted me indica.

—¿Nunca ha sabido usted, señor Barco?

—Nunca. No lo he visto en ninguna historia.

—Qué lastima, señor Barco, que usted, siendo senador por Ica, donde hemos nacido, no sepa, no conozca la historia real del departamento que usted representa.

Para probar que Parcona había existido hablé con todo el mundo. Con los ministros, con los representantes y con quien fuera. Tuvimos que ir a la Sociedad Geográfica de Lima en busca de pruebas de que Parcona existía. No figuraba como pueblo. Llevamos las fotografías de cuando Parcona fue incendiada y a todos les decíamos:

—Señores, ¿cómo es posible que digan que Parcona nunca existió? Si hubieran visto cómo era mi pueblo antes. Había una población numerosa, teniente gobernador, agente municipal. Había una iglesia.

Finalmente ganamos el juicio a los hacendados el año 1936. Parcona poco a poco se fue levantando. Conse-

guimos ingenieros amigos que nos hicieron los planos de la nueva Parcona, con sus calles bien trazadas, su plazoleta y la refacción de la antigua iglesia, mudo testigo de la antigua existencia de Parcona. Todos colaboraron con adobes, con trabajo. Todo se hizo con la ayuda del pueblo, no hubo ayuda de nadie más.

Yo he visto en sueños, un mes antes de la masacre, cómo mi pueblo estaba hecho cenizas. Pero después vi que mi pueblo se había levantado. Había nuevas casas, una alameda de árboles. Todo eso lo vi en sueños y después se hizo realidad.

Las calles llevan ahora los nombres de los mártires de Parcona: Natividad Pacco, Aurora Fernández, Manuela Escate, Higinio Pisconte, Zenón Escate. Y la calle principal del pueblo se llama 18 de Febrero.
(Testimonio de Juan Pévez, 1980)